HEYNE BÜCHER

HAFFMANS KRIMINALROMANE
BEI HEYNE

GEORGE BAXT

Mordfall für Tallulah Bankhead

KRIMINALROMAN

AUS DEM AMERIKANISCHEN
VON
GERTRAUDE KRUEGER

WILHELM HEYNE VERLAG
MÜNCHEN

HAFFMANS KRIMINALROMANE BEI HEYNE
Herausgegeben von Gerd Haffmans und Bernhard Matt
Nr. 05/62. Im März 1994.

Die Originalausgabe
»The Tallulah Bankhead Murder Case«
erschien 1987 bei St. Martin's Press, New York.

Einzig berechtigte Taschenbuchausgabe
Wilhelm Heyne Verlag GmbH & Co. KG, München
Printed in Germany 1994
Konzeption und Gestaltung: Urs Jakob
Umschlagillustration: Nicky Zann
Umschlaggestaltung: Atelier Ingrid Schütz, München
Gesamtherstellung: Ebner Ulm

ISBN 3-453-07297-9

EINS

Nicht jedem war es vergönnt, bis an sein Lebensende zu tanzen, aber Nance Liston gehörte zu den wenigen Glücklichen. Mit vierzig gab es nicht eine verräterische Falte in ihrem Gesicht und nicht ein Gramm Fett zuviel an ihrem langen, geschmeidigen Körper. Eigentlich hätten da Falten und eigentlich hätte da Fett sein sollen, denn in den letzten sechs Monaten, von Dezember 1951 bis April 1952, hatte Nance getrunken und gegessen, als habe sie Kenntnis von einer demnächst ausbrechenden Hungersnot. Nun war in der Tat eine Art Notstand in ihrem Leben ausgebrochen, aber das hatte nichts mit Essen und Trinken zu tun. Es war ein Fall von Arbeitslosigkeit.

Natürlich erkennen viele von euch den Namen wieder. Nance Liston. Sexy, sinnlich, hinreißend als Loreley in der musikalischen Komödie, die zehn Jahre zuvor Furore gemacht hatte – *Bunker!* Das tollkühn auf dem Höhepunkt des Krieges herausgebrachte Musical über eine Nazi-Kurtisane schien als Monument der Geschmacklosigkeit zum Reinfall verdammt, bis Nance in der Mitte des ersten Akts ihr Entrée hatte, sich auf einem Felsen über dem Rhein schlängelte und das Publikum mit den wahrhaft unerhörten choreographischen Einfällen von Barry Wren in den Bann zog. Ein Erfolg kam nach dem anderen, und dann schlug sie, in der weisen Erkenntnis, daß der schleichende Alterungsprozeß den Menschen trotz eines prachtvollen Körpers und eines auf klassische Weise schönen Gesichts nicht mehr ganz so verführerisch-reizvoll auf das Publikum wirken läßt, die Choreographenlaufbahn ein. Schlag auf Schlag folgten ein Musical-Hit, zwei große Filmerfolge und eine Serie von Fernseh-Galarevuen.

Und dann vor sechs Monaten – Funkstille.

Vor sechs Monaten war Barry Wren vor den Kongreßausschuß für unamerikanische Umtriebe geladen worden. Nance fuhr nicht nach Washington, um dem Verhör beizuwohnen, aber andere waren da und erzählten ihr, wie er auf der Zeugenbank saß und die Leute anguckte, die ihn kommunistischer Verbindungen beschuldigten, und dann seinen Anwalt. Barry, so erfuhr Nance, sah aus wie jemand, der an den Nachwirkungen eines verdorbenen Muschelessens leidet. Barry Wren, ihr Freund, ihr Mentor, der großartige Tänzer, der in der alten Baronowitsch-Balletttruppe bei ihren ersten Pas de deux ihr Partner gewesen war.

»Das kleine Wiesel hat geschwitzt wie ein Schwein«, erfuhr Nance. »Man konnte die Schweißperlen auf seinem Glatzkopf sehen, die haben gefunkelt wie Christbaumlichter. Wir dachten, er würde sich auf Artikel Fünf berufen. Aber nein. Ja, hat er gesagt, ich war Kommunist, aber da war ich noch ganz jung; ich war noch keine Zwanzig; das war im College. An einem kommunistischen Schuljungen war der Inquisitor nicht interessiert. Die wollten nicht kleckern, sondern klotzen. Große Namen. Schlagzeilenkandidaten. Mit wem hatten Sie beim Film und Fernsehen und am Theater Umgang und wußten, daß es Kommunisten sind? Und die Namen kamen nur so herausgekotzt. Die meisten Namen hatten wir schon früher in Aussagen von anderen Leuten gehört, die lieber andere denunzierten, als womöglich selbst auf der schwarzen Liste zu landen. Und dann hat er dich genannt, Nance. Es ist einfach nicht zu fassen.«

Nance ging langsam die Treppe zum IRT-Bahnhof Times Square hinunter. Sie war jahrelang nicht in der U-Bahn gewesen. Sie benutzte Taxis oder Limousinen mit Chauffeur, oder sie ging zu Fuß. Wenn sie Zeit genug hatte, ging sie in der Regel lieber zu Fuß. Sie schien ungerührt von dem Krach, dem Gestank, den bewundernden Blicken hier und da, den geflüsterten Anzüglichkeiten. Es war Frühling, es war April, und selbst für diese Jahreszeit war es erstaunlich warm. Doch Nance war so kühl wie eine Kaltmamsell. Sie trug einen ausgestellten Rock, eine blaue Bluse mit Bubikragen, keine Strümpfe und blaue Ballerinas, die sie erst vor ein paar Tagen bei Capezio gekauft hatte, in einer jähen, doch nur kurz erlebten überschwenglichen Anwandlung, die dunkle Wolke werde vorübergehen und es werde ein Anruf von einem guten Freund aus dem Showbusiness kommen, der den Mut hätte, sich über die schwarze Liste hinwegzusetzen und ihr ein Engagement anzubieten.

Es kam auch ein Anruf von einer Freundin, aber es war kein Job-Angebot. Es war Tallulah Bankhead, die sie zu einem Drink bei Sardi's einlud. Sie hatten den ersten Tisch links vom Eingang bekommen, der den gekrönten Häuptern des Showbusiness vorbehalten war. »Es ist grauenvoll, Dahling, absolut grauenvoll. Ich meine, du hast keine Ahnung, was ich durchmache, wenn ich Gäste für meine Radiosendung engagieren will.« Tallulah setzte ein Streichholz auf eine Craven A an; sie schaffte vier Schachteln der englischen Zigarette am Tag. »Ober!« bellte sie, und als der Mann ihr seine Aufmerksamkeit schenkte, sagte sie mit verführerischem Lächeln: »Läßt sich das nicht etwas beschleunigen mit unseren Drinks, Dahling, wir kommen sonst zu spät zu unserer AA-Gruppe.« Zu Nance sagte sie: »Wir machen Radio, bei uns sieht man nichts, wenn ich dich irgendwie in der Sendung unterbringen könnte, so wahr mir Gott helfe, Dahling, dann würd ich's auch tun. Ich meine, ich hab sie gezwungen, Eddie Robinson zu nehmen, Judy Holliday und Gypsy Rose Lee.« Sie überlegte einen Moment und schickte dabei einen Rauchkringel an die Decke. »Na ja, die sind zwar eher auf der grauen als auf der schwarzen Liste, aber was um Himmels willen hätte Gypsy in einer kommunistischen Zelle zu suchen? Ich meine, selbst ich mit meiner üppigen Phantasie kann mir nicht ausmalen, wie Miss Lee jemand Genosse nennt und dann einen Vorschlag macht, wie man das Pentagon überfallen könnte. Was macht dein Agent, Dahling? Bemüht er sich? Oder hat er es aufgegeben?«

»George doch nicht«, sagte Nance. »George gibt nicht auf.« Die Drinks kamen, und Nance nahm einen Schluck von ihrem Martini. »Da ist ein Stadttheater in New Jersey, das mich gern für eine Inszenierung von *Oklahoma!* hätte.«

Sie hatte nicht bemerkt, wie Tallulah erschauerte. Stadttheater, dachte Tallulah, der Elefantenfriedhof des Showbusiness. Tallulah zwang sich zu einem Lächeln und sagte: »Das wär doch wunderbar, Dahling. Ich meine, wenn die Job-Mühle erst mal angekurbelt ist, ergibt sich eins aus dem andern, und im Handumdrehen bist du auch in Delaware, Ohio, gefragt und« – wie sie ohne ersichtlichen Grund hinzufügte – »in Fairbanks, Alaska.« Tallulah merkte nicht, wie Nances Schultern zuckten, aber das Schluchzen hörte sie. »O Dahling« – Tallulah faßte Nances Hand –, »brauchst du Geld? Laß mich dir helfen. Bitte, Nance. Wenn ich heute abend nach der Probe nach Hause komme, ruf ich alle Leute an, die ich kenne und die vielleicht helfen können. Ich mach ihnen die Hölle heiß, ich drohe ihnen . . . was ist jetzt so lustig?«

Nance lachte beinahe zügellos. »Ich muß an was Lustiges denken, um den Blues zu vertreiben. Mir ist plötzlich wieder eingefallen, was du nach eurem Schäferstündchen zu John Garfield gesagt hast.«

»War das so lustig, Dahling? Tatsächlich? Ich weiß das gar nicht mehr. Ich weiß nie, was ich gesagt habe. Diese Nacht mit Julie ist schon Wochen her. Ich weiß ja noch nicht mal, was ich vor zehn Minuten gesagt habe. Ach, reiß dich doch zusammen und hör auf zu lachen und erzähl mir, was ich zu dem großen Filmstar gesagt habe . . . Ober! Noch eine Runde! Und ein bißchen dalli, wir wollen uns hier ja nicht häuslich niederlassen!« John Garfield, noch ein Schauspieler, der auf der schwarzen Liste stand, noch ein Opfer. »Ach, nun reiß dich doch zusammen, Nance!« Tallulahs Gesicht zeigte wieder ein Lächeln. »Was hab ich zu ihm gesagt?«

Nance wischte sich mit einer Serviette die Augen und sagte: »Du hast gesagt . . .«, und jetzt machte sie die berühmte rauch- und whiskystrapazierte Stimme der Bankhead ganz gut nach, »›Wenn das Sex war, Dahling, sollte man dir eine Untätigkeitsklage anhängen.‹«

Das Bankhead-Lachen dröhnte durch das Restaurant.

Jetzt dröhnte der Krach eines einfahrenden Zuges in den Bahnhof. Die Leute auf dem Bahnsteig waren daran gewöhnt, daß sich in ihrer berüchtigten U-Bahn alles mögliche abspielte, doch ein so herrlicher und bewegender Anblick wie der, wenn Nance Liston tanzt, war ihnen nur selten zuteil geworden. Nur sie allein hörte die Musik, die in ihrem Kopf herumging. Die Choreographie war frisch und innovativ. Sie hatte sie eben kreiert, extra für heute, extra für ihre Abschiedsvorstellung. Einige Leute, die da auf ihren Zug warteten, wirkten peinlich berührt; manche steckten ihre Nase in die Zeitung; die Blasierten lehnten sich mit untergeschlagenen Armen und einer Ausdrucksvielfalt zwischen hämischem Grinsen und Belustigung auf den blasierten Gesichtern an die Säulen. Und dann brach Nance in eine Folge von Pirouetten aus. Sie war wieder sechzehn Jahre alt und tanzte für das Ballett vor. Aus einem Augenwinkel heraus sah sie den alten Wanja Baronowitsch vor sich, dem die Freude im Gesicht geschrieben stand. Sie sah andere Aspiranten vor sich, manche solidarisch, andere neidisch, einige feindselig. Sie sah den jungen Tänzer mit der beginnenden Glatze, der ihr als einziger ein paar aufmunternde Worte geschenkt hatte, dem sie ewig dankbar sein würde. Und als sie in eine letzte Pirouette hineinwirbelte, hörten die Leute auf dem Bahnsteig sie »Danke, Barry Wren!« rufen, während sie vor den einfahrenden Zug sprang.

Tallulah Bankhead war nicht allein im Wohnzimmer ihrer Suite im Hotel Elysee an der Vierundfünfzigsten Straße Ost zwischen Madison und Park, als sie von Nance Listons Selbstmord erfuhr. Auf einem Diwan ihr gegenüber saß ihre beste Freundin, die englische Schauspielerin Estelle Winwood. Eine andere gute Freundin, Patsy Kelly, die sich als komische Nudel beim Film einen Namen gemacht hatte, war an der Bar und schenkte Drinks ein, eine bedenklich herabhängende Zigarette im Mund. Tallulah war erschöpft, als sie am Fenster stand und auf die Straße hinuntersah, die unvermeidliche Craven A zwischen Zeige- und Mittelfinger und die Asche auf das Fensterbrett fallen lassend. Sie hatte geschluchzt, getobt, geflucht und eine Vase an die Wand geworfen und dann gefaßt herumtelefoniert, um sicherzustellen, daß Nance Liston ein schönes Begräbnis bekam, wie eine Frau ihres Formats es mehr als verdient hatte. Patsy reichte die Drinks und ließ sich dann auf dem Diwan neben Estelle Winwood nieder.

»Tragödie fortzeugend muß Tragödie gebären«, sagte Tallulah düster.

»Von wem ist das?« fragte Patsy, deren Stimme eine Mischung aus kreischenden Autoreifen und einem Chor jähzorniger Papageien war.

»Das ist von mir«, sagte Tallulah, wobei sie vom Fenster wegtrat und langsam im Zimmer auf und ab zu gehen begann. »Das ist doch Mittelalter, die Inquisition, die Herrschaft des Schreckens, Torquemada ist wiederauferstanden in Washington, D. C., Mady Christians tot. J. Edward Bromberg tot. Und mein Dahling Canada Lee, ach, was war das für ein Vergnügen, als wir zusammen in *Das Rettungsboot* gespielt haben, mein Dahling Canada tot. Wie er gelitten hat. Keine Arbeit weit und breit. Total pleite.« Sie seufzte schwer. »Und jetzt Nance.« Sie kochte wieder. »Und morgen? Wer wird morgen sterben? Wer hat da einen tödlichen Schlaganfall, einen Herzinfarkt, noch ein Selbstmord und dann noch einer . . . o mein Gott, es ist so furchtbar, man darf gar nicht dran denken!«

Estelle sagte ungeduldig: »Mußt du so makaber sein, Tallulah?«

»Ja, Tallulah«, pflichtete ihr Patsy bei, »das tut deinem Geschwür gar nicht gut.«

»Ihr herzlosen Giftspritzen«, rief Tallulah und schlich um die beiden auf dem Diwan plazierten Frauen herum wie Indianer auf dem Kriegspfad, bevor sie über den Planwagenzug herfallen. Zur Zimmerdecke gewandt sprach sie: »Das hab ich nun davon, daß ich mich mit zwei Frauen einlasse, die eitle Neugier in die Welt gesetzt hat!«

Patsy war aufgesprungen und suchte Streit. »Ich kann das nicht leiden! Nimm bitte zur Kenntnis, daß ich von einer der ersten Familien abstamme, die in New York gelandet sind!«

»Na, na, also wirklich, Patsy«, sagte Estelle, wobei sie eine ihrer Lieblingspositionen zum Ausdruck skeptischen Zweifels einnahm, das Kinn auf das rechte Handgelenk gestützt, die Augen halb hinter den Lidern versteckt, die dünnen Lippen zu einer straffen Linie verzogen und ein Bein über das andere geschlagen und hin und her wippend wie ein wildgewordenes Uhrpendel.

»Estelle Dahling«, sagte Tallulah, »Patsys Familie ist mit der Fähre von Hoboken rübergekommen.«

Das Telefon klingelte. Tallulah knurrte hinein und hörte die angenehm vertraute Stimme von Lewis Drefuss. Lewis war der Talentsucher für ihre überaus erfolgreiche Radiosendung, ein Anachronismus in dieser Zeit der Live-Fernsehshows. Jeden Sonntagabend von sechs bis halb acht beherrschte »The Big Show« auf NBC den Äther. Der erstaunliche Erfolg dieser Sendung wurde darauf zurückgeführt, daß Tallulah auf eine große Hörerschaft vom Atlantik bis zum Pazifik noch immer eine außerordentliche Faszination ausübte; dazu kam noch die geschickt zusammengestellte Mischung bekannter Stars, die sie als ihre Gäste präsentierte.

»Lewis Dahling«, sagte sie, während sie zusah, wie Patsy sich schon wieder einen großen Scotch einschenkte, »ich bin wirklich nicht aufgelegt, die Gäste für nächste Woche zu erörtern. Du kannst dir nicht vorstellen, wie Nance Listons Selbstmord mir nahegeht. Wirklich, Dahling, ich bin total aufgelöst. Patsy, Menschenskind, wieso trinkst du nicht gleich aus der Flasche?«

Lewis war voller Mitgefühl. Er war jung, hübsch, ehrgeizig und brauchte sich, wie Tallulah ihm in der vergangenen Saison erklärt hatte, bloß eine gehörige Portion Skrupellosigkeit zur Ergänzung seiner anderen Vorzüge zuzulegen, dann könnte er die ganze Welt beherrschen. So ehrgeizig war Lewis denn doch wieder nicht. »Tallulah«, sagte Lewis, und seine Stimme klang so, daß sie sich plötzlich fragte, wie er wohl im Bett wäre, »eigentlich wollte ich mit dir über jemand reden, der in derselben Situation ist, wie Nance es war.« Tallulah sagte nichts. Sie wartete auf den Namen. »Abner Walsh.«

»Abner?« Tallulah war ehrlich verblüfft. Sie hatte den berühmten Folksänger ein paarmal auf Parties getroffen und ihn immer für eine liebe, gute Seele gehalten, die bestimmt lieber droben auf dem alten Smokey säße als auf einer kommunistischen Versammlung. »Das ist ja nicht zu fassen. Das muß ein Irrtum sein! Ich meine, ich weiß ja, daß er immer solche Protestlieder singt, aber die sind doch so süß, Dahling. Herrgott noch mal, das ist nicht zu fassen, einfach nicht zu fassen.« Sie überlegte einen Augenblick lang. »Wer hat ihn nicht haben wollen?« Lewis nannte einen leitenden Herrn beim Rundfunk, den Tallulah einmal als asozial, apolitisch und altes Arschloch bezeichnet hatte. Bei ihr im Kopf flackerten rote Lichter auf. Ihre Wut wurde noch größer. »Engagier ihn.«

»Einfach so?« Lewis wünschte, er stünde neben ihr, damit er sie in die Arme nehmen und ihr einen dicken Kuß geben könnte.

»Engagier ihn. Mir hängt diese Scheiße zum Halse raus, Dahling.«

»Lady, ich liebe Sie.«

Tallulahs Gesicht strahlte auf. »Wirklich, Dahling? Wie wär's, wenn wir diese Woche mal zusammen essen gingen?« Sie verabredeten sich, Tallulah legte auf, und plötzlich gab Patsy ein jammervolles Geheul von sich. »Was zum Teufel ist los mit dir? Ist mir der Scotch ausgegangen?«

»Du heuerst jeden für deine gottverdammte Sendung da an, bloß mich nicht! Du weißt ganz genau, daß ich in Hollywood keinen Fuß mehr auf die Erde kriege, da erzählen sie meinem Agenten, meine Art von Komik wär überholt. Herrgott noch mal, das ist Quatsch mit Soße, und das weißt du auch!«

»Beruhige dich, Patsy!« schrie Tallulah.

»Ich kann mich nicht beruhigen. In letzter Zeit denke ich . . .«

»Nicht denken, Patsy. Das könnte schädlich sein fürs Gehirn.«

»Ich dachte, du wärst meine Freundin!«

»Ich *bin* deine Freundin«, sagte Tallulah und steckte sich eine neue Craven A an.

»Du hast eine verdammt merkwürdige Art, das zu zeigen!

Wie lange soll ich mir denn noch Geld von dir pumpen! Tallulah, wenn ich nicht bald Arbeit finde . . .«

Estelle fiel ihr ins Wort. »Also Patsy, von dir will ich kein Selbstmordgerede hören!«

»Ich würde nie Selbstmord begehen«, kreischte Patsy. »Das ist unamerikanisch!«

In der Oak Bar des Plaza Hotel, gegenüber dem Central Park, lächelte Dorothy Parker Detective Jacob Singer an, während sie darauf wartete, daß der Ober ihre Drinks brachte. »Ich weiß nicht, warum man Lieder singt über Paris im April«, sagte Mrs. Parker, »wo man doch eigentlich New York im April besingen sollte. Haben Sie in letzter Zeit interessante Gangster geschnappt, Jacob?«

Sie hatten sich fast zwanzig Jahre lang nicht gesehen. Es war 1926 gewesen, als Mrs. Parker eine so unschätzbare Hilfe für Singer bei dem berühmten Fall war, wo sie und Alexander Woolcott dazu beitrugen, daß eine gefährliche Mörderbande aufflog, die in New York und Los Angeles ihr Unwesen getrieben hatte.

»Keinen, der so interessant war wie Lacey van Weber.«

Lacey van Weber. Mrs. Parker nahm einen Schluck von ihrem Jack Rose und versuchte, sich an das Gesicht von van Weber zu erinnern. »Ist das nicht komisch«, sagte Mrs. Parker zu Jacob Singer, der geräuschvoll auf einer Erdnuß herumkaute.

»Was ist komisch?«

»Ich kann mich nicht mehr an Laceys Gesicht erinnern. Ich war in den Mann verliebt, und ich kann mich nicht mehr an sein Gesicht erinnern.«

»Da sind Sie fein raus. Es gibt eine Menge Gesichter, die ich liebend gern vergessen würde. Sie sehen großartig aus, Mrs. Parker. Was bringt Sie aus Hollywood zurück?«

»Ich bin im Exil.«

»Sie haben sich von Ihrem Mann getrennt?«

»Welchem Mann? Ach, Sie meinen Alan. *Mann* ist gut. Leider nein. Haben Sie in letzter Zeit keine Zeitung gelesen? Ich bin erledigt. Die Filmstudios geben mir keine Arbeit mehr. Ich bin auf der schwarzen Liste. Ich bin ein gefährliches subversives Element. Vielleicht ist es sogar besser, Sie setzen sich an den Tisch da drüben. Sonst hängt man Ihnen noch was an, Bildung einer kriminellen Vereinigung.«

»Wissen Sie, ich fühle mich wirklich geschmeichelt. Nach so vielen Jahren haben Sie mich nicht vergessen. Ich meine, seit wann sind Sie hier?«

»Seit vorgestern.«

Sein Tonfall wie seine Miene drückten Genugtuung aus. »Und da haben Sie mich gleich zu einem Drink eingeladen.«

»Im Gegensatz zu George Washington, der ein Schwindler war, kann ich keine Lügen erzählen. Ich hab mich bei verschiedenen anderen Leuten gemeldet« – sie lächelte ein sehr schwaches Lächeln –, »aber die waren für mich nicht zu Hause. Ich hab jede Menge Nachrichten hinterlassen, aber genau wie in Hollywood rufen mich selbst die nicht mehr zurück, die überhaupt nichts sind.« Sie nahm einen Schluck von ihrem Jack Rose. »Außer Tallulah.«

»Tallulah Bankhead?« Singer war beeindruckt.

»Ich rede nicht von Tallulah Horowitz. Was schlingen Sie diese Erdnüsse da in sich rein? Haben Sie heute noch nichts gegessen?«

»Ich bin nervös«, antwortete er freimütig.

»Mache ich Sie nervös?« Er sagte nichts, aber seine Wangen waren rot geworden. »Ist es deshalb, weil Sie ein Hüter des Gesetzes sind, und ein entarteter Auswuchs des Gesetzes bezichtigt mich der Subversion? Mein Gott, Jacob, zeit meines Lebens habe ich nicht viel Subversiveres getan, als einen Film für Ginger Rogers zu schreiben.«

»Darum bin ich nicht nervös.«

»Ich würde Ihnen noch einen Drink empfehlen, aber Sie haben den vor sich noch nicht ausgetrunken.«

Jacob Singer rutschte auf seinem Stuhl herum. »Mrs. Parker, nach all den Jahren muß ich Ihnen die Wahrheit sagen. Seit wir damals 'sechsundzwanzig zusammen an diesem Fall gearbeitet haben und Sie sich in diesen Scheißkerl van Weber verknallt haben . . .«

»Also, Jacob, so ein Scheißkerl war er nun auch wieder nicht. Ich meine, er war ja ein Killer, Jacob, aber er hatte ganz reizende Manieren.«

»Ich war eifersüchtig auf ihn.«

»Aber wieso, um Himmels willen? Sie haben zu Ihrer Zeit doch sicher auch ein paar Leute umgebracht.«

»Ich war eifersüchtig, weil Sie in ihn verliebt waren.«

Mrs. Parkers Mund formte ein O, und dann sagte sie mit blitzenden Augen: »Sie sind so ein lieber altmodischer Junge, Jacob Singer. Warum haben Sie denn nicht geradeheraus gesagt, daß Sie mit mir ins Bett gehen wollen?«

»Das konnte ich nicht. Sie waren wer. Ich war überhaupt nichts.«

»Tja, und jetzt bin ich wer, der droht, ein Nichts zu werden, Jacob Singer, da können Sie Ihrem Herzen doch Luft machen.«

»Mrs. Parker, jetzt sind Sie Mrs. Alan Campbell.«

»Das müssen Sie ihm sagen, nicht mir.« Sie rührte mit dem Zeigefinger ihren Drink um, leckte den Finger ab und sprach dann ganz ruhig. »Mein Mann, mein lieber alter Freund, ist ein überaus attraktiver Mensch. Er ist mein Mitarbeiter an Filmdrehbüchern, die meistens er schreibt, weil ich es hasse, überhaupt etwas zu schreiben, und Filmdrehbücher schon gar. Er ist liebevoll, aufmerksam, und genau wie ich trinkt er zu viel, und ebenfalls genau wie ich ist er ein sehr guter Trinker, er verliert nie die Kontrolle oder die Contenance. Doch im Gegensatz zu mir, Mr. Singer, ist mein Mann homosexuell. Ach, gucken Sie doch nicht so schockiert. Das weiß doch jeder. Das weiß sogar Alan.« Ihr Glas war leer. »Ich brauch noch einen Drink. Und sehr bald werd ich auch noch einen Mann brauchen. Aber das ist nicht der Grund, weshalb ich Sie heute zu einem Drink eingeladen habe.« Singer winkte dem Ober, um eine neue Runde zu bestellen, und wandte seine Aufmerksamkeit wieder Mrs. Parker zu. »Ich muß arbeiten, Mr. Singer. Ich konnte noch nie sonderlich gut mit Geld umgehen. Ich muß meinen Namen wieder reinwaschen. Meine einzige Chance in New York ist, daß ich an einem Stück für den Broadway mitarbeite, und Sie wissen, was das für ein Risiko ist. Nach so vielen Jahren müssen Sie doch ein paar hochgestellte Freunde haben. Mr. Singer, können Sie mir helfen?«

In einem kleinen Zimmer im siebzehnten Stock des nämlichen Hotels sprach der brillante Schauspieler Michael Darnoff mit seinem Sohn Gabriel, Autor eines Stücks, das gerade in New Haven voraufgeführt wurde.

»Kommt nicht in Frage, Gabriel«, sagte Michael Darnoff streng. »Kommt nicht in Frage, daß du einen Schauspieler aus deinem Stück rausschmeißt, bloß damit ich einen Job kriege.«

»Ich hätte von Anfang an darauf bestehen sollen, daß du das spielst, Paps. Ich schwör's dir, der Kerl ist eine Niete, der taugt nichts. Der vermasselt uns den ganzen zweiten Akt.«

Michael Darnoff ließ seinen Blick durchs Zimmer wandern und kämpfte mit den Tränen.

»Paps? Paps?« rief der junge Dramatiker in New Haven.

»Ich bin dran, ich bin dran. Ich bin müde. Ich kann nicht mehr denken. Ein ganzes Leben voller Arbeit und Anerkennung den Bach runter, weil so ein Schwein mir beim HUAC was anhängt.«

»Er wird in der Hölle schmoren, Paps. Lester Miroff wird in der Hölle schmoren.«

»Genau. Er hat gerade einen Handel mit CBS-TV abgeschlossen, da soll er einmal die Woche eine neue Unterhaltungssendung moderieren. Kannst du dir vorstellen, daß dieser Schweinehund noch mal Liebeslieder singt? Man sollte meinen, er hätte sich da in Washington heiser gesungen.«

»Komm nach New Haven, Paps. Sieh dir das Stück an. Sieh selbst, was ich meine. Mein Produzent ist auch dafür! Er will, daß du diesen Schmierenkomödianten ersetzt!«

»Verdammt noch mal, Gabriel. Es ist nur eine Szene, nur eine einzige Szene!«

»Es ist eine umwerfende Szene!«

»Ich bin ein Star! Ich bin ein großer Star! Mein Cyrano war sagenhaft! Kein Schauspieler kann Jago oder Lear geben, ohne mit mir verglichen zu werden!«

»Du wirst auch wieder ein großer Star sein! Mein nächstes Stück schreibe ich für dich! Es ist für dich und jemand wie die Bankhead . . .«

»O mein Gott. Ich auf einer Bühne mit der Bankhead? Die macht Hackfleisch aus mir. Das haut nie hin. Ach, was zum Teufel reden wir eigentlich? Kapierst du denn nicht, wie riskant das wäre, wenn ich jetzt in deinem Stück auftrete? Reicht es denn nicht, daß du mein Sohn bist und die Andeutungen geradezu in der Luft herumschwirren?«

»Laß sie schwirren!« rief sein Sohn. »Scheiß doch auf sie! Scheiß auf sie alle! Scheiß auf McCarthy und seine schwulen Arschkriecher! Scheiß auf Vincent Hartnett und seine Drohungen, alle dranzukriegen. Das sind Geisteskranke! Das sind hirnlose Geisteskranke.«

»Da hast du recht, mein Junge«, sagte Michael Darnoff, wobei er sich einen großen Wodka einschenkte. »Aber denk mal, wenn sie auch noch Hirn hätten, dann wären sie wirklich gefährlich.« Michael nahm einen großen Schluck Wodka und hörte dabei das Lachen seines Sohnes in New Haven.

»Paps, es ist gut, daß du deinen Humor behalten hast.«

»Ohne den wär ich schon Lee J. Cobb.«

»Komm nach New Haven.«

»Vielleicht. Ich überleg's mir noch.«

»Überleg nicht so viel! Komm einfach!« Seine Stimme kriegte einen Knacks. »Paps, ich liebe dich so. Ich kann's einfach nicht mit ansehen, was da mit dir passiert!«

»Soll ich dir was verraten? Ich kann's auch nicht!«

In der Oak Bar versuchte Jacob Singer, der sorgenvollen Mrs. Parker gut zuzureden. »Ich kenne ein paar hohe Tiere in Washington. Da werd ich mal vorfühlen. Es wird etwas dauern. Ich muß da mit viel Fingerspitzengefühl vorgehen.«

»Oh, zeigen Sie ja viel Fingerspitzengefühl, Mr. Singer. Ich meine, was die Welt jetzt braucht, ist Fingerspitzengefühl. Es gibt so wenig davon. Sollen wir noch was trinken und fünf gerade sein lassen?«

»Mit dem größten Vergnügen, Mrs. Parker. Und dann essen Sie vielleicht mit mir zu Abend.«

»Das wäre ganz reizend. Rufen Sie den Ober. Ich bin am Verdursten.«

Sie hörten die Schreie draußen auf der Straße, und dann hörten sie den dumpfen Schlag, als etwas Schweres auf das Pflaster aufschlug. Singer sprang sofort auf und stürzte zu einem Fenster. Der Körper lag flach auf dem Rücken in einer Blutlache. Er hörte hinter sich jemand nach Luft schnappen. Es war Mrs. Parker.

»Mein Gott«, sagte sie leise. »Das ist Michael Darnoff. Ich habe ihn Ewigkeiten nicht gesehen.«

ZWEI

Tallulah hatte einen Blick im Gesicht, bei dem jede Blume verdorrt wäre. Die beiden Männer mittleren Alters sahen zu, wie sie mit den weichen, geschmeidigen Bewegungen eines Panthers im Käfig durch das Büro stolzierte, wobei sie die unvermeidliche Craven A zwischen den Lippen balancierte und mit der Stimme die Schallmauer durchbrach. »Sie haben verdammt recht, mein Name ist ein Begriff! Ich bin größer als Brillo! Ich bin der Star dieser Sendung, und ich habe das Recht zu verlangen, daß da Leute auftreten, für die ich Respekt habe und mit denen ich mich wohl fühle! Ich will Abner Walsh nächsten Sonntag in der Show haben, verdammt noch mal!«

Die beiden Männer hatten leitende Positionen in einer Werbeagentur inne und waren demzufolge überaus langweilig und pedantisch. Osgood Platt hatte rote und Vernon Crane braungefärbte Haare. Es hieß, Vernon Crane verbrauche mehr Haarfarbe als ein Fernsehmoderator. Die unterschiedliche Haarfarbe war die einzige Möglichkeit, sie auseinanderzuhalten, oder jedenfalls die einzige, wie Tallulah sie auseinanderhalten konnte. Als sie Estelle und Patsy eine Beschreibung von ihnen gab, meinte sie, alle beide wären so hölzern und trocken, daß man in ihrer Nähe kein Streichholz anzünden dürfte, sonst würden sie glatt in Flammen aufgehen.

Die Blicke der beiden Männer trafen sich, und dann räusperte sich der rothaarige Osgood Platt. »Miss Bankhead . . .«

»Und noch was«, röhrte Tallulah, die es mit jedem Räusperer und jeder Schmeichelstimme aufnehmen konnte, »ich beabsichtige, einen Sketch mit John Garfield zu machen, den Goodman Ace für uns schreiben wird. Und wagen Sie bloß nicht, mir zu erzählen, Julie Garfield sei unakzeptabel!«

»Miss Bankhead, würden Sie freundlicherweise mal zuhören!« Das war Braungefärbtes Haar, der mit der Faust auf den Tisch geschlagen hatte und es wagte, Widerworte zu geben.

Tallulah blieb abrupt stehen und starrte Braungefärbtes Haar an, der sich unglücklicherweise unter so einem widerlichen gerahmten Druck aufgestellt hatte, auf dem ein großäugiges kleines Mädchen einen großäugigen kleinen Hund an sich drückt und die bei Woolworth's weggingen wie warme Semmeln. Aus Protest gegen die Klimaanlage zog sich Tallulah ihren Paisley-Schal eng um die Schultern. »Ich höre, Mr. Craig . . .«

»Crane«, korrigierte er sie.

»Ach wirklich, Dahling? Wann haben Sie Ihren Namen geändert?«

»Miss Bankhead, Sie laufen ernsthaft Gefahr, mehrere Ihrer Geldgeber zu verlieren.« Rotschopf Platt nickte zustimmend. Plötzlich fiel Tallulah die Ähnlichkeit mit der anderen Puppe von Edgar Bergen auf, Mortimer Snerd. »Verstehen Sie, was ich meine?«

»Ehrlich gesagt, nein. Ich dachte, während meiner Sendezeit schlage ich die gesamte Konkurrenz inklusive Fernsehen.«

»Das stimmt«, sagte Crane, »aber sie denken daran, sich zurückzuziehen, um Ihnen klarzumachen, wie bedeutsam, wie ernst es ist, die Gefahr der roten Unterwanderung in Amerika zu bannen.«

Tallulah setzte sich ihnen gegenüber auf einen Stuhl. »Was zum Teufel wollen Sie *damit* wieder sagen?«

»Da ist nicht nur die Tatsache, daß Sie unbedingt mutmaßliche subversive Elemente engagieren wollen . . .«

»So ein Quatsch!«

»Sondern auch Ihre eigene Vergangenheit.«

Tallulah wurde blaß, und sie drückte ihre Zigarette aus. »Was zum Teufel wollen Sie damit sagen?«

Rotschopf Platt rückte seinen Kneifer zurecht (»Ein Kneifer, Dahlings, ein Kneifer, könnt ihr euch das vorstellen! Der schreibt seine Memos bestimmt mit einem Federkiel!«) und wandte sich einem Dokument auf seinem Schreibtisch zu.

Platt räusperte sich, legte den Kopf schief und sah aus wie

Uriah Heep. »Miss Bankhead«, sprach er, wobei er den Namen mit grauenvoller Grabesstimme aussprach, »Sie haben schon mal von Vincent Hartnett gehört?«

Selbstverständlich kannte sie den Namen. Vincent Hartnett, die Geißel der schwarzen Liste. John Garfield hatte ihr erzählt: »Wenn der sagt, du bist rot, dann bist du tot. Wenn der sagt, du bist rot, dann wirst du in *Red Channels* und *Aware* aufgeführt, den regelmäßig erscheinenden, offiziellen, tödlichen schwarzen Listen, und du bist erledigt. Und, Tallu, du wirst nicht glauben, was für alte Freunde sich da gegenseitig was anhängen, um den eigenen Kopf zu retten oder einfach nur die Konkurrenz loszuwerden.«

Tallulah sah Platt kalt an. »Mr. Plate . . .«

»Platt.«

»Wie auch immer . . . mit Kakerlaken kenn ich mich aus. Der einzige erkennbare Unterschied zwischen dem Geschmeiß und Mr. Hartnett ist der, daß er zu groß ist zum Drauftreten.«

»Er hat uns ein Dossier über Ihre sämtlichen Kontakte zukommen lassen.«

Tallulah beugte sich vor, die Hände fest zusammengepreßt, damit sie nicht zitterten. »Was zum Teufel wollen Sie damit andeuten?«

»Ich deute gar nichts an«, sagte Platt mit einer Stimme aus reinstem Stahl. »Ich habe die wahren, unbestreitbaren Tatsachen hier schwarz auf weiß vor mir.« Er wandte sich dem Dossier zu. »Sie sind in einem Stück namens *Die kleinen Füchse* aufgetreten?«

»Aber natürlich. Es war mein größter Triumph am Broadway!«

»Das hat eine Miss Lillian Hellman geschrieben?«

»In der Tat.«

»Sie ist vom Ausschuß vorgeladen worden. Sie sind in dem Stück *Wir sind noch einmal davongekommen* aufgetreten?«

»Wollen Sie mir etwa erzählen, der Dramatiker Thornton Wilder wäre auch angeklagt?«

»Nein, gegen den liegt nichts vor.« Er hörte sich an wie ein

Kind, dem man gerade seinen Dauerlutscher geklaut hatte. »Aber man wird den Regisseur des Stücks vernehmen, Elia Kazan. Desgleichen einen Ihrer Partner, Fredric March.«

Tallulah war baff. »Freddie March steht im Verdacht, ein Kommunist zu sein? Die müssen übergeschnappt sein! Der ist doch höchstens eine Gefahr für kleine Mädchenpopos! Da kneift er für sein Leben gern rein.« Dann, als Nachsatz: »Große Mädchenpopos auch.«

Platt überhörte ihre verbalen Fußnoten und fuhr mit gräßlich monotoner Stimme fort. »Sie sind in dem Stück *Clash by Night* von Clifford Odets aufgetreten, und Ihr Partner war Lee J. Cobb?« Tallulah sah ihn bloß an, und ihre Miene konnte Verachtung und Abscheu nicht länger verbergen. »Die beiden Herren sind in ernsthaften Schwierigkeiten.«

Langsam erhob sie sich und stützte die Hände auf den Schreibtisch. Der Paisley-Schal fiel zu Boden, als sie zu den beiden Männern sprach und jedes Wort mit tödlichem Gift ihrer eigenen Spezialmarke überzog. »Was unterstehen Sie sich! Was unterstehen sie zwei obszöne kleine Kröten sich, mir mit dieser schäbigen Erpressung zu kommen, die genau so widerlich, so ekelhaft ist wie die scheußliche Farbe in Ihrem Haar, Mr. Place . . .«

»Platt!«

»Unterbrechen Sie mich nicht, Sie Nagetier!« Der andere Mann machte die Augen zu und preßte die Lippen aufeinander. Er hatte gerüchteweise von dem Temperament der Bankhead gehört, sich aber nie träumen lassen, daß sie so furchterregend wüten könnte. Tallulah schnappte sich das Dossier, riß es in unbändigem Zorn in Stücke und warf ihnen die Fetzen, wie sie hoffte gerecht verteilt, ins Gesicht. »Was unterstehen Sie sich! Was unterstehen *die* sich! Was die auch über mich sagen, eins solltet ihr Arschgeigen euch hinter die Löffel schreiben. Ich bin Tallulah Bankhead, eine Legende bei lästerndem Leibe! Mein Daddy, Gott hab ihn selig, war Präsident des Repräsentantenhauses! Mein Onkel und mein Großvater, Gott hab sie selig, waren Senatoren von Alabama!« Die nächsten Worte spuckte sie nur so aus. »Alle drei waren eingetragene Demokraten! Und wenn sie noch am Leben wären, würden sie sich im Grabe umdrehen! Na schön, meine Herren.« Sie hob den Schal vom Boden auf und drapierte ihn sich mit zwei großartigen theatralischen Gesten wieder um die Schultern. Jetzt wirkte sie wie die zum Kampf gerüstete Jungfrau von Orléans, als sie in ihrer Rede fortfuhr. »Ich werde meinen Vertrag Wort für Wort erfüllen. Wenn Sie versuchen, mich als Kommunistin zu brandmarken oder die Sendung vor Ende der Laufzeit abzusetzen, verklage ich Sie auf fünfzig Millionen Dollar, und, Dahlings, schreibt euch das hinter die Ohren, weder ihr noch Hartnett, noch irgendein Mitglied von diesem beschissenen Kongreßausschuß für unamerikanische Umtriebe hat so eine Macht in Presse und Öffentlichkeit wie ich. Eher seh ich euch alle im Fegefeuer sitzen, als daß ich zulasse, daß ihr mich vor euch buckeln lassen wollt. Gibt es nur einen Hauch, eine Andeutung, eine Anspielung auf mich als mutmaßliches subversives Element, dann mach ich euch fertig.«

»Also wirklich, Miss Bankhead«, wandte der Rotschopf ein, »wir haben keineswegs die Absicht, die Sendung abzusetzen. Wir haben durchaus die Absicht, den Bedingungen Ihres Vertrages gerecht zu werden.«

»Das ist auch verdammt besser so. Er ist hieb- und stichfest.«

»In der Tat, aber, Miss Bankhead, wir werden keinen John Garfield oder Ihren Folksänger Abner Walsh oder auch nur Charlie Chaplin oder Larry Parks oder Sterling Hayden oder den Rest von diesen Sozis da zulassen. Wenn Sie versuchen, sie in der Sendung auftreten zu lassen, werden die Techniker Anweisung erhalten, den Stecker rauszuziehen und dafür Blasmusik zu spielen!«

»Wer soll sich denn da einen blasen lassen? Sie etwa, Mr. Plant, oder Sie, Mr. Crunch? Meine Herren, das ist meine letzte Sendereihe mit Ihnen. Ich werde nicht verlängern, sollten Sie eine Verlängerung wünschen. Und das gibt ein brandheißes Kapitel in meiner demnächst erscheinenden Autobiographie, an der mein Presseagent Richard Maney gerade schreibt. Eins kann ich Ihnen sagen, wenn ich eine Feuersbrunst bin, ist Maney ein Vulkan!« Mit diesen Worten fegte sie aus dem Büro, wobei sie die Tür hinter sich zuknallte, aber höflicherweise nicht vergaß, den vor der Tür versammelten Büroangestellten auf Wiedersehn zu sagen. Denen war klar, daß sie der Vorstellung, die sie da eben gegeben hatte, lieber nicht applaudieren sollten, aber jeder einzelne ließ sich damit noch monatelang zum Essen ausführen.

Gregory und Anya Hagle, beide Mitte Fünfzig, waren seit ihrer Studentenzeit am City College in New York ein Autorenteam. Es hatte im wahrsten Sinne des Wortes sofort zwischen ihnen gefunkt, Anya hatte ihn nämlich in der Cafeteria beschimpft, als er sich eines Stuhls bemächtigte, den sie besetzt hielt. Bei einer Protestdemonstration (sie wußten beide nicht mehr, gegen was sie da protestiert hatten, denn bei Demonstrationen kamen sie an die frische Luft und hatten etwas Bewegung) entschuldigte sie sich dann später und nahm seine Einladung zu Rudolph Valentinos *Der Scheich* an. Ein paar Wochen nach dem Examen heirateten sie und gründeten ihren Hausstand in der Einzimmerwohnung, die sie in einem ziemlich schäbigen Viertel von Brooklyn gemietet hatten. Gregory arbeitete als Kellner, und Anya verkaufte Kurzwaren in einem Billigladen um die Ecke. Nachts begannen sie, zusammen Dramen zu schreiben. Nach drei Jahren dieses glückseligen Lebens wurde eines ihrer Stücke am Broadway aufgeführt. Es wurde kein Erfolg, doch man erkannte ihre gemeinsame Begabung.

Am Horizont zeichnete sich der Tonfilm ab, und bald wurden die Hagles angeheuert, nach Hollywood zu gehen und Filme für gestandene Theaterleute wie Ruth Chatterton, Claudette Colbert, Fredric March, Edward G. Robinson und so weiter zu schreiben. Nach wenigen Jahren hatten sie in Hollywood Fuß gefaßt, waren für den Broadway auf ewig verloren und führten einen Kreuzzug zur gewerkschaftlichen Organisierung der Drehbuchautoren, von denen die meisten schmählich unterbezahlt waren. Nach Jahren der Bitterkeit und des Kampfes wurde die Gewerkschaft gegründet und zähneknirschend akzeptiert, und die Hollywoodmogule schworen Rache an denen, die für die Schaffung der Gewerkschaft gekämpft hatten.

Und so wurden Gregory und Anya Hagle im Jahre 1952 vor den Kongreßausschuß für unamerikanische Umtriebe geladen, erschienen auch, verweigerten unter Berufung auf den Selbstbezichtigungsparagraphen die Aussage und waren somit nicht mehr zu engagieren. Kinderlos, heimatlos zogen sie von Hollywood fort und ließen sich in einer kleinen aber niedlichen Hütte in Bucks County, Pennsylvania, nieder, in der Nähe alter Freunde wie den Dramatikern Moss Hart, Joseph Schrank, George S. Kaufman und anderen, die ihnen zusetzten, sie sollten doch ein Drama schreiben. Sie schrieben das Drama, doch es hatte keinen Zauber. Ein befreundeter Intendant bot gütigerweise an, es im Sommer im beliebten Bucks County Playhouse voraufzuführen, aber die beiden Hagles waren klug genug zu erkennen, daß das Stück über den Probelauf hinaus keine Zukunft haben würde.

Sie suchten Schwarzarbeit als Drehbuchautoren, wie es auch Dalton Trumbo und Ring Lardner jr. und Ian McClelland Hunter und andere mit unterschiedlichem Erfolg taten, aber was sie an Angeboten erhielten (eins), war erniedrigend und entwürdigend. Dann erfuhr Anya, daß sie Krebs hatte. Sie verzweifelte nicht und Gregory auch nicht. Auch wenn es monatelang unausgesprochen blieb, waren beide des Lebens sehr müde. Sie fuhren nach New York, um mit Dorothy Parker zu Abend zu essen, die selber tapfer am Rande der Katastrophe herumtaumelte und nach einem Mitarbeiter für ein Theaterstück suchte. Dorothy hatte wenigstens ein paar Einnahmen aus ihren früheren Kurzgeschichten; die Hagles waren total abgebrannt.

»Wir könnten alle mal einen Lichtblick gebrauchen«, sagte Dorothy mit ihrer leisen Stimme, die sie bei dem Lärm in Barney's Steak House kaum hören konnten. »Unser Problem ist, daß uns jedes Talent zum Dutzendmenschen abgeht. Wir können nicht dem großen griechischen Gott Mediocretis zu Füßen liegen und ihn anbeten. Großer Gott, in so einer Zeit wäre ich am liebsten ungeheuer unbegabt, dann hätte ich mein Auskommen. Guckt nicht so traurig, meine Darlings. Irgendwie muß sich das Blatt zu unseren Gunsten wenden. Ich weiß! Laßt uns Champagner bestellen! Genau das brauchen wir jetzt, das perlende Prickelwasser peppt uns wieder auf.«

»Champagner können wir uns nicht leisten«, sagte Gregory.

Anya sagte: »Wir können uns nicht mal Borschtsch leisten.«

»Psst!« mahnte Mrs. Parker und warf rasch einen verstohlenen Blick unter den Tisch. »Nicht Borschtsch sagen! Das ist subversiv!«

Als sie später am Abend in ihrem zerbeulten Chevrolet nach Bucks County zurückfuhren, kuschelte Anya sich an Gregory. »Das war süß von Dotty, daß sie den Champagner bestellt hat. Ist dir aufgefallen, daß ihre Handschuhe an den Fingern ganz mürbe aussahen?«

»Mir ist nur aufgefallen, daß sie selbst ganz zermürbt aussah.«

»Darling, haben wir morgen irgendwas vor?« Sie starrte zum Himmel hinauf, der von Sternen funkelte, so schimmernd, wie Sterne nur am klareren Firmament der Vororte schimmern können.

»Nichts Besonderes.«

»Und übermorgen?«

»Desgleichen.«

»Und über- und über- und übermorgen.«

Sie waren auf der alten Landstraße am Delaware River angelangt.

»Ich glaub, wir ham nich grad viel zum drauf freun, Miss Scarlett«, sagte er und traf den Tonfall von Butterfly McQueen in *Vom Winde verweht* dabei ganz gut.

»Dann laß doch das Steuer los und nimm mich in die Arme und überschütte mich mit heißen Küssen.«

Er sah starr geradeaus durch die Windschutzscheibe. Er konnte die Tränen in ihren Augen nicht sehen, wußte aber, daß sie da waren. Er sagte nichts, denn er wußte, daß ihm jedes Wort in der Kehle ersticken würde. Er ließ das Steuer los; er zog seine Frau eng an sich und preßte seine Lippen auf die ihren.

Drei Tage lang mußte man den Fluß absuchen, bis man die Hagles fand, im Tode engumschlungen in ihrem zerbeulten Chevrolet.

»Ich les grade George Santayana«, sagte Dorothy Parker in der Suite im Elysee zu Tallulah Bankhead.

»Ich dachte, du wärst Nietzscheanerin«, meinte Tallulah, während sie einen Fingernagel mit der Nagelfeile bearbeitete.

»Ich finde Santayana tröstlicher, Nietzsche hin, Nietzsche her.« Sie betrachtete Tallulah von der Seite. »Du bist immer noch sehr schön, Tallulah.«

»Ja wirklich, Dahling? Marcus Blechmann sagt, wenn er Fotos von mir retuschiert hat, braucht er immer einen Tag Bettruhe. Ich komme mir im Augenblick nicht besonders schön vor, Dahling. Es ist alles viel zu deprimierend. Diese Selbstmordepidemie. Nance Liston, Michael Darnoff und jetzt die Hagles. Wer wird der nächste sein?«

»Es ist wohl an der Zeit, daß ich mich auch wieder mal im Selbstmord versuche . . . hoppla . . . das sollte kein Wortspiel sein.«

»O Dottie, bitte nicht. Selbstmord liegt dir nun mal nicht. Dir fehlt die Disziplin.«

»Was machst du, wenn deine Sendung abgesetzt wird? Sie können sie doch absetzen, nicht?«

»Ja, das können sie, die Arschlöcher«, gab Tallulah kleinlaut zu. »So eine Höhere-Gewalt-Klausel in meinem Vertrag, die man verschieden auslegen kann, aber immer zu deren Gunsten. Und dann gibt es da noch den Sittlichkeitsparagraphen, und dem Himmel sei's geklagt, mit *dem* können sie mich wahrhaftig reinreiten!« Sie brachen in Gelächter aus. »Also ist Tallulah schön brav, jedenfalls im Rahmen ihrer Möglichkeiten, sonst gerät sie einem von denen da in die Klauen.« Sie zeigte auf einen Stapel Manuskripte auf dem Schreibtisch.

»Na, bist du nicht ein Glückspilz, daß man dir so viel Stücke anbietet?«

»Glückspilz!« rief Tallulah mit verächtlichem Schnauben. »Eins davon ist so eine abgeschmackte Boulevardkomödie, in der Handlung wie Heldin in Paris zum Höhepunkt kommen. Dann ist da eins, das um die Jahrhundertwende in San Francisco spielt, und da soll ich so eine China-Braut darstellen, die man per Katalog bestellt!«

»Mit Eilboten?« erkundigte sich Mrs. Parker. »Oder zurück wegen mangelnder Frankierung?«

»Zurück wegen mangelnden Interesses, Dahling. Hör dir das an. Mein erster Satz fährt dir wie ein Dolch ins Hirn.« Sie war aufgestanden, schlurfte im Zimmer herum, die Hände gefaltet, den Kopf zur Seite hängen lassend, der Inbegriff der Unterwürfigkeit. »›O ehrenwerter Hung Low ... oder so ähnlich ... ich bin Moo Goo Gai Pan, fünftes Tochter von drittes Kusin von achtes Tante in ehrenwertes Haus von Anna May Wong.‹« Sie seufzte. »Und das hier und heute.« Sie streckte die Hand nach dem Manuskriptstapel aus, nahm eins von oben herunter und wandte sich dem Titelblatt zu. »O Gott, ja, dann haben wir noch das hier. Eine Bearbeitung aus dem Ungarischen von Melchior Lazlas.«

»Wer ist Melchior Lazlas?«

»Ich glaube, das ist ein Geisteszustand.« Sie warf das Skript hin. »Meine Rolle heißt Fritzi Mitzi, ob du's glaubst oder nicht, und ich bin eine Gräfin, die als Animiermädchen in einem Nachtclub untergetaucht ist, und der Großfürst Hymie – oder hieß er Irving? –, der mit seinem Kammerdiener, gespielt von Edwart Everett Horton, einen Abstecher in die Unterwelt macht, kommt rein, wirft einen Blick auf mich und dreht durch.«

»Wieso?«

»Ich dachte, wir sind Freundinnen.«

Patsy Kelly platzte ins Zimmer und kreischte mit tränenfeuchter Stimme: »Ich hab grade für so ein bescheuertes Stück über Hollywood vorgesprochen, und wißt ihr, was die Scheißkerle zu mir gesagt haben: ›Sie sind nicht der richtige Typ, Miss Kelly, wir brauchen jemand, der witziger ist.‹ Witziger! Herr du mein Gott, ich, Patsy Kelly, die ich seit zwanzig Jahren in Hollywood zum Inventar gehöre, und die zwei Blödhammel, die noch in den Windeln liegen, wollen mir erzählen, ich wär nicht der richtige Typ. Wie geht's, Dottie?« Sie schnappte sich den Scotch, den Tallulah für sie eingeschenkt hatte. »Kann mir vielleicht jemand sagen, was mir fehlt?«

»Eine Bluttransfusion«, schlug Tallulah vor.

Patsy nahm einen ordentlichen Schluck Scotch, wischte sich mit dem Kleiderärmel den Mund, guckte die beiden Frauen an und fragte: »Also, was blickt ihr zwei denn so verdrießlich drein?«

Tallulah stimmte feierlich ihre Lieblingszeilen aus Psalm 7, Vers 1 an. »Auf dich, Herr, traue ich, mein Gott. Hilf mir von allen meinen Verfolgern und errette mich.«

»Das würde einen hübschen Titel abgeben«, sagte Mrs. Parker. »Alle meine Verfolger.«

»Dottie«, sagte Tallulah in einem Ton, der Aufmerksamkeit heischte. »Ich nehme den Kampf auf. Nächsten Sonntag leg ich einen von deinen Monologen hin.«

»Die edle Absicht ist mehr wert als jede Gabe«, war Mrs. Parkers Kommentar. »Nein, Tallulah, nein, nein, nein. Ich weiß, daß du liebend gern heiße Eisen anpackst, und es ist sehr lieb von dir, daß du mir etwas Liebes tun willst, aber kämpf nicht gegen Windmühlen an. Jedenfalls nicht gegen Windmühlen dieser Machart.«

»Aber ich halte dieses Gefühl der Hilflosigkeit einfach nicht aus!« explodierte Tallulah. »Dich kann ich nicht nehmen, Julie Garfield kann ich nicht nehmen, Abner Walsh kann ich nicht helfen ...«

»Na, wenn du so verdammt versessen darauf bist, jemandem zu helfen«, kreischte Patsy, »dann hilf doch meiner treuen, anhänglichen, verläßlichen, total abgebrannten Wenigkeit!«

»Genau das liebe ich so an dir, Patsy Dahling: wenn du absolut nichts zu sagen hast, dann sagst du es frei heraus.«

Es war, als könne Abner Walsh sich nicht erinnern, jemals woanders als in Greenwich Village gewohnt zu haben. Er war aus einer Kleinstadt im Mittleren Westen dorthin gezogen, hatte es rein instinktmäßig entdeckt und, kaum daß er einen Fuß auf die Christopher Street gesetzt hatte, sofort gewußt, daß er hier zu Hause war. Jetzt, nach fünfunddreißig Jahren, bewohnte er eine größere, viel teurer eingerichtete Wohnung in der exklusiveren Gegend des Village an der Zehnten Straße West Ecke Fifth Avenue. Er saß mit untergeschlagenen Beinen in seinem Wohnzimmer auf dem Fußboden, klimperte auf der Gitarre herum und sah Lewis Drefuss an, der am Kamin stand und in ein Glas Wein starrte, als gäbe es dort verborgene Geheimnisse zu entdecken. Abner schreckte Lewis aus seinen Träumereien auf. »Die Bankhead kann nichts machen?«

»Sie hat es versucht. Glaub mir, und wie sie es versucht hat. Jetzt steht sie selbst unter Beschuß.«

»Du machst Witze.«

»Oh, sie weiß, daß das ein abgekartetes Spiel ist, bloß damit sie spurt. Aber es ist nicht ungefährlich. Sie könnten ihr die Sendung wegnehmen. Erst heute morgen wollte sie einen Monolog von Dorothy Parker einschmuggeln. Es war, als wär im Rockefeller Center ein Erdbeben ausgebrochen.«

Abner legte die Gitarre weg und streckte die Beine aus. »Ein elender Wicht wie Lester Miroff nennt Namen und schon sind Karrieren zerstört. Leben sind zerstört. Ach Scheiße« – er rieb sich die Augen –, »ich hab es so satt. Ich hab es so verdammt satt. Ich hab niemand mehr, mit dem ich reden kann.«

»Ich rede mit dir.«

»Du bist ein lieber Kerl, aber sieh dich ja vor. Vergiß, daß du mich kennst.«

»Sei nicht albern!«

»Hör mir gut zu, mein Kleiner. Vorsicht ist die Mutter der Porzellankiste, wenn ich mal einen blöden Spruch anbringen darf. Laß deine Bosse spitzkriegen, daß du dich für mich eingesetzt, so wie Tallulah versucht, alte Freunde in Not unterzubringen, und du fliegst hochkantig raus. Glaub mir, mein Kleiner, es lohnt sich nicht, den Märtyrer zu spielen. Nanette hat mich auch verlassen.« Er seufzte und schüttelte langsam den Kopf. »Wenn ich denke, daß ich eine wunderbare Frau hab sitzen lassen wegen Nanette Walsh. Na ja, im Bett war sie 'ne Wucht, solange es dauerte. Aber als Bildhauerin ist sie besser.«

»Abner, hast du mal überlegt, auf Tournee zu gehen? Du weißt schon, Colleges und Universitäten und so?«

»Bist du übergeschnappt?« Abner stand mühsam auf. »Hast du gelesen, was los war, als Paul Draper und Larry Adler eine Tournee versucht haben? Protestkundgebungen, Drohungen, eine Absage nach der anderen. Nicht mit mir, mein Kleiner, ich bin heut noch grün und blau davon, wie die Leute auf mir rumgetrampelt sind. Abner Walsh, mein Kleiner, ist mit sofortiger Wirkung offiziell im Ruhestand.«

»Also komm, Abner!«

»Mir kann alles gestohlen bleiben. Ich hab die Schnauze voll. Es hängt mir alles zum Halse raus. Ich brauch 'ne Mieze im Bett. Ich wünschte, ich hätte den Mumm, Lester Miroff umzubringen. O ja, das würd ich mir wünschen. Ich wünschte wirklich, ich hätte den Mumm. Kannst du dir das vorstellen? Komisch, wie das Schicksal so spielt. Ich, der große Star, der große Kassenmagnet, steh auf der schwarzen Liste, unvermittelbar. Lester dagegen. Der Spitzel, der Denunziant, der kleine Scheißer mit seinem Talent, das man in einer Nußschale unterbringen kann, und dann ist da immer noch Platz für ein ganzes Sofa, der kriegt eine neue Fernsehshow! Mein Gott, gibt es denn keine Gerechtigkeit mehr auf der Welt?«

Im schicken Club »21« an der Zweiundfünfzigsten Straße West flirtete Detective Jacob Singer unverhohlen mit Tallulah Bankhead. Tallulah gurrte und gluckste wie ein läufiges Pfadfindermädchen, und Mrs. Parker schlürfte ihren Jack Rose und gab sich derweil der Erinnerung hin, wie sie damals 1926 in ebendiesem Raum den eleganten Lacey van Weber kennengelernt hatte.

»Dahling«, erkundigte sich Tallulah bei Mrs. Parker, »langweilen wir dich?«

»Nicht mehr als sonst.«

»Ach, sei doch nett, Dottie. Detective Singer ist so ein phantastischer Balsam für mein wundes Leben.«

»Flirtet ihr beiden ruhig weiter miteinander. Ich mach bloß den Pausenclown.« Singer lächelte. Mrs. Parker machte eine Bemerkung über zwei Zwergenwüchsige am Nebentisch, die sich, wie sie vermutete, zwergfellerschütternde Witze erzählten. »Übrigens, wenn ich so sehe, wie ihr zwei euch schöne Augen macht und süße Nichtigkeiten austauscht, die süß und nichtig sind, da muß ich wieder an den Nachmittag in Venedig denken, das muß bald zwanzig Jahre her sein, oder noch mehr . . . weißt du nicht mehr, Tallulah, du warst ja schon damals nicht mehr die Jüngste.« Tallulahs Augenlieder sanken auf halbmast, während Mrs. Parker sich an den Detective wandte. »Wir waren mit einer ganzen Clique an einem Tisch in Harry's Bar. Wir saßen einfach nur rum, schlugen die Zeit tot und mordeten den einen oder anderen Ruf und erzählten den Tauben lahme Witze. Tallulah flirtete mit Ernest Hemingway, und das wurde ihr bald zu langweilig, was leicht zu begreifen war, und dann stürzte sie sich auf Scott Fitzgerald, aber der war schon unterwegs zu seinem Lieblingsplatz unter dem Tisch, also schenkte Tallulah einem Filmregisseur mit einem wahrhaft entzückenden Namen ihre Gunst.«

»*Was* für einem Filmregisseur mit *was* für einem entzückenden Namen? Du meinst doch nicht etwa Ernst Lubitsch, um Gottes willen. An dem war nichts Entzückendes, es sei denn, man findet den Geruch von Zigarrenrauch berauschend.«

»Nein, meine Liebe, der Mann hieß Harry D'Abbadie D'Arrast.« Sie lächelte und fragte Jacob Singer: »Ist der Name nicht göttlich?«

»Da hat man dran zu kauen«, meinte Singer.

»Der Name war göttlich«, sagte Tallulah und zündete sich eine Craven A an, »er selbst nicht. Hat so einen Stummfilmstar geheiratet, nicht?«

»Ja. Eleanor Boardman. Ich hab sie neulich getroffen. Sie ist immer noch umwerfend.«

»Vermutlich deshalb, weil sie nicht auf der schwarzen Liste steht.«

»Ach Gott, Jacob«, sagte Mrs. Parker, »jetzt wird Tallulah uns griesgrämig. Wo ich mich doch gerade so köstlich amüsiere und in abgedroschenen Erinnerungen und dem peinlichen Betragen meiner Tischgenossen schwelge, und, Scheiße, jetzt habe ich vergessen, worauf ich eigentlich hinauswollte. Ach ja. Venedig. Tallulah. Flirten. Der vierte, mit dem sie geflirtet hat, ein Korrespondent für irgendeine Nachrichtenagentur. Er hat sie gefragt, ob sie mit ihm ins Bett geht, und sie hat ihm eine geknallt.«

»Das stimmt!« bellte Tallulah. »Jetzt erinnere ich mich! Ich hab ihm erklärt, wenn ich flirte, vögel ich nicht. Uuum Wah Hah Hah Hah Hah . . .« Das rauhe Lachen erstarb. Sie hatte jemanden hinten im Saal erkannt, der eilends aufbrach.

Jacob Singer ging auf den sonderbaren Ausdruck in Tallulahs Gesicht ein. »Siehst du jemand, den du haßt?«

»Nein, ich hab jemand gesehen, den ich anbete.«

»Wen?« fragte Mrs. Parker, deren Neugier angestachelt war.

Es gab so wenige Menschen, die Tallulah anbetete. Sie nannte alle Leute »Dahling«, weil sie sich fast nie erinnern konnte, wie sie hießen.

»Abner Walsh.«

»Abner?« Mrs. Parker starrte Tallulah ungläubig an. »Und Abner hat uns nicht guten Tag gesagt? Na ja, vielleicht hat er uns nicht gesehen.«

»Er hat uns gesehen«, sagte Tallulah. »Und er hatte einen absolut grauenvollen Ausdruck im Gesicht.«

DREI

Martha Walsh, Abners erste Frau, war überrascht, als er anrief und fragte, ob er sie besuchen kommen könnte. Als er sie wegen der eleganten Nanette sitzenließ, einer erfolgreichen Bildhauerin, um deren Werke sich Museen und Sammler rissen, widersetzte sie sich der Scheidung nicht und stellte, entgegen dem Rat von Freunden und ihrem Anwalt, auch keine unmöglichen finanziellen Forderungen. Sie war immer noch sehr verliebt in ihn, und es wäre ihr fremd gewesen, jemanden zu verletzen, den sie liebte. Auch jetzt, da sie ihm am Küchentisch ihrer Souterrainwohnung an der Fünfzigsten Straße West im Herzen von Hell's Kitchen gegenübersaß, sehnte sie sich noch heftig danach, noch einmal seine Arme um sich zu spüren, voller Ungeduld ihre Lippen auf die seinen zu pressen, mit ihm ins Bett zu gehen und sich dann eine Pizza kommen zu lassen. Er hatte nichts Alkoholisches trinken wollen, daher goß sie einen Tee auf. Sie hatte am Morgen gebacken, aber er spielte nur mit dem Mandelkuchen herum. Er sah alt aus, abgespannt, ausgezehrt, elend, doch nicht in Marthas Augen.

»Wenn du den Kuchen nicht magst, kann ich dir was anderes bringen. Ein Sandwich? Ich hab Zwiebelbrötchen da.«

»Nichts, Martha. Ich habe zur Zeit keinen Appetit.« Er konnte seine Verzweiflung nicht verbergen. »Ich hatte nicht vor, dich mit dieser ganzen Operntragödie heimzusuchen, Martha. Aber ich weiß nicht mehr, wie ich damit fertig werden soll. Es gibt keine Möglichkeit, mich gegen die schwarze Liste zur Wehr zu setzen.«

»Warum kann Harvey nichts tun?« Harvey Eilers war Abners Anwalt, der sich auf Theaterprominenz spezialisiert hatte. Während sein Stern aufging, entwickelte er auch ein Geschick, hier einen Freund und dort einen Namen fallenzulassen. Als er sich einmal das Bein gebrochen hatte, meinte Abner, da müsse ihm wohl ein ganz besonders gewichtiger Name draufgefallen sein. »Ich dachte, die Justiz wäre dazu da, Leute zu schützen und nicht zu verurteilen.«

»Harvey meint, ich sollte nach Europa gehen, nach England. Dahin haben sich schon viele andere geflüchtet. Lionel Stander ist mit einer ganzen Bande von Leuten in Italien. Ein paar sind in Mexiko. Was glaubst du, wie sich ›Blue Tail Fly‹ wohl auf italienisch anhört?«

Sie versuchte ein Lächeln, aber der Versuch war so schwach wie der Tee in ihrer Tasse. »Abner, bist du pleite?«

»Ach nein, nein. Das geht schon. Du brauchst dir um die Unterhaltszahlungen keine Sorgen zu machen.«

»Ich hab jetzt nicht an mich gedacht.«

»Das vergeß ich immer wieder. Du hast eigentlich nie an dich gedacht.« Er sah sie über den Tisch hinweg an, und er konnte noch immer das fröhliche Mädchen mit dem munteren Gesicht erkennen, das ihn vor über dreißig Jahren so bezaubert hatte.

»Wie konnten diese Leute das tun? Wie konnten Freunde sich gegenseitig verraten? Ich frage mich, ob ich eines Tages mal so verzweifelt bin, daß ich mich auch dazu herablasse.«

»Ach Gott, Martha, wer weiß schon, wozu Leute imstande sind, wenn sie mit dem Rücken zur Wand stehen? Eddie Dmytryk ist mit den Hollywood Ten ins Gefängnis gegangen, und was macht er, als er wieder draußen ist? Er nimmt alles zurück, schlägt sich an die Brust und schreit *mea culpa*, damit er vielleicht wieder arbeiten darf.« Er legte seine Hände auf den Tisch. »Ich kann das nicht. Ich kann's einfach nicht. Wenn ich so was täte, würde ich mich nicht nur am Morgen danach hassen, ich würde mich ewig hassen.«

»Was sagt deine Frau dazu?«

»Sie hat ›Lebewohl‹ gesagt.«

»Das tut mir leid.« Eine Pause. »Und dir?«

Abner lachte. »Du weißt immer noch, wie du einem das Messer ins Herz stoßen kannst.«

»Ich möchte es Lester Miroff an die Kehle setzen und Barry Wren und . . .«

»Martha. Wenn du mich überlebst, und das kann gut sein, möchte ich, daß du mir etwas versprichst. Laß mich einäschern und wirf die Asche Lester Miroff ins Gesicht.«

Lewis Drefuss rief Tallulah an und sagte die Verabredung zum Essen ab. Er entschuldigte sich mit Arbeitsüberlastung. Tallulah hatte erstaunlich viel Verständnis für die Abfuhr. Nachdem sie den Hörer aufgelegt hatte, sah sie Estelle und Patsy an, die am Kartentisch saßen und Gin Rummy spielten. Sie lehnte sich in ihrem Sessel zurück und überdachte ihre Vermögenswerte. Windows, ihr Haus in Bedford Village, eine kurze Autofahrt von New York City entfernt, war eine Menge wert. Sie hatte ihr Geld sicher angelegt, und ihr Vater hatte ihr und ihrer Schwester Eugenia ein erstaunlich hübsches Sümmchen hinterlassen. Die Autobiographie sollte im September erscheinen, und ihr Verleger rechnete mit umwerfenden Verkaufszahlen. Schon jetzt bewarben sich Zeitschriften um die Serienabdrucksrechte. Laut sagte sie: »Ich nehm an, ich könnte immer noch mit *Private Lives* auf Tournee gehen.«

»Wieso?« fragte Estelle und legte ihre zehn Karten auf den Tisch. »Vergib mir, o Herr, denn mein ist der Gewinn.«

»Scheiße«, sagte Patsy beredt, während sie begann, ihre Restaugen zusammenzuzählen. »Meine Mutter hat meinen Vater immer verdroschen, wenn er das gemacht hat. Zum Teufel, sie hat den alten Mann ständig verdroschen.«

»Wirklich?« sagte Estelle, ihre schönen Augen vor Erstaunen weit aufgerissen. »Warum hat er sie nicht verlassen?«

»Er konnte sich das Fahrgeld nicht pumpen.«

Das Telefon klingelte. Tallulah ging ran. Es war ihr Agent, der ihr ein Angebot übermittelte. Beim Zuhören krampften sich ihre Hände immer mehr um den Hörer. Das Blut begann ihr in den Adern zu kochen. Und dann brachen die Worte aus ihrem Mund hervor, als würde heiße Lava aus einem Vulkan quellen, schwappten über das Telefon, durch das Zimmer, überschwemmten Estelle und Patsy, vernichteten alles, was sich ihnen in den Weg stellte. Ihr Agent hatte in seinem Büro den Hörer fallen lassen und rannte, um ein Fenster aufzumachen. »Ich soll eine Inszenierung mit Barry Wren machen? Also, dieses dreckige Arschloch würde sein eigenes Land verraten, wenn der Preis stimmt! Erzählen Sie mir doch nicht ständig, daß er entlastet ist! Der kriegt nie und nimmer Tallulahs Plazet! Selbstverständlich würde ich liebend gern ein Musical machen, aber nicht mit diesem verseuchten Kübel Gekröse!« Sie machte eine Pause, um sich eine Zigarette anzustecken, und sagte dann in den Hörer: »Wie geht es Ihrer Frau Mutter?« Eine Minute später wanderte sie durch das Zimmer, die Hände hinter dem Rücken gefaltet, düstere Gedankengänge vor sich hin murmelnd.

»Also, Tallulah, du darfst deinen Agenten nicht allzustreng verurteilen. Er arbeitet sehr schwer für dich, und er meint es ehrlich.« Estelle teilte ein neues Spiel aus und ließ dabei jede Karte klatschen.

»Seine Ehrlichkeit ist ungefähr so aufrichtig wie ein französischer *maître d'*.« Sie nahm das Manuskript ihrer nächsten Rundfunksendung vom Schreibtisch und fing an, Seiten umzublättern. Dann warf sie das Skript auf den Fußboden und trampelte darauf herum.

»Tallulah!« kreischte Patsy. »Die Nachbarn!«

»Meine Nachbarn können mich am Arsch lecken! Es gibt zwei Dinge auf der Welt, auf die ich absolut keinen Wert lege, und das sind Krebs und Nachbarn! Grundgütiger Gott, warum bin ich so unruhig? Warum hab ich das Gefühl, als ob sich düsteres Ungemach über mir zusammenbraut?« Das Telefon unterbrach sie. »Verdammt noch mal, wie ich dieses Telefon hasse!« Sie stürzte sich auf den Apparat und schnauzte hinein: »Was gibt's denn?« Sie lauschte Dorothy Parkers leiser, trauriger Stimme. »O nein. O mein Gott, nein. Wie? Wo?« Sie lauschte. »Na ja«, sagte sie durch ein trockenes Lachen hindurch, »wenn man schon abtreten muß, dann ist das ein hervorragender Abgang. Gib mir Bescheid, wenn sie die Beerdigung arrangieren.« Estelle und Patsy warteten schon. Tallulah hängte auf und vergrub das Gesicht in den Händen. »Julie Garfield ist tot.«

»Scheiße, ach Scheiße«, sagte Patsy. »Er ist doch noch so jung.«

»Was für ein Julie?« fragte Estelle.

»John Garfield, verdammt noch mal!« schrie Tallulah.

»Ach du lieber Himmel«, zwitscherte Estelle, wobei sie ihre scharlachrote Perücke zurechtrückte. »Er war so sexy.«

Tallulah brüllte vor Lachen. »Tja, Dahlings, er ist beim Vögeln gestorben! Er hat bei seiner Freundin im Bett einen Herzanfall gekriegt!«

Am frühen Abend brachten die Fernsehstationen kurze, herzliche Würdigungen des verstorbenen John Garfield, wobei sie die Wahrheit um seinen plötzlichen Tod taktvoll umgingen. Der Choreograph Barry Wren sah sich in seinem Wohnzimmer eine solche Würdigung an, und dann ließ er plötzlich das Glas Wein fallen, aus dem er getrunken hatte, und stürzte ins Badezimmer, wo er sich mit trockenem Würgen über das Waschbecken beugte. Lester Miroff war in einer schmuddeligen Kneipe an der Dreiundvierzigsten Straße West End Seventh Avenue und trank seinen Bourbon mit einem Bier zum Nachspülen; zum ersten Mal seit Monaten hatte er den Anstand, etwas Reue zu empfinden.

In einem anderen Teil der Stadt, in einem teuren Apartment an der oberen Fifth Avenue, ließ der gefeierte junge Film- und Theaterregisseur Theodore Valudni die Tür hinter sich ins Schloß fallen und stellte seine Reisetasche ab. Aus dem Wohnzimmer hörte er den Fernseher. »Schätzchen«, rief er, »ich bin zurück.« Es kam keine Antwort.

Er ging in das Wohnzimmer. Seine Frau Beth guckte sich einen Zusammenschnitt von John-Garfield-Filmen an. Ihre Augen waren rot, wenn auch tränenlos. Sie hatte in ihrer Frühzeit am Broadway beim Group Theater mit Garfield zusammen gespielt. Damals war Ted Valudni auch Schauspieler gewesen, kein sehr guter. Doch mit Hilfe seiner Freunde vom Group hatte er seine wahre Berufung als Regietalent gefunden. In den vergangenen zehn Jahren hatte er eine beneidenswerte Folge von Film- und Theatertriumphen verzeichnen können. »Was ist das da mit Julie?« Seine Stimme war trocken und spröde.

»Er ist tot.« Es war eindeutig Beth, die da sprach, aber die Stimme gehörte jemand anderem. Sie war hohl und leblos. Ted sagte nichts. »Er hat einen Herzinfarkt gehabt.« Sie stand von ihrem Platz auf und machte den Apparat aus. Sie nahm ihr Glas mit Scotch und Soda und sah dann ihren Mann an. »Und was war nun in Washington? Hast du dich auf Artikel Fünf berufen?«

»Also komm, Beth, wir haben das wieder und wieder durchgekaut, und die Diskussionen darüber hängen mir zum Halse heraus!«

»Wen hast du genannt?«

»Ich möchte nicht darüber reden.«

»Worüber möchtest du denn reden?«

»Ich möchte darüber reden, daß wir packen und an die Küste fahren, darüber möchte ich reden. Ich hab beschlossen, das Angebot von Zanuck anzunehmen . . .«

»Wen hast du verraten?« Diese Stimme kannte er. »Wie viele Leute gehen jetzt auf die andere Straßenseite, wenn sie mich kommen sehen? Wen kann ich nicht mehr anrufen und zum Mittagessen einladen? Hast du mich genannt? Wir haben uns auf ein und derselben Solidaritätsveranstaltung kennengelernt. Wir haben in drei Stücken zusammen gespielt. Wir teilen seit langem dasselbe Bett.« Ihre Stimme wurde ein paar Oktaven höher. »Wie viele Leben hast du zerstört, mein geliebter Gatte? Wie viele?«

Er sagte die Namen der Männer und Frauen auf, die er verraten hatte, um die eigene berufliche Haut zu retten. Sie schüttete ihm den Whisky ins Gesicht und ging dann ins Schlafzimmer, um ihren Koffer zu packen. Er ließ sich in einen Sessel fallen, ohne sich vorher das Gesicht zu trocknen. Dann überlegte er, ob der Broadway eine Neuinszenierung von *König Lear* vertragen könnte.

Abner Walsh weinte, als er im Fernsehen die Elogen auf John Garfield sah. Das Röhrchen mit Schlaftabletten war offen in seiner Hand, und er steckte sich eine Pille nach der anderen in den Mund und half mit einem Schluck Wodka nach. Er fuhr immer noch Pillen ein, als die Lobeshymne vorbei war und ein schnucklig-doofes Wettermädchen für morgen herrliches Wetter versprach. Er schluckte weiter Pillen und Wodka, bis das Röhrchen leer war. Er nahm alle Pillen, weil er nicht genau wußte, wie viele man braucht, um die Sache mit dem Sterben zufriedenstellend zu erledigen. Er hatte noch nie versucht, sich umzubringen, allerdings hatte er einmal eine romantische Ballade aufgenommen: »You'd Better Go Now.« Die Platte war ein Flop und ließ ihn im Eiltempo wieder zu seinen Folksongs zurückkehren. Er taumelte zum Plattenschrank und kramte sich durch ein verschwommenes Bild der Wirklichkeit und fand die Aufnahme. Er hatte noch die Kraft, die Platte auf den Teller zu legen, und während er sie anhörte, spürte er, wie sein Leben davonglitt, und bedauerte es nicht.

»*You'd better go now . . . because I like you much too much . . .*«

Abner sank zu Boden und fiel mit dem Kopf gegen den Lautsprecher. Er flüsterte leise: »Okay . . . ich geh ja schon.«

Abner war so früh am Tage gestorben, daß er den Nachmittagszeitungen ihre Schlagzeilen liefern konnte. Gabriel Darnoff kaufte sich am Times Square ein Blatt und dachte: Wieder ein Tapferer weniger. Ein Freund meines Vaters, ein Genosse meines Vaters, sie haben im Spanischen Bürgerkrieg zusammen bei der Brigade Abraham Lincoln gekämpft. Sie sind immer nach demselben Trommelschlag marschiert. Sie haben auf die gleiche Art gelebt, mehr oder weniger jedenfalls, und sind auf die gleiche Art gestorben, mehr oder weniger jedenfalls. Gabriel lehnte sich an den Zeitungskiosk und knüllte die Zeitung zusammen. Mein Vater hat sich aus dem Fenster gestürzt, und Abner hat Tabletten geschluckt. Beide Methoden waren überaus effektiv. Vielleicht sollte ich mein nächstes Theaterstück über sie schreiben. Sie haben einen würdigeren Nachruf verdient als den, den sie bekommen haben. Druckerschwärze ist kalt und herzlos. Keine noch so große Zahl von Wörtern kann dem Leser die wahre Größe dieser wunderbaren Männer vermitteln. Sie waren nicht subversiv. Sie hatten sich einer Sache verschrieben. Sie haben an etwas geglaubt und dafür gekämpft, und deshalb wurden sie verurteilt. Männer wie sie haben im Revolutionskrieg gekämpft, und Männer wie sie haben die Verfassung der Vereinigten Staaten geschrieben. Mein Gott, dachte Gabriel, während er langsam auf das Theater zu ging, wo sein Stück nach einer enttäuschenden Spielzeit in New Haven am Abend seine erste Voraufführung haben sollte, wenn Nathan Hale oder Patrick Henry oder Thomas Jefferson heute noch am Leben wären, würden sie vom HUAC vorgeladen werden! Meine Güte, noch so eine gute Idee für ein Stück.

»Was haben Sie gesagt, junger Mann?« fragte eine streitbare kleine alte Dame, die drauf und dran war, mit ihrem Regenschirm auf Gabriel loszugehen.

»Reden Sie mit mir?« fragte Gabriel, während er auf grünes Licht wartete.

»Also, Sie haben doch mit mir geredet! Ich hab nicht verstanden, was Sie gesagt haben! Soll ich Ihnen über die Straße helfen? Ich hasse Pfadfinderjungen.«

»Was ich gesagt habe. Oh . . . ja . . . ich hab gesagt, es gibt bald keine Helden mehr auf unserer Welt.«

»Haben Sie nicht mehr alle Tassen im Schrank?« Die Ampel sprang auf Grün, und Gabriel nahm Reißaus.

In Studio 8H der NBC Studios im Rockefeller Center, von wo »The Big Show« ausgestrahlt wurde, hing ein düsterer Schatten über der Probe. Die Nachricht von Abner Walshs Tod hatte einen frischen Schwall Beschimpfungen von Tallulah gebracht, die sich gegen jeden richteten, der so dumm war, ihr in die verbale Schußlinie zu geraten. Der Dirigent des Orchesters, Meredith Willson, klimperte auf dem Klavier eine Melodie, die Abner vor vielen Jahren komponiert hatte, und Tallulahs Stargäste verzogen sich wohlweislich in ihre jeweilige Garderobe. Tallulah entdeckte Lewis Drefuss, der gerade telefonierte, ging zu ihm hinüber und legte ihm die Arme um die Schultern. Er beendete sein Gespräch und hängte auf.

»Es tut mir so leid, Dahling. Du hast dir solche Mühe gegeben, Abner zu retten.«

»Das haben wir beide.«

»Mein Gott, Lewis. Die Welt ist wahnsinnig geworden. Absolut wahnsinnig. Ach, waren das noch Zeiten, als Leute, die sich auf eine Kiste stellten und Reden hielten, ein beliebter Witz im Varieté waren!« Sie kramte in ihrer Handtasche nach den Zigaretten, und als sie eine zwischen den Lippen hatte, zündete Lewis ein Streichholz an und gab ihr Feuer. »Ich bin eine Kämpfernatur, Lewis, aber jetzt glaub ich so langsam, ich werde zu alt dafür.« Sie stieß blindwütig einen Rauchring hervor, der fast einen Kulissenschieber erschlagen hätte. »Vielleicht sollte ich mich still und leise auf Windows zurückziehen und mich für den Rest meines Lebens damit beschäftigen, an einer Ginflasche zu nuckeln und zu lauschen, wie meine Arterien verkalken. Na, willst du mir das nicht ausreden?«

»Was?«

»O Lewis, du armer Dahling. Du hast mir gar nicht zugehört.« Sie hakte sich bei ihm ein. »Holen wir uns einen Kaffee und reden über die Leute, die wir hassen. Wer ist diese Frau da drüben, die mich ständig anlächelt? Die erkenn ich auch mit Brille nicht.«

»Das ist Beth Valudni. Sie macht den Sketch über die Teegesellschaft mit dir.«

»*Das* ist Beth Valudni? Um Gottes willen, Dahling, die sieht ja aus, als hätte sie gerade einen Eisenbahnzusammenstoß hinter sich. Beth! Dahling! Verzeih mir! Es ist so lange her, ich hab dich gar nicht erkannt!« Sie fielen sich in die Arme. Dann sagte Tallulah zu Lewis: »Beth war meine Ersatzdarstellerin in einem Scheißstück, das ich mit dem Profil gemacht hab, mit dem ich mal verheiratet war. Um Himmels willen, Beth, wieso arbeitest du?«

»Ich hab mich von Ted getrennt. Ich muß arbeiten.«

»Herzlichen Glückwunsch! Komm, trink einen Kaffee mit uns, und wir können den Halunken mit Worten fertigmachen. Stimmt es, daß er *dich* auch genannt hat?«

»Er hat mich genannt, und weiß der Himmel, wie ich hierherkomme. Ich war völlig perplex, als ich hörte, daß ich den Job habe.«

Lewis erläuterte: »Die haben keine belastenden Unterlagen über dich finden können.«

»Das hat ihnen bestimmt den ganzen Tag vermasselt, Dahlings.« Sie fragte Beth, als sie am Fahrstuhl ankamen: »Hast du gewußt, daß Ted Namen nennen würde?«

»Also, Tallulah, ich wußte, daß er ein Angebot aus Hollywood hat, bei dem Bedingung war, daß er entlastet wird. In ein paar Wochen fährt er hin.«

Der Aufzug kam. Obwohl er voll war, nahm Tallulah die beiden am Arm und drängte hinein. »'tschuldigung, Dahlings«, sagte sie über die Schulter zu den solcherart Inkommodierten, »aber meine Freundin hier ist schwanger, und wir kommen sonst zu spät zu meiner Engelmacherin.« Beth wurde rot. Drei Tage nachdem sie Valudni verlassen hatte, war sie bei einer Engelmacherin gewesen.

Sie fanden einen leeren Tisch im Erdgeschoß von Cromwell's Drugstore. Dort bekam man nicht nur Erfrischungen, sondern es diente Radiosprechern und Fernsehdarstellern auch als Clearingstelle, wo sie Tips und Klatschgeschichten austauschten. Dem jungen Kellner fiel es äußerst schwer, ihre einfache Bestellung über Kaffee und Sandwiches aufzunehmen, und Tallulah, die keine Geduld aufbrachte für seine Unfähigkeit, fragte: »Junger Mann, sind Sie Schauspieler?«

»Mein Gott, ja!« sagte er freudig errötend in seinem ersten und möglicherweise letzten Moment im Blickpunkt der Öffentlichkeit.

»Ach, das ist gut! Ein Kellner sind Sie nämlich bestimmt nicht.« Mit hängenden Schultern zog er ab. »Da muß was passieren.«

»Mit dem Kellner?« fragte Beth.

»Gottes willen, nein, den überlassen wir höheren Mächten. Diese Verrätereien. Das Zerstören unschuldiger Menschen. Habt ihr gehört, daß man selbst *mich* bedroht? Als nächstes werden sie sich die Lunts vorknöpfen, und dann gnade ihnen Gott. Also, habt ihr eine Idee?«

Lewis zerbröselte eine Knusperstange, und es wurde still am Tisch.

Martha Walsh wanderte durch die Wohnung und versuchte, zu einer Entscheidung zu kommen. Sie hatte ihren Stolz überwunden und ihre Nachfolgerin angerufen, Nanette Walsh, um ihr zu kondolieren und zu sagen, daß Abner eingeäschert werden wollte. Nanette sagte, das wisse sie, und er solle am nächsten Morgen eingeäschert werden.

Sie erzählte Nanette von Abners Besuch vor ein paar Tagen und von seiner seltsamen Bitte bezüglich der weiteren Verwendung seiner Asche. Von Nanette kam sekundenlang Schweigen, gefolgt von einem heiseren Lachen, und sie sagte: »Ich werde sie dir schicken lassen.«

Und so war Abner eingeäschert worden, und nun stand die Dose mit der Asche auf dem Kaminsims neben einem vor vielen Jahren aufgenommenen Foto von Abner, Martha und ihrem Sohn Leo, einem kleinen Jungen mit einer zickzackförmigen Narbe auf der linken Wange. Martha strich sacht über das Foto, dann strich sie über die Dose mit der Asche und konsultierte entschlossen ihr Telefonbüchlein und wählte die Nummer von Lester Miroff.

»Hallo?« sagte Miroff, während er zusah, wie sein Freund, Oliver Sholom, wortlos aus dem Fenster starrte. Sholom hatte nicht so viel Glück gehabt wie Miroff und so viele andere, die willige Zeugen gewesen waren. Er hatte geplaudert, was das Zeug hielt, aber man ließ ihn trotzdem nicht inszenieren. Nicht mal einen Skandal.

»Hier ist Martha Walsh, Lester.«

»Martha Walsh?« Er wollte seinen Ohren kaum trauen. Er

hatte Abner genannt, jeder wußte, daß sie immer zu Abner halten würde, und nun war sie da am Apparat und sprach mit dem Mann, der die einzige große Liebe ihres Lebens verraten hatte. Jetzt hätte er einen Souffleur gebrauchen können, aber es war keiner zur Hand. Er mußte selbst improvisieren. »Äh . . . hallo, Martha.«

»Ich hab was für dich, Lester. Abner wollte, daß du es bekommst.«

»Ich?«

»Bist du noch ein Weilchen zu Hause?«

»Doch, sicher, sicher bin ich noch ein Weilchen da. Übrigens ist Oliver Sholom hier. Zu Besuch.« Sholom drehte sich vom Fenster weg, als er seinen Namen hörte.

»Ich komm gleich rüber«, sagte Martha und legte auf. Sie nahm die Dose mit der Asche, verließ ihre Souterrainwohnung und lief zielstrebig die kurze Strecke zu Lester Miroffs Haus drei Straßen weiter. Als sie vor seiner Tür stand, zog sie den Deckel von der Dose mit der Asche, und als Lester die Tür weit aufmachte, ein sorgfältig fabriziertes Lächeln auf dem Gesicht, sagte Martha: »Mit freundlicher Empfehlung von Abner Walsh.« Sie schleuderte ihm die Asche ins Gesicht. »Das ist seine Asche! Ich wünschte, es wäre deine!«

»Um Gottes willen!« schrie Oliver Sholom. »Um Gottes willen! Wie geschmacklos!«

Lester Miroff sagte nichts und tat auch nichts. Er war vor Entsetzen gelähmt.

Als Martha in ihre Souterrainwohnung zurückkam, setzte sie sich an den Küchentisch und schrieb einen kurzen Brief. Als sie fertig war, steckte sie ihn in einen Umschlag und klebte ihn zu. Sie nahm einen Fünfdollarschein aus ihrer Geldbörse und ging auf die Straße hinaus. Sie kannte den halbwüchsigen Jungen, der da Ball spielte, und rief ihn herbei. »Nick!« Nick machte häufig Besorgungen für sie und wurde dafür großzügig belohnt. »Kannst du fünf Dollar gebrauchen, Nick?«

Nick kam zu ihr herüber, und sie erklärte ihm den Auftrag. Eine halbe Stunde später war er in Studio 8H und fragte nach

Tallulah Bankhead. Lewis Drefuss schlug vor, er solle sich erst mal die Nase putzen. Der Junge lächelte und schniefte. Lewis führte ihn zu Tallulahs Garderobe. »Hier ist ein junger Mann für dich, Tallulah.«

»Hoffentlich nicht allzu jung. Ich bin auch nicht mehr das, was ich mal war.«

»Er hat eine Nachricht für dich.«

»Yeah«, platzte Nick heraus, »sie hat mirn Fünfer gegehm, damit ichs Ihnen auch ganz bestimmt pissöhnlich bring. Sindse Tatsache Tallular Penghead?«

»Bankhead. Ja, Dahling. Siehst du mich heute zum ersten Mal?«

»Yeah!«

»Wie ich dich beneide.« Sie nahm das Briefchen, tätschelte ihm den Kopf, bot ihm einen Martini an, den er ablehnte, und brachte ihn dann zur Tür. »Süßes Kindlein, wird wohl in der Unterwelt Karriere machen.« Sie riß den Umschlag auf und holte einen Brief heraus. Sie überflog ihn schnell und stieß dann einen Schreckensschrei aus. »Das ist von Martha Walsh! Sie dankt mir für alles, was ich für Abner Walsh tun wollte . . . und, o mein Gott . . . sie schreibt, sie will ihm nachfolgen!« Lewis rannte aus der Garderobe. »Wo willst du hin? Ruf die Polizei! Leute! Ruft die Polizei! Aber wo wohnt sie denn? Es steht kein Absender drauf! So hilf mir doch jemand!«

Eine Nachbarin hatte das Gas gerochen, als sie im Keller den Müll wegbringen wollte. Sie schlug gegen Marthas Tür und schrie »Mrs. Walsh! Mrs. Walsh!«, aber es kam keine Antwort. Sie rannte nach oben und alarmierte den Hausmeister. Der Mann eilte mit seinem ältesten Sohn ins Kellergeschoß, und gemeinsam brachen sie die Tür auf. Martha lag auf dem Küchenboden, Fenster und Türen waren mit Handtüchern abgedichtet. Sie drehten das Gas ab, und der Sohn rief einen Krankenwagen. Die Nachbarin tätschelte Marthas Handgelenk, und der Hausmeister legte ihr ein feuchtes Geschirrtuch auf die Stirn. Doch es war zu spät.

Später berichtete Lewis Drefuss der fassungslosen Tallulah:

»Als ich dort ankam, war der Krankenwagen schon weg. Aber jemand hat mir erzählt, sie wäre tot. Gas.«

Tallulah drückte ihre Zigarette aus und sagte dann mit belegter Stimme: »Wenn es einen Gott gibt, dann wird jemand dafür büßen.«

»Miss Bankhead! Miss Valudni! Die Probe zu Ihrem Sketch ist dran!« hörten sie den Aufnahmeleiter rufen.

Tallulah sagte zu Lewis: »Find raus, ob sie Geld hatte. Wenn nicht, komme ich für die Beerdigung auf. Sie und Abner waren immer so nett zu mir. Sie haben so viel durchgemacht. Und ich muß einen bescheuerten Sketch proben.«

Oliver Sholom wartete anstandshalber zehn Minuten, bevor er Lester Miroff in seinem Apartment sitzenließ und eilig in seine eigene schäbige Wohnung ohne Fahrstuhl an der Tenth Avenue zurückkehrte. Einen Job, dachte er, einen Job. Ich muß einen Job finden. Irgendwer da draußen muß mir doch einen Job anbieten. Ich hab doch ein paar gute Erfolge gehabt am Broadway. Ich hab mit großen Stars inszeniert. Mary Boland. Jane Cowl. Lenore Ulric. Richtige große Stars. Ich muß einen Job finden. Asche. Abners Asche. Na, er kann noch von Glück sagen, daß sie keine Knarre mitgebracht hat. Sie hätte ihn glatt ermordet. *Mord.* O mein Gott, ist es möglich, daß der ganze Schlamassel schon so weit gediehen ist? *Mord.*

Lester Miroff hatte ein Bad genommen und saß nun im Morgenmantel da und starrte aus dem Fenster. Man mußte ihm erst die Asche eines alten Freundes ins Gesicht werfen, bis er endlich die Monstrosität seines Verrats begriff. Damit würde er für den Rest seines Lebens leben müssen. Bald würde er in seiner eigenen Fernsehshow singen, aber war es das wert? War es das wirklich wert? Wer redete denn jetzt noch mit ihm? Seine Agentin, seine Mutter und sein Vater, die nicht begreifen konnten, warum er mit vierzig noch Junggeselle war, die Händler in der Nachbarschaft und . . . wer noch . . . ach ja . . . Oliver Sholom, das arme Schwein, das mich bekniet, ich soll ihm den Job verschaffen, bei meiner Sendung Regie zu führen. Ach, was soll's, vielleicht ist es einen Versuch wert, den Job für ihn an Land zu ziehen. Mein Gott, mein Gott, was hab ich bloß aus mir gemacht?

Das Telefon klingelte, und er starrte es an. Vielleicht war es so verkabelt, daß es gleich explodierte. Er hatte paranoide Anwandlungen. Es klingelte wieder. Geh ran, du Blödhammel; als Martha angerufen hat, ist es ja auch nicht explodiert. Martha. Abner. Asche. Er griff nach dem Hörer. »Hallo?«

»Lester Miroff.« Die Stimme klang schwach, dumpf.

»Ja, könnten Sie bitte etwas lauter sprechen. Ich kann Sie kaum verstehen.«

»Martha Walsh ist tot.« Immer noch schwach, immer noch dumpf, doch Lester verstand. Sein Mund wurde trocken, und seine Haut war bleich und feuchtkalt.

»Lester, du hast ausgesungen.«

Klick.

VIER

»Dann sag mir doch, was ich tun soll!« schrie Lester ins Telefon.

»Werd nicht gleich hysterisch, Lester«, sagte seine Agentin, eine furchteinflößende Frau mittleren Alters namens Leona Clystir, die ihre Klienten en gros verabscheute.

»Hysterisch! Ich hab grade eine Morddrohung bekommen!«

»Lester, das war eben ein Spinner. Machen wir uns nichts vor, mein Lieber.« Sie hatte den Hörer zwischen Schulter und Kinn gebettet und lackierte derweil einen Fingernagel. »Diese Schmeißfliegen werden dir jetzt noch eine Weile im Nacken sitzen. Spinneranrufe, Spinnerbriefe, ich meine, es gibt Knalltüten, die machen sich ein Hobby daraus.«

»Ich werde die Polizei rufen!«

»Lester, spar dir die Mühe. Die bieten dir höchstens an, dein Telefon zu überwachen, und glaub mir, der Einbruch in die Privatsphäre lohnt sich nicht. Und sitz auch nicht zu Hause rum. Geh ins Kino. Geh in ein türkisches Bad. Geh in den Supermarkt und schubs ein paar Tattergreise um.«

Lester ging ins türkische Bad. Es lag in den Zwanziger Straßen auf der Westseite gleich um die Ecke vom Broadway. Es war eine Schwulenweide und hieß, amüsanterweise, »Der Stand der Dinge«. Er nahm ein Taxi von seinem Apartment, zu nervös und flatterig, um zu merken, daß er verfolgt wurde.

Zu so früher Stunde war noch nicht viel los, und Lester war für die relative Ruhe und Stille dankbar. Während der Hauptverkehrszeit war da ein Lärm, als würden Fuchs und Füchsin in einen Hühnerstall einmarschieren. Lester ließ sich, den Schmerbauch behaglich in ein Handtuch gehüllt, auf einer Bank in dem schwacherleuchteten Dampfbad nieder. Als sich die Augen an das Licht gewöhnt hatten, merkte er, daß er den Raum für sich alleine hatte. Es störte ihn fast schon, als die Tür aufging und er durch den Dampfnebel einen Mann hereinkommen sah. Der Mann war voll bekleidet. Voll bekleidet, in einem Dampfbad? Na ja, vielleicht gab ihm das einen besonderen Kitzel. Lester schloß die Augen und lehnte sich zurück; er konnte beinahe hören, wie seine Poren sich öffneten und sein Körper sich entschlackte, jedenfalls sollte das in einem Dampfbad so sein. Er nieste, und dann gähnte er, und dann fragte er sich, was der andere Mann wohl machte und ob er vielleicht attraktiv war. Er machte die Augen auf und sah, was der andere Mann machte. Er hatte eine kleine Pistole auf Lester gerichtet, und noch ehe Lester klar wurde, daß er verloren war, drückte der Mann ab. Lester hörte ein schwaches ffffuttt, und das war das letzte, was er hörte. Die Kugel traf ihn genau zwischen die Augen und tötete ihn auf der Stelle. Der Mann verließ vorsichtig das Dampfbad; er kam aus dem Haus heraus, ohne daß ihn jemand sah; und dann ging er in ein jüdisches Deli am Broadway und bestellte sich ein Doppeldecker-Sandwich mit heißem Pastrami und Corned beef, so mager wie möglich, bitte, und einen Selleriesaft. Ja, eine Scheibe eingelegte Gurke wäre auch nett, aber keinen Krautsalat, dankeschön. Faszinierend, dachte der Mann, während er auf seine Bestellung wartete, absolut faszinierend. Töten ist so einfach. Es ist doch ein Kinderspiel, das perfekte Verbrechen zu begehen. Lester Miroff. Damit ist einer weg, bleiben nur noch ein paar andere. Er lächelte. Mord ist wie Erdnüsse knabbern. Wenn man einmal angefangen hat, kann man schlecht wieder aufhören.

Ein vaterfixierter junger Mann betrat das Dampfbad im Stand der Dinge. Als seine Augen sich an den schwacherleuchteten Dunst gewöhnt hatten, sah er Lester Miroff mit dem Kopf an die Wand gelehnt dasitzen. Der junge Mann mit dem geübten Profiblick flüsterte »Volltreffer!« vor sich hin und nahm seinen potentiellen Pappi aufs Korn. Er setzte sich neben Lester und zupfte verführerisch sein Handtuch zurecht. Er linste vorsichtig aus dem Augenwinkel, ob Lester irgendeine Reaktion erkennen ließ. Lester kam dem jungen Mann, obzwar im Dampfbad, kühl und unnahbar vor. Wanken und Weichen war des jungen Mannes Sache nicht. Er rückte auf der Bank etwas näher an Lester heran. Verrückt, dachte er, wie der da sitzt mit zurückgelehntem Kopf und offenem Mund. Der junge Mann bewegte seine Hand so, daß sie nun sanft auf Lesters Hüfte ruhte.

Er beschloß, es sei jetzt an der Zeit, keine Zeit mehr zu verlieren, und kam mit der fröhlichen Stimme eines altgedienten Kämpen direkt zur Sache. »Hallo! Sind Sie oft hier?« Lesters Kopf fiel nach vorne, und auf die Hand des jungen Mannes tropfte Blut. Sein Gekreisch hätte nach Umfang und Höhe ein Meilenstein schwuler Dampfbadgeschichte werden können, doch war niemand da, es für die Nachwelt festzuhalten. Der junge Mann floh in den Flur hinaus, fand einen Aufseher und blubberte, da liege einer noch warm im Dampfbad, wobei er in dieser Umgebung das Wort warm lieber nicht gebraucht haben sollte. Schließlich kapierte der Aufseher, daß da ein toter Mann herumlag, sagte »Scheiße« und lief ins Bad.

Wenigstens ein Mensch in Tallulahs Publikum lauschte gebannt. Detective Jacob Singer war so hypnotisiert wie eine Kobra, die willenlos nach einer Hinduflöte tanzt. Dorothy Parker fand mehr Vergnügen daran, Singer zuzusehen, wie er Tallulah zusah, als an Tallulahs Bericht über die Abfuhr, die sie neulich in Hollywood erlitten hatte und die sie bis an ihr Lebensende peinigen würde.

»Könnt ihr euch vorstellen, was dieses Arschloch Jack Warner mir angetan hat? Mir, wohlgemerkt! Daß er die Stirn hat, mich überhaupt Probeaufnahmen machen zu lassen, war schon Beleidigung genug!«

»Hast du nicht auch bei David Selznick Probeaufnahmen für Scarlett O'Hara gemacht, meine Liebe?« fragte Mrs. Parker, während sie an der kleinen Perlenschnur um ihren Hals herumfingerte.

»Aber Dahling, das waren doch nicht bloß Probeaufnahmen, das war eine Inszenierung! Sie haben drei Tage gebraucht dafür. Und Selznick war ein Gentleman. Er weiß, wie man einen Star behandelt!«

»Auf welche Krankheit?«

Tallulahs Blick war vernichtend, aber Jacob Singer drängte sie, ihre Geschichte weiterzuerzählen. »Wo war ich stehengeblieben, Dahling?« sagte sie, wobei sie nun Singer ein glutheißes Lächeln schenkte, das mancherlei verhieß.

»Bei dem Arschloch Jack Warner«, half der Detective ihr ein.

»Oh, Sie mögen ihn auch nicht?«

»Ach, mach schon weiter, Tallulah.« Mrs. Parker ging an die Bar und schenkte sich noch einen Drink ein.

»Sie überreden mich also, daß ich nach Hollywood fliege und Probeaufnahmen mache für die Amanda Wingate in der *Glasmenagerie.* Ich meine, es ist schlimm genug, daß ich um Jahre zu jung bin, eine Mutter von zwei erwachsenen Kindern zu spielen . . .«

Einwurf Mrs. Parker: »Und es ist schlimm genug, daß sie die Rolle nicht Laurette Taylor angeboten haben, die ihr zuerst Gestalt gegeben hat . . .«

»Dahling, Laurette war damals schon tot.«

»Oh. War mir gar nicht aufgefallen.«

Tallulah wandte ihre Aufmerksamkeit wieder Singer zu. »Ich mach also die Probeaufnahmen, und alle sind hin und weg, einschließlich, wie ich zugeben muß, meiner selbst. Meine Agenten sind bereit zu verhandeln. Und was geschieht dann? Was geschieht dann?«

»Was geschah dann, Tallulah?«

»Ach, sei du doch still, Dottie! Also, dann geschah folgendes. Jack Warner sagt, die Bankhead will ich nicht, die ist eine Schnapsdrossel! Wir haben mit Errol Flynn schon genug Scherereien, noch einen Schluckspecht können wir im Studio nicht gebrauchen.« Ihre Stimme erstickte. »Ich! Tallulah! Vom ersten bis zum letzten Tag meiner Karriere bin ich nicht einmal auf der Bühne oder vor einer Kamera betrunken gewesen! Ich bin eine disziplinierte Schauspielerin, und ich mache meine Arbeit. Ich bin nie krank gewesen. Ich bin zu jeder Aufführung angetreten.

Und wen engagieren sie für die Rolle? Seid ihr gewappnet für das, was jetzt kommt, Dahlings?« Sie machte eine dramatische Pause und spuckte dann den Namen aus. »Gertrude Lawrence, zum Donnerwetter! Eine verdammte Soubrette mit einer Stimme wie ein abgefuckter Kakadu! Na ja, ich sage mit Vergnügen dazu, der Film war ein Fiasko, und das geschieht den Scheißkerlen ganz recht. Ich sollte noch dazusagen, und da bin ich gar nicht zimperlich, daß ich Jack Warner am liebsten umgebracht hätte. Das wäre das perfekte Verbrechen gewesen!«

»So etwas gibt es nicht«, meinte Jacob Singer lässig.

»Ach nein?« fragte Tallulah herausfordernd.

»Oh, manchmal kommt ein Mörder ungeschoren davon, weil die Beweise nicht ausreichen, um ihn dingfest zu machen. Es werden Landstreicher und solche Leute umgebracht. Da läßt sich nur schwer ermitteln, wer das wohl war. Aber Berühmtheiten und dergleichen – ausgeschlossen.«

»Sie irren sich, Mr. Detective!« Tallulah schwankte leicht, und Mrs. Parker hatte Angst, daß sie bald umkippen könnte. »Schon mal von einer Filmschauspielerin namens Thelma Todd gehört? Sie wurde neunzehnhundertfünfunddreißig umgebracht, und der Mörder ist nie gefaßt worden.«

»Miss Bankhead«, sagte Singer, »es gibt im Polizeihauptquartier von Los Angeles keine Akte Thelma Todd mehr, aber man wußte, wer sie ermordet hat, und wenn man den Täter entlarvt hätte, wäre damit ein politischer Skandal entlarvt worden, der die ganze Stadt mitsamt den Studios erschüttert hätte.«

Tallulah ließ sich nicht so leicht unterkriegen. »Schon mal von dem Tabakerben Smith Reynolds gehört?«

»Sicher. Die Sängerin Libby Holman, sie war seinerzeit mit ihm verheiratet, ihr wurde der Prozeß gemacht.«

»Und das Verfahren wurde eingestellt und der Vorwurf gegen Libby in allen Punkten fallengelassen. Ich kann Ihnen sagen, wer Smith Reynolds umgebracht hat.«

»Ach, spann uns nicht länger auf die Folter«, sagte Mrs. Parker begierig, »wer war's?«

»Blanche Yurka.«

»Tallulah, du spinnst! Sie war eine göttliche Gertrude mit John Barrymore als Hamlet.«

»Na und? Sie war eine glänzende Madame Defarge in Ronnie Colmans *Tale of Two Cities*, und sie konnte auch teuflisch gut mit dem Schießeisen umgehen. Ha-ha-ha-ha-ha! Wenn ihr sehen könntet, wie ihr jetzt ausseht! Da hab ich Sie erwischt, nicht wahr, Mr. Detective Jacob Singer mit Ihren entzückenden braunen Augen, und wenn Sie so mit den Augen klappern, könnte ich Sie fressen.«

»Tallulah, du bist betrunken. Das hast du dir ausgedacht!«

»Von wegen, und noch mal von wegen. Ich hab die Geschichte von jemand, der sie von Blanche hat, als sie im Suff war. Blanche war damals Libby Holmans Geliebte.« Singer wurde es langsam schwindlig. »Sie war als Libbys Gast im Haus. Libby war schwanger von Smith, obwohl es Leute gibt, die munkeln, daß auch Smith' bester Freund der Vater gewesen sein könnte.«

Tallulah wandte sich an Singer. »Tja, Jacob, warum sind Sie nicht schon unterwegs in die Zweiundsiebzigste Straße Ost, um Miss Yurka festzunehmen?«

»Tja, zweitens müßte ich mir vorher einen Haftbefehl besorgen.«

»Und erstens?«

»Beweise. Tallulahs Geschichte ist nur vom Hörensagen.«

»Es ist das verdammte Evangelium nach der heiligen Bankhead!« schrie Tallulah. »Ach, gehen wir was essen. Ich lehne es ab, mich noch länger mit solchen Idioten abzugeben.«

»Warum lassen wir uns nicht was aufs Zimmer bringen?« schlug Mrs. Parker vor. »Es ist so kuschelig und gemütlich hier, und wir haben mehr Platz, um deine Beleidigungen und Anspielungen breitzutreten.«

Tallulah lachte und sagte dann: »Du bist wirklich göttlich, Dottie. Du hast nichts als Bosheit im Kopf.« Singer fragte, ob er mal telefonieren dürfte.

Mrs. Parker nahm die Sache in die Hand. »Was wollt ihr denn essen?«

»Bestell mir etwas Vichyssoise und eine Flasche Champagner.«

»Das ist doch kein ordentliches Abendessen. Ich hab gehört, die haben hier ganz leckere Hähnchen. Hättest du nicht gern ein leckeres Hähnchen?«

Tallulah zündete sich eine Craven A an und schlug ein Bein über das andere. »Klar, hol den jungen Mann nur rein.« Sie konnten hören, wie Singer mit dem Sergeant vom Dienst seines Reviers sprach.

»Welches Teil vom Hähnchen hättest du denn am liebsten, meine Liebe?«

Tallulah konnte es sich nicht verkneifen. »Den linken Flügel.«

Mrs. Parker seufzte und gab sich geschlagen. Singer war fertig mit Telefonieren. »Die Damen kennen Lester Miroff?«

»Mein lieber Jacob«, sagte Mrs. Parker, »dieser Name wirkt hier wie ein rotes Tuch. Wen hat er jetzt wieder reingeritten?«

»Sich selbst. Er ist tot. Ermordet.« Er erzählte ihnen, wo Lester ermordet worden war und auf welche Art.

»Der Scheißkerl«, sagte Mrs. Parker, »ein Mann, der an Mutarmut litt.«

Bei der Nachricht wurde Tallulah um einiges nüchterner. Sie war aufgesprungen und hatte die Arme um sich geschlungen, um einen jähen Schauder abzuwehren.

»Was ist, Tallulah?« fragte Singer.

»Mir ist es eben eiskalt über den Rücken gelaufen. Der Killer ist bestimmt entwischt.«

»Spurlos.«

Tallulah lächelte. »Tja, gar kein schlechter Kandidat für das perfekte Verbrechen, Mr. Singer.«

Singer zuckte die Achseln. »Das kann man noch nicht sagen, Tallulah. Meine Damen, es war sehr nett, aber jetzt muß ich an die Arbeit gehen.«

»Was? Ohne Essen?«

»Ich komme oft nicht zum Essen, Tallulah.«

»Lächerlich, aber na ja. Sie hatten doch einen Hut, nicht

wahr? Ich geh ihn holen.« Sie ging ins Schlafzimmer, und Singer sah ihr mit hungrigem Blick nach.

Mrs. Parker sagte: »Mein Gott, Jacob, Sie sind ja verknallt.«

Er wurde rot. »Yeah, sie hat mir den Kopf verdreht.«

»Sie ist eine gefährliche Frau.«

»Deshalb hat sie mir ja den Kopf verdreht. Was braucht man Ihrer Meinung nach, um sie ins Bett zu kriegen?«

»Mut.«

»Frag mich doch einfach!« rief Tallulah aus dem Schlafzimmer. »Sie lieber süßer altmodischer Kerl!«

Sie kam herein und ließ seinen Hut auf dem Zeigefinger kreiseln. »Jetzt mal im Ernst, wegen Lester Miroff. Ach, setzt euch doch hin, ihr beiden, Sie müssen doch nicht so überstürzt aufbrechen, Jacob, Lester läuft ja nicht weg. Hier gibt es eine Menge zu bedenken. Der Mord an diesem Mann könnte für einen Haufen Leute ernsthafte Folgen haben.«

»Zum Beispiel?« fragte Singer, wobei er seinen Hut nahm und sich setzte.

»Alle, die er vor dem Kongreßausschuß für unamerikanische Umtriebe genannt hat. Er hat mindestens ein Dutzend angeschwärzt.«

»Mehr«, sagte Mrs. Parker.

»Die gierige Sau. Ich meine, er hat dazu beigetragen, Abner Walsh fertigzumachen und Michael Darnoff und das Autorenteam, die Hagles.«

»Die sind alle tot«, erinnerte Mrs. Parker.

»Aber es gibt eine Menge, die noch leben.«

»Andererseits, Tallulah«, sagte Jacob Singer, »ist es vielleicht nur ein ganz alltägliches Feld-Wald-und-Wiesen-Sexualverbrechen. Das Dampfbad, in dem er getötet wurde, ist ein berüchtigter Schwulentreff.«

»Also wirklich, Dahling, wenn die Jungs auf die Pirsch gehen, nehmen sie keine Knarren oder Schießprügel oder sonstwas mit. Jedenfalls nicht die, die ich kenne, und ich kenne eine ganze Menge, und die schießen nur mit dem Maul.« Sie wandte sich an Mrs. Parker. »Was meinst *du*, Dottie?«

»Na, Gott sei Dank ist mein Mann in L. A.«

»Bist du da sicher, Dahling?«

»Ja, Darling, ich hab erst vor ein paar Stunden mit ihm gesprochen. Ich sag euch, was ich wirklich denke! Wenn einer von denen auf der schwarzen Liste die kleine Wanze ermordet hat, werd ich für seine Verteidigung sammeln, falls sie ihn je erwischen.«

»Ich glaube, es wird ziemlich schwer werden, ihn zu fassen«, sagte Tallulah. »Daß es mich so geschaudert hat, ich sag euch mal, warum. Mir ist etwas durch den Kopf gegangen, und viel zu rasch, wie ich dazusagen möchte, ich bin sonst nämlich nicht so wahnsinnig fix im Denken. Mir ist durch den Kopf gegangen, daß Lester Miroff der erste war. Es werden noch mehr kommen. Alle anderen, die mit dem Ausschuß gemeinsame Sache gemacht haben. Ich glaube, die sind vielleicht alle schon gebrandmarkt.«

»Tallulah, wie makaber.« Mrs. Parker nippte an ihrem Drink und sagte dann: »Wie wundervoll.«

»Meine Damen«, sagte Singer, »ich würde mich freuen, wenn Sie mir helfen könnten. Ganz spontan, wer von diesen Leuten, glauben Sie, hat vielleicht noch den Schwarzen Peter in der Tasche?«

»Haben wir die ganze Nacht?« fragte Tallulah. »'tschuldigung.«

Die nächste Viertelstunde war Jacob Singer damit beschäftigt, Namen in das Notizbuch zu schreiben, das er immer bei sich trug. Er hatte ein Ensemble mit Stars, Nebenrollen, Kleindarstellern und Statisten. Er hatte Regisseure und Autoren, Komponisten und Choreographen, Sänger und Scharlatane; die Liste war so lang, daß es einem schier den Verstand raubte, und würde, wie Mrs. Parker immer wieder versicherte, bei Historikern eines Tages verzweifelte Nervenzusammenbrüche auslösen.

»Dann ist da noch was«, sagte Singer, als er mit Schreiben fertig war. Die Frauen warteten. »Diese Leute von der schwarzen Liste, die tot sind. Manche hatten doch Familie? Sie haben Kinder?«

Tallulah fragte: »Sie meinen, da schwirren Schwärme von Racheengeln umher und blöken nach Vergeltung?«

»Nehmen Sie das nicht so auf die leichte Schulter, Tallulah«, mahnte Singer. »Ich hab im Laufe der Zeit schon äußerst seltsame Mordverdächtige aufgestöbert. Ich meine, da gab's mal diese komische Privatsekretärin, die einen ganzen Aufsichtsrat hopsgehen ließ, weil die Herren ihren Chef fertiggemacht hatten.«

»Er muß ihr eine hübsche Gratifikation gezahlt haben«, sagte Mrs. Parker.

»Diese Toten haben Kinder oder Geliebte oder Schätzchen oder jemand, der ihnen nahestand, und der kommt auf die Idee, ihren Tod zu rächen. Ist das nicht sehr gut möglich?«

»Tja, lassen Sie mich nachdenken«, sagte Mrs. Parker, die wieder an der Bar stand, um sich nachzuschenken. »Da ist Gabriel Darnoff, er ist der Sohn von dem Schauspieler. Aber sein Stück hat in ein paar Tagen Premiere, und dann denkt er wohl eher daran, die Kritiker umzubringen.« Singer kritzelte schnell. »Die Hagles hatten keine Kinder. Julie Garfield hatte Kinder . . .«

»O Dahling, das sind doch noch Babys«, sagte Tallulah, »und was seine Frau betrifft, wenn Robbie je einen Mord für ihn begehen wollte, hätte sie das schon vor Jahren getan, als er gerade erst in Hollywood Fuß faßte. Aber heute . . .« Tallulah zuckte die Achseln.

»Was ist mit Abner Walsh?« fragte Singer.

»Da war Martha, seine Frau«, sagte Mrs. Parker, »aber die ist jetzt auch tot, Selbstmord.«

»Da ist auch noch ein Sohn«, sagte Tallulah.

»Ja?« Mrs. Parker war ehrlich erstaunt über diese Eröffnung.

»Na ja, es gab einen«, sagte Tallulah. »Ich weiß nicht, er kann genausogut tot sein. Da war was mit einer schrecklichen Tragödie vor ein paar Jahren, ein Flugzeugunglück oder vielleicht auch ein Zugunglück. Ich weiß es wirklich nicht genau, Dahlings. Ich weiß allerdings, daß Abner einmal von dem Sohn gesprochen hat, und dann, wenn ich's mir so überlege, hat er plötzlich die Jalousien heruntergelassen, als ob das vertrauliche Informationen wären, die keinen etwas angehen. Ach, zum Teufel damit. Ich bin am Verhungern. Komm, Dottie, gehen wir zu Tony's essen und machen Mabel Mercer unglücklich.«

»Ich gehe nirgendwohin, wenn du vorhast, eine Schau abzuziehen. Und ich finde es hinreißend, wenn Mabel singt, und werde es nicht zulassen, daß du dich mit ihr anlegst. Warten Sie, Jacob, dann machen wir zusammen den Abgang.«

»Und, Dahlings, das ist vielleicht das einzige Mal, wo bei uns dreien zugleich was abgeht!«

FÜNF

»Was macht denn das Sandwich mit Kaffee, das ich vor einer Stunde bestellt habe?« brüllte Jacob Singer aus seinem Büro in der Gegend herum.

»Das steht auf dem Fensterbrett und wartet«, schrie jemand zurück, und er hatte recht. Jacob rollte mit seinem Stuhl zum Essen rüber und holte es sich an den Schreibtisch. Als er das Sandwich auspackte, war der Schweizer Käse pappig und der Schinken welk. Der Kaffee war kalt. Er beförderte die Pampe hinter sich in den Papierkorb und widmete sich dann wieder dem Studium der Namensliste, die er von Tallulah und Mrs. Parker bekommen hatte. Er ließ einen Mann Nachforschungen anstellen nach Abner Walshs erster Frau, Martha, und dem Verbleib des Sohnes, Name unbekannt. Einen anderen Mann ließ er ermitteln, was Lester Miroff den Tag über getrieben hatte. Er hatte Miroffs Agentin, Leona Clystir, ausfindig gemacht, und die berichtete ihm von dem Drohanruf, den Lester erhalten hatte. Sonst konnte sie ihm über Lester oder seine Unternehmungen wenig erzählen und sagte, es sei ihr Vorschlag gewesen, daß er ins Kino oder in eine Sauna gehen sollte, um seine zerrütteten Nerven zu beruhigen.

Leona hatte Lesters Familie nie kennengelernt, wußte aber, wo man seine Eltern erreichen konnte. Der Polizeibeamte, der zu ihrer Wohnung ging, um ihnen die traurige Nachricht zu überbringen, berichtete, Weinen und Schluchzen und Haareraufen habe es nicht gegeben, dafür aber eine sachte Erkundigung bezüglich des Verbleibs seiner Versicherungspolice. Leona sagte, sie kenne niemanden von Lesters Freunden, da er seit seiner Sondervorstellung in Washington keine Freunde mehr habe, aber Moment mal, da sei doch dieser Regisseur Oliver Sholom, mit dem Lester noch Kontakt habe, weil der auch gesungen hatte, die zwei seien ein Fall von Ein Unglück kommt selten allein. Jacob notierte sich brav Sholoms Namen.

Auf die Frage hin, ob sie Abner Walsh kenne oder dessen erste Frau, Martha, erwies sich Leona Clystir als Jackpot der Walsh-Geschichte. Sie bewegte den Hörer von einem Ohr zum anderen, während sie auf Singer einredete, dem Auftritt eines Klienten in einer Varietéveranstaltung auf dem Fernsehschirm zu folgen versuchte (der Empfang war schauderhaft und der Klient auch) und sich einen Salat zum Abendessen machte. »Ich kenne Abner und Martha seit ihrer Hochzeit. Sie hatten ein Kind. Einen Jungen, glaube ich. Damals hab ich für irgendeinen Halunken Nachtklubveranstaltungen im Brill Building arrangiert und Abner eingesetzt, so oft es ging. Dann haben wir uns aus den Augen verloren, aber später, als er groß herausgekommen war, sind Martha und der Junge in ein scheußliches Unglück geraten. Ich glaube, es war ein Flugzeug, oder vielleicht auch ein Zug.«

»Wie lange ist das her, würden Sie sagen?«

»Ach Gott«, sagte Leona, wobei sie das Gesicht verzog und in der Hoffnung, die Antwort auf der Reklametafel auf dem Dach des gegenüberliegenden Hauses zu entdecken, aus dem Küchenfenster schaute. »Das muß mindestens zwanzig Jahre her sein, oder so in dem Dreh. Wissen Sie, ich glaube, der Junge wurde getötet.« Sie überlegte einen Augenblick. »Ja, so war es. Der Junge wurde getötet, und Abner hat Martha abserviert wegen dieser Bildhauertante, mit der er jetzt verheiratet ist. Ich meine, die ist seine Witwe oder was. Nanette. Ein mannstolles Weibsbild, hab ich mir sagen lassen. Als Abner sie kennenlernte, galt sie als ›No No Nanette‹. Hören Sie, Mr. . . . wie war noch mal der Name, mein Lieber?« Singer sagte es ihr. »Natürlich, Detective Singer. Wissen Lesters Eltern es schon, oder muß ich die Dreckarbeit machen?« Er sagte, sie wüßten es schon und würden sich um die Beerdigung kümmern, sobald man die Autopsie vorgenommen hätte. »Ach, der arme Lester«, jammerte sie. »Eine ganze Fernsehserie zum Schornstein raus«, und damit auch, wie sie diplomatischerweise nicht anmerkte, ihre zehnprozentige Provision. »Ich würd ja einen Gedenkgottesdienst arrangieren, aber wer würde da schon kommen?«

Während er auf einem Schokoriegel herumkaute, den er auf einem fremden Schreibtisch gefunden hatte, rief Singer nach und nach die Leute an, die er am nächsten Morgen sprechen wollte. Er hinterließ Nachrichten für Gabriel Darnoff, Barry Wren, Ted Valudni und seine von ihm getrennt lebende Ehefrau Beth, Oliver Sholom und so weiter und so fort. Er sah den öden Ermittlungen ohne Vorfreude entgegen und fand auch die Aussicht auf die unvermeidlichen falschen Fährten und Sackgassen und die widerwilligen Zugeständnisse nicht berauschend. Er hoffte, jemand würde plötzlich aus der Stadt verschwinden. Das war immer ein gesundes Anzeichen dafür, daß dieser Jemand zu viel wußte oder mit etwas Glück der Täter war.

Jemand klopfte an sein Fenster. Singer brüllte »Herein!«, und der junge Mann, der Lester Miroffs Leiche entdeckt hatte, trat ein. Er wirkte gereizt.

»Sind Sie Jacob Singer?«

»So steht's draußen an der Tür dran.«

»Ich bin Clive Osgood Thrum der Dritte.«

Singer schaute hoch. Er fragte sich, wie die ersten beiden Clive Osgood Thrums wohl ausgesehen hatten. Dieser hier hätte keinen Schönheitswettbewerb gewonnen. Singer deutete auf den einzigen anderen Stuhl in seinem Verschlag. »Nehmen Sie Platz, Mister Thrum der Dritte.«

»Können Sie mir jetzt bitte mal sagen, was ich hier soll? Ich hab dem Cop da im Stand der Dinge alles erzählt, was ich weiß, und das war nicht viel.«

»Setzen Sie sich. Es wird nicht lange dauern.«

»Na, das will ich hoffen. Ich hab heut nacht noch eine Verabredung im East Five Five, und ich denke nicht daran, ihn warten zu lassen.«

Singer griff nach einem Memorandum auf seinem Tisch. »Mister Thrum, hier steht, Sie sind in den letzten sechs Jahren siebenmal verhaftet worden wegen Aufforderung zur Unzucht in öffentlichen Bedürfnisanstalten, versuchter Erpressung ... und *Vergewaltigung*?«

»Ich versichere Ihnen, es war nicht der Mühe wert. Woher sollte ich denn wissen, daß das ein Rabbi ist?« Thrum der Dritte nahm nun doch Platz. »Hoffentlich steht auf dem Papier da auch, daß ich in sieben Fällen davongekommen bin.«

»Sie müssen einen ganz ausgefuchsten Anwalt haben.«

»Meine Schwester.«

»Erzählen Sie mal, was in dem Dampfbad passiert ist.«

»Also, ich geh rein, da ist keiner drin außer der Leiche, bloß sieht die nicht tot aus, als ich reinkomm. Überhaupt, da ist es so schummerig und voll Dampf, daß ich mich an meinen eigenen Vater ranmachen und ihn aufs Kreuz legen könnte, und keiner merkt, wer der andere ist.«

»Sind Sie ganz sicher, daß sonst niemand im Dampfbad war, als Sie dort waren?«

Er lächelte. »Ehrenwort. So früh am Nachmittag ist da ganz wenig los – für die Bürohengste ist es noch zu früh und für die Nachtschicht zu spät, die sind nämlich mittags schon auf dem Heimweg zu ihrer Frau oder was.«

»Was haben Sie denn da gemacht?«

»Geguckt, ob noch einer über ist oder zufällig reinschneit. So auf Verdacht, verstehen Sie.«

»Wen haben Sie gesehen, als Sie reingegangen sind?«

»Den Typ, der die Schließfächer und Kabinen verwaltet – Schluß, aus. Es war keine Menschenseele in dem ganzen Laden. Ich hab im Swimming-pool geguckt und in der Spielhalle und an der Erfrischungs ... ha ... bar, und Moment, da war der Typ, der den Kaffee macht und für die Schleckermäulchen sorgt, aber der ist schon jahrelang da – der murkst dir höchstens den Appetit ab.«

»Als Sie ankamen, haben Sie da vielleicht jemand gehen sehen?«

»Sie meinen, zur Tür raus?«

»Das wär eine große Hilfe.«

»Hören Sie, der Schuppen liegt mitten im Kuttenviertel ...«

»Was für ein Viertel?«

Thrum der Dritte rollte verzweifelt mit den Augen und erläuterte: »Kutten ... Klamotten ... Textildistrikt, kapisko? Ich meine, da ballt sich von neun bis sechs das Menschenleben, das geht auf keine Kuhhaut. Seien wir ehrlich, ich bin ein hundsmiserabler Zeuge.«

Und das galt auch für das Personal des Bads, als Singer bei denen angelangt war. Aber irgendwer war in den Laden gegangen und hatte Lester Miroff ein Ding zwischen die Augen verpaßt. Woher, fragte sich Singer, wußte der Mörder, wo Miroff zu finden war? Ganz einfach. Er war dem Sänger von seiner Wohnung aus gefolgt. Er hatte ihn aus einer Telefonzelle in der Nähe angerufen und darauf gesetzt, daß Miroff den Kopf verliert und sehr bald aus der Tür gestürmt kommt und sich irgendwo verstecken will. Und die Rechnung war aufgegangen. Andernfalls, dachte Singer, tja, andernfalls säße er in diesem Moment mit Tallulah und Mrs. Parker beim Essen.

Tony's Restaurant an der Zweiundfünfzigsten Straße West zwischen Fifth Avenue und Avenue of the Americas war eine bekehrte Flüsterkneipe im Erdgeschoß eines braunen Backsteinhauses. Nach der Prohibitionszeit vollzog Tony, der Besitzer, die Konversion zu einem Club-Restaurant, wo es manchmal gutes Essen gab und jeden Abend außer montags die schwarze Sängerin Mabel Mercer vor einer Legion treuer Fans sang. Es war ein Prominententreff, auch wenn Tony's Tochter, die vor kurzem den Filmregisseur John Huston geheiratet hatte, sich nie mit ihrem Gatten dort blicken ließ. Die winzige Bühne, auf der Miss Mercer mit ihrem Pianisten waltete, war an die frühere Fensterfront zur Straße hin gebaut worden. Der kleine Speiseraum reichte bis zum Barbereich, von wo man freie Sicht auf Künstler wie Speisegäste hatte, wobei die Speisegäste oft genug die anregendere Unterhaltung boten.

So immer dann, wenn sich Tallulah Bankhead und Dorothy Parker unter den anwesenden Gästen befanden.

»Dahling«, sagte Tallulah zu einem jungen Mann, der mit den

Händen in den Hosentaschen an ihrem Tisch stand, »bringen Sie uns doch bitte noch eine Runde.«

»Ich bin hier nicht angestellt, Miss Bankhead«, sagte er höflich.

»Oh, das tut mir aber leid, Dahling. Sie haben da untätig rumgestanden, also hab ich angenommen, Sie arbeiten hier. Ach, seien Sie doch ein Dahling und suchen Sie uns unseren Kellner, würden Sie so gut sein?« Mrs. Parkers Aufmerksamkeit war anderweitig in Anspruch genommen. »Wo guckst du hin, Dottie?«

»Die alte Schickse dahinten mit den zwei hübschen jungen Männern.«

Tallulah erkannte die Frau. »Ach, Dahling, weißt du nicht, wer das ist? Das ist Rosie Dolly Netcher, die überlebende Dolly Sister.«

»Aber was die für Smaragdketten um den Hals hat, und dann diese Rubin- und Diamantarmbänder.«

»Ich weiß. Beneidenswerte Geschmeidigkeit. Das hat sie alles von ihrem Mann, Irving Netcher, Chicago-Millionen. Verdammt noch mal, Dottie, wir zwei sind doch mit die clerversten Girls im Showgeschäft. Wieso haben wir uns noch keinen Millionär geschnappt? Wieso muß ich arbeiten, um meinen Lebensunterhalt zu verdienen? Und wieso bist du ständig pleite?«

»Ich bin nicht ständig pleite, Tallulah. In den letzten Jahren in Hollywood war ich ganz schön reich. Ich hab ein Heidengeld verdient.«

»Und wo ist das abgeblieben?«

»Oh, Tallulah, Darling, das Leben ist nun mal ein Faß ohne Boden.«

»Was zum Teufel soll *das* wieder heißen?«

»Wie soll ich das wissen? Ich bin doch kein Philosoph.«

Der Kellner brachte ihre neuen Drinks und sagte, die seien von dem jungen Mann, den Tallulah geschickt hatte, um ihn zu holen. »Ach, ist das nicht ein absoluter Dahling? Wo ist er hin? Ach, da ist er ja! Junger Mann!« Er drehte sich um und lächelte sie an. Sie prostete ihm mit dem Glas zu. »Waidmannsheil!« Er zwinkerte ihr zu und nahm seine Unterhaltung mit einem Marineoffizier an der Bar wieder auf.

»Dottie, du mußt ein Stück für mich schreiben.«

»Tallulah, ich hab es dir schon früher sagen wollen, ich hab eingewilligt, mit Arnaud D'Ussaud zusammen ein Stück zu schreiben, *Ladies im Hotel*, und, Darling, da ist keine Starrolle drin. Eigentlich denken war bei einer der Hauptrollen, einer geschiedenen Hausfrau aus dem Mittleren Westen, die in einem Frauenhotel wohnt, an Katharine Cornell.«

»Na, die übernimmt doch nur Starrollen, Menschenskind.«

»Im Gegenteil, Tallulah. Weißt du noch, diese phantastische Inszenierung von Čechovs *Drei Schwestern*, die sie gemacht hat? Da gehörte sie einfach zum Ensemble. Das war tatsächlich eine Starbesetzung. Ich meine, Katharine Cornell könnte mein Stück gut gebrauchen.«

»Katharine Cornell könnte eine Bluttransfusion gebrauchen. Und ich könnte eine Karriere-Transfusion gebrauchen. Mene mene tekel. Die Handschrift ist an der Wand. Ich weiß, für meine Rundfunksendung hat bald das letzte Stündlein geschlagen, und das heißt, dann liegen die Wölfe vor meiner Tür und heulen.«

»Mach mir nichts vor, Tallulah, du hast doch haufenweise Geld.«

»Geld, meine liebe Mrs. Parker, hat eine merkwürdige Art, sich zu verflüchtigen, wenn man zwischen den Engagements viel Zeit vergehen läßt, und bei mir ist zwischen den Engagements sehr viel Zeit vergangen.«

»Warum nimmst du nicht *Die kleinen Füchse* wieder auf?«

»Was? Bist du verrückt geworden? Mich wieder mit dieser Hellman-Ziege einlassen?«

»Sie sitzt bös in der Tinte.«

»Sitzt man jemals gut in der Tinte?«

»Ich weiß.« Sie schnippte mit den Fingern.

»Wenn du jetzt Clifford Odets sagst, krieg ich einen Koller.«

»Kannst du Gedanken lesen? Joe Coller, das ist der Richtige, der soll dir ein Stück schreiben.«

»Und was ist ein Joekoller genau?«

»Ein sehr begabter junger Schriftsteller, den Lester Miroff übrigens auch auf dem Gewissen hat.«

»Herrgott, wie hat Miroff es bloß geschafft, nicht auch noch den Wiener Sängerknaben was anzuhängen?«

»Die waren grade nicht da. Joseph muß irgendwo in der Gegend sein. Ich fang morgen an, ihn aufzuspüren. Ich bring euch beide zusammen, und damit hab ich für diese Woche mein gutes Werk getan. Der schreibt dir eine phantastische Komödie über einen Star, der Unannehmlichkeiten hat wegen der schwarzen Liste. Na, wie findest du das?«

»Nur allzu bekannt, Dahling. Und, Dahling! Da ist Lewis Drefuss! Mit wem ist der denn da? Lewis! Lewis!«

Lewis erkannte die Stimme sofort, wer hätte das nicht, er drehte sich um und winkte.

»Komm setz dich zu uns, Dahling! Bring deinen Freund mit, ich hab heut meinen toleranten Tag.«

Nachdem er bei den Damen Platz genommen hatte und die Drinks in Auftrag gegeben waren, stellte der Freund sich vor.

»George Baxt?« sagte Tallulah. »Sind Sie irgendwie mit Leon Bakst verwandt, dem großen Bühnen- und Kostümbildner?«

»Das ist B-a-k-s-t. Ich bin B-a-x-t. Überhaupt, Leon Bakst ist ein Pseudonym.«

»Was Sie nicht sagen, Dahling!«

»Was ich nicht sage, Dahling«, gab Baxt sie perfekt imitierend zurück, und sie brüllte vor Lachen.

Jetzt sprach Lewis. »George war Abners Agent.«

»Oh, Darling Mr. Baxt, wie traurig für Sie.«

»Wie traurig für Abner. Ich hab immer noch ein paar lebendige Nummern, Gott sei ihrer Seele gnädig. Und wie traurig für Martha.«

»Sie haben Martha gekannt?«

»Nicht besonders gut, aber ich bin ihr bei gemeinsamen Freunden begegnet. Sie war mit Jean Muir befreundet, und die ist eine gute Freundin von mir.«

»Arme Jean«, sagte Mrs. Parker, »was die schwarze Liste der angetan hat.«

»Sie ist als erste rausgeflogen«, rief Baxt ihnen in Erinnerung.

»Sie wird nicht die letzte sein, Dahling. Tja, Lewis, ich nehme an, du hast von Mr. Miroffs jüngsten Unannehmlichkeiten gehört.«

»Und ausgerechnet in einem schwulen Dampfbad fängt er sich das ein.«

»Ich hab von vielen gehört, die sich in einem schwulen Dampfbad was eingefangen haben«, sagte Baxt.

Tallulah fragte Baxt: »Haben Abner oder Martha viel von ihrem Sohn gesprochen?«

»War da ein Sohn? Ich glaube, ich habe mal was von einem Kind gehört, das tot ist, aber welches Geschlecht weiß ich nicht. Weißt du was darüber, Lewis?«

»Ich weiß nur, daß Miss Bankhead schleunigst nach Hause und sich ihren Schönheitsschlaf abholen sollte. Sie hat morgen früh einen Fototermin.«

»Nun sei doch kein Spielverderber, Lewis. Ich hab mich jetzt als Detektivin einspannen lassen. Dottie und ich haben Jacob Singer bei seinen Ermittlungen geholfen.« Zu Baxt gewandt erläuterte sie: »Jacob Singer ist ein Detective, Dahling, und Mrs. Parker war mal seine Assistentin bei einem Fall, das war neunzehnhundertzehn . . .«

»Neunzehnhundertsechsundzwanzig, im August, genau gesagt, am Tag der Beerdigung von Rudolph Valentino . . .«

»Das ist interessant. Hört sich an, als könnte man da ein Buch draus machen«, sagte Baxt. »Warum schreiben Sie das nicht, Mrs. Parker?«

Mrs. Parker spielte die Bescheidene und zierte sich. »Ich bin jetzt sehr beschäftigt mit einem Theaterstück.«

»George schreibt«, sagte Lewis.

»Ach wirklich, Dahling«, sagte Tallulah, gelangweilt.

»Was schreiben Sie denn?« fragte Mrs. Parker.

»Theaterstücke, Drehbücher, Fernsehspiele, anonyme Schmähbriefe.«

»Warum sind Sie dann Agent?« fragte Tallulah.

»Weil ich ein erfolgloser Schriftsteller bin.«

»Das stimmt nicht«, sagte Lewis, »ein Stück von dir ist vor ein paar Jahren auf Tournee gegangen.«

»Vor vier Jahren, genauer gesagt«, sagte Baxt, »und Miss Bankhead, die Hauptrolle hat Ihre Freundin Estelle Winwood gespielt.«

»Gottes willen nein, Dahling!«

»Gottes willen ja, Dahling. Es hieß *Laughter of Ladies.*«

»Aber natürlich, Dahling«, Baxt nunmehr etwas gnädiger betrachtend, »ihr Mann hat dabei Regie geführt.«

»So nannte er das«, meinte Baxt trocken. »In Wirklichkeit hat er höchstens das große Wort geführt.«

Darauf Mrs. Parker mit betonter Ungläubigkeit: »Estelle Winwood hat einen Mann?«

»In der Tat, Dahling, und frag mich nicht wieso.« Tallulah zündete sich eine Craven A an und fixierte zugleich den Kellner, damit er eine neue Runde brachte.

»Sie hat mir gesagt, wieso«, sagte Baxt. Er besaß ihre ungeteilte Aufmerksamkeit. »Sie hat erklärt, in ihrem Alter brauche sie jemanden, der ihr ein Taxi ruft.« Er wußte den Lacher zu würdigen, den der Spruch ihm einbrachte.

»Meine liebe Tallulah, wie alt *ist* Estelle Winwood eigentlich genau?«

Darauf Baxt: »Sie kann sich bestimmt noch an die *Maine* erinnern.«

»Dahling, sie kann sich nicht bloß erinnern, sie war mit dabei.«

Lewis entschuldigte sich und ging mal für Herren. Baxt sah auf seine Armbanduhr und gab zu verstehen, er müsse bald aufbrechen. »Ach, gehen Sie noch nicht«, redete Mrs. Parker ihm zu, »trinken Sie noch einen.« Er trank noch einen. Dazu brauchte man ihn nie lange überreden. Sie sprachen über Schauspieler und die schwarze Liste, über Selbstmord und Verrat und Mord. »Haben Sie Lester Miroff gekannt?« wollte Mrs. Parker von Baxt wissen.

»Na ja, das ist so, er ist vor ein paar Monaten bei mir im Büro vorbeigekommen und hat gefragt, ob ich Interesse hätte, ihn zu vertreten. Ich wußte, daß Leona Clystir seine Agentin ist, und wir sind alte Freunde. Außerdem jage ich niemandem die Klienten ab. Und schon gar nicht einen, der auf der schwarzen Liste steht. Ich hab so schon genug Scherereien mit ein paar von meinen eigenen, auch wenn es, mit Gottes Hilfe und Kamillentee, bei Axel Dourly endlich geklappt hat. Ich hab ihn im Kraft Television Theater nächste Woche untergebracht, und falls es ein Nachspiel hat, werd ich's ausschwitzen. Ich hoffe bloß, daß der Regisseur der Show hart bleibt und sich weigert, ihn zu ersetzen, falls die Forderung auftaucht. Ich konnte Miroff sowieso nicht leiden.«

»Dahling, wer von Ihren Bekannten weiß vielleicht mehr über Identität, Schicksal, möglicherweise auch den Aufenthaltsort von dem Walsh-Kind?«

Jetzt kehrte Lewis an den Tisch zurück und bedeutete Baxt, sie sollten allmählich aufbrechen.

»Vor ein paar Jahren hab ich bei Abner und Nanettes Weihnachtsfeier jemand kennengelernt. Oliver Sholom, er ist Regisseur. So wie er und Abner in Erinnerungen an die guten alten Zeiten schwelgten, bin ich mir ziemlich sicher, daß sich die beiden schon wahnsinnig lange kannten.«

»Oliver Sholom, Tallulah«, sagte Dorothy, »hat sich erst auf Artikel Fünf berufen, aber als er keine Arbeit finden konnte, hat er alles zurückgenommen und ausgepackt wie verrückt.«

»Er kann immer noch keine Arbeit finden«, sagte Lewis. »Er hat uns schier zum Wahnsinn getrieben, weil er unbedingt in der Show unterkommen wollte.«

»Ausgeschlossen!« sagte Tallulah scharf. Und dann wurde sie merkwürdig still, selbst für Tallulah. Oliver Sholom. Vielleicht wußte er etwas von Wert. Sie könnte sich Jacob Singer nützlich machen. Sie mochte Jacob Singer. Sie mochte ihn sehr.

»Ich finde auch, wir sollten allmählich gehen«, sagte Mrs. Parker. »Tallulah macht schon ein ganz dämliches Gesicht.«

»Kann ich jemanden mitnehmen?« erkundigte sich Baxt. »Ich muß in die Achtundfünfzigste Straße Ost Ecke Sutton.«

»Sie können mich mitnehmen, Dahling. Ich muß ins Elysee. Dottie wohnt im Volney. Lewis, sei so lieb und bring Dottie nach Hause. Und Dottie, denk an deinen Coller.«

»Was, meine Liebe?«

»Den Schriftsteller. Coller. Theaterstück. Ich. Tallulah.«

»Ach, natürlich, Joseph. Ich klemm mich sofort dahinter, wenn ich morgen nachmittag aufwache.«

Jacob Singer war nicht glücklich. Es war drei Uhr morgens, und die wenigen Leute, die er erreicht hatte, hatten ihm nichts sonderlich Brauchbares erzählt, allerdings, sinnierte er, wurde er vielleicht auch alt, ausgelaugt und vergaß die feine Kunst des Zwischen-den-Zeilen-Lesens, wie er sie vor Jahrzehnten ausgefeilt hatte. Manche waren sogar schockiert gewesen, als sie erfuhren, daß Lester Miroff homosexuell gewesen war.

Ein Mitarbeiter steckte den Kopf in sein Büro. »Nun hör dir mal das an. Da hat sich in der Fünfundfünfzigsten West eine von einem Einbrecher vergewaltigen lassen, der über die Feuertreppe durchs Fenster eingestiegen ist, während sie ihre Yogaübungen macht. Hab ich noch nie gehört, daß man Weiber im Lotussitz vögelt.«

Singer winkte ihn fort. Irgendwo war da jemand, mit dem er reden sollte und der nicht auf der Liste stand, die er von der Bankhead und der Parker bekommen hatte. Es war nur so ein Gefühl im Bauch, aber sein Bauch war das einzige, auf das er sich noch verlassen konnte. Er gähnte und reckte sich und entschied, es sei an der Zeit, nach Hause zu gehen. Er würde keinen Schlaf finden, das wußte er sicher, bis sein Bauch ihm die Erlaubnis dazu gab. Er überlegte, ob er sich trauen sollte, um diese Zeit Tallulah Bankhead anzurufen und sich dreist zu einem Drink einzuladen. Die Idee und das Spiel mit dem Feuer reizten ihn, aber dann ließ er es aus lauter Feigheit doch sein. Singer, sagte er sich, du bist ein Schlappschwanz von Detective.

Tallulah ruhte auf der Chaiselongue in ihrem Schlafzimmer, rauchte eine Craven A, nippte an einem Scotch mit Wasser und sinnierte, ob Wunschträume wohl je in Erfüllung gingen. Ob Detective Jacob Singer wohl anrufen und sich zu einem Drink einladen würde. Das Telefon klingelte tatsächlich, und sie war mit einem Sprung dran. »Ja, Dahling?« fragte sie gespannt.

Die Stimme am anderen Ende war schwach und verstellt. »Miss Bankhead, halten Sie sich da raus.«

Klick.

SECHS

»Hey, Miss Bankhead«, fragte der außergewöhnlich schwatzhafte junge Taxifahrer, »was muß ich machen, damit ich ans Theater komme?«

»Ein Armutsgelübde ablegen, Dahling.«

»Ich nehme Stunden bei Sandy Meisner. Morgen mache ich eine Szene aus der *Endstation* für ihn.«

»Dahling«, sagte Tallulah, so gelangweilt und vernichtend wie nur was, »irgendwie kann ich Sie mir nicht recht als Blanche vorstellen.«

Er verstummte, bis sie bei Jacob Singers Revier an der Vierundfünfzigsten Straße West ankamen. Für eine Frau, die vor ein paar Stunden eine Morddrohung erhalten hatte, war Tallulah außerordentlich beschwingt und fröhlich, und sie hopste die Stufen zur Polizeiwache hinauf wie ein junges Mädchen beim Stelldichein mit seinem ersten Verehrer. »Vor dem Sterben hab ich keine Angst«, hatte sie am Telefon zu Singer gesagt, als sie ihn am Morgen endlich erreicht hatte, »ich hab Angst vor dem Leben. Was, Dahling? Klar, ich würd rasend gern sehen, wo Sie arbeiten. Ich hab nie ein Polizeirevier von innen gesehen, Dahling, obwohl mir das weiß Gott oft genug drohend in Aussicht gestellt wurde. Nein, ich hab heute keine Proben, und nein, ich gehe ganz sicher nicht zu Lester Miroffs Beerdigung. Mittag paßt mir gut. Bis dann, Dahling.«

»Ein Cop!« kreischte Patsy. »Was denkst du dir dabei, daß du dich mit einem Cop einläßt?«

»Miss Kelly, kümmern Sie sich um Ihre eigenen Angelegenheiten«, warnte Tallulah, während sie sich für ihre Mittagsverabredung ankleidete. »Du hast angeboten, daß du heute meine Schränke und Schubladen aufräumst. Was gibtst du dich so lange damit ab, diese Flasche Scotch da aufzumachen?«

»Der Korken steckt fest, verdammt noch mal.« Das Telefon klingelte.

»Nimm mal ab, ja, Dahling?«

Patsy ging zum Telefon hinüber und bellte hinein: »Was ist?« Sie lauschte. »Einen Moment.« Sie legte die Hand über den Hörer. »Hey, Tallulah, kennst du einen David Carney?«

»Nein, was will er denn verkaufen? Diese Scheiß-Telefonzentrale sollte doch meine Anrufe sieben. Und was krieg ich? Eine Morddrohung und einen David Karnickel. Nie gehört!«

»Sie hat nie von Ihnen gehört, Mr. Carney.« Sie lauschte. »Ich werd sie fragen. Hey, Tallulah! Er hat ein Theaterstück geschrieben und will, daß du es liest. Er sagt, er hat es extra für dich geschrieben.«

»Die Platte kenne ich schon. Ach, sag ihm, er soll es unten an der Rezeption abgeben.«

Patsy richtete das aus und legte auf. »Kommt mir vor, als wäre das wieder so ein Fall für die Klapsmühle.« Sie sah zu, wie Tallulah sich vor einem bodenlangen Spiegel eine hauchdünne Stola um die Schultern drapierte. »Hör doch mal, Tallu . . .«

»Was ist, Dahling?« Tallulah war noch nicht zufrieden mit ihrem Spiegelbild. Sie fummelte weiter mit der Stola herum.

»Ich finde, du solltest dir einen Leibwächter nehmen. Mir gefällt das nicht, daß du alleine auf die Straße raus gehst nach dem Anruf von diesem Bekloppten gestern nacht.«

»Das war eine Warnung, Dahling, keine Morddrohung.«

»Das ist nur ein klitzekleiner Unterschied, Tallu. Ich bin auf der Gasse groß geworden. In Hell's Kitchen aufgewachsen. Laß dir sagen, von einer Drohung ist es nur ein kurzes Stück, bis der Vorhang fällt.« Ihr Kreischen wurde weicher und klang jetzt, als ob man mit einem Nagel über Wellblech kratzt. »Ich hab dich lieb, Mädchen. Ich mag die Vorstellung nicht, daß ich mal um dich trauern muß.«

Tallulah starrte Patsy im Spiegel an und hörte mit ihrem Gefummel auf. Sie war ehrlich gerührt. Sie ging vom Spiegel weg und auf ihre Freundin zu, nahm sie in die Arme und küßte sie auf die Wange. »Patsy, in seltenen Augenblicken wie diesem bin ich nicht sauer, daß du ständig hier rumhängst.«

»Komm mir nicht mit dem Käse. Dir bricht doch der kalte Schweiß aus, wenn man dich länger als drei Minuten alleine läßt. Und wo steckt Estelle heute morgen? Wieso ist die Frau Baronin nicht zur Stelle in deiner Stunde der Not?«

»Estelle läßt ihre Perücke staubsaugen, oder was man mit diesem Zotteldïng da anstellen muß.« Die Stola war endlich zur Zufriedenheit der Königin drapiert. »Jetzt sag mal, Patsy, wie sieht's mit deinen Finanzen aus?«

»Bring mich nicht in Verlegenheit, Tallu.« Tallulah entzifferte den Kode sofort. Patsy war abgebrannt.

»Dahling, da sind ein paar Hundert in meinem Schmuckkästchen. Bedien dich.« Sie tätschelte Patsy die Wange, als sie an ihr vorbei ins Wohnzimmer ging. »Sei nicht knauserig. Und laß dich *ja nicht* vollaufen!«

»Wann bist du zurück?« kiekste Patsy, als Tallulah die Tür aufmachte.

»Ich weiß nicht, Dahling! Es ist eine Buchung auf unbegrenzte Zeit!«

Das Revier an der Vierundfünfzigsten Straße war nicht wiederzuerkennen. Hurrikan Tallulah war in ihrem Element. Hier gab es blaugekleidete Männer jeder Sorte – dünne, rundliche, junge, mittelalte, hübsche, unattraktive – aber alles Männer, und nach fünf Minuten mit Tallulah fraßen sie ihr aus der Hand. Jacob Singer hatte sich die Mühe gemacht, sie jedem Mann persönlich vorzustellen, und Tallulah ging darauf ein, als sei sie ein Politiker auf Stimmenfang. »Nun erzählen Sie mal, Dahling«, sagte sie zu einem glotzäugigen Grünschnabel, »nehmen Sie hier Ihren Missetätern die Fingerabdrücke ab? Ach, tatsächlich, Dahling. Sagen Sie, Dahling«, sprach sie verführerisch, »hätten Sie gern meine Fingerabdrücke? Sagen Sie mir, wo Sie sie gern hätten, Dahling . . . O Dahlings, was für eine goldige Kamera! Und hier machen Sie wohl diese – wie heißt das noch mal . . .?«

»Phantombilder!« half Singer aus.

»Phantombilder! Wer läßt sich bloß so hinreißende Ausdrücke einfallen. Phantombilder? Was, Dahling? Sicher, ich würd rasend gern für Sie posieren. Von vorn und im Profil? Wie hinreißend, Dahling! Krieg ich auch eine Nummer auf die Brust? Ach, Sie Süßer, Sie werden ja ganz rot?« Sie tätschelte dem Fotografen leicht die Wange. »Ich glaub, Sie haben meine Nummer schon, Dahling!«

»Jacob Dahling, ich amüsiere mich köstlich. Wo ist das Leichenschauhaus?«

»Das Leichenschauhaus ist in Bellevue.«

»So weit unten, Dahling? *Domage.* Ich geh nie weiter runter als bis zur Zweiundvierzigsten. Was ist da hinten?«

»Die Arrestzellen.«

»Oh, Dahling! Sitzen da heute welche in Arrest? Die muß ich besuchen. Keine Angst, Jacob. Als ich für die United Service Organizations unterwegs war, hab ich nichts als Entzücken verbreitet. Die eingefangenen Deserteure waren allesamt hin und weg.« Singer ging voraus zu den Zellen. »O mein Gott, Jacob! Schauen Sie mal, wie dieser arme Kleine aussieht! Das ist doch wohl ein Beispiel für die Brutalität der Polizei!«

»Nein, Tallulah, das ist ein Beispiel für die Brutalität der Straße.«

»Hey, Lady«, sagte der Gefangene, »Sie hätten mal den anderen sehen sollen.«

»Wieso, Dahling?«

Jacob Singer erklärte: »Er hat seinen Schwager umgebracht.«

Bestürzt sagte Tallulah zu dem Gefangenen: »Ach nein, Dahling! Den Schwager doch nicht! Das ist ja Blutschande!«

Singer nahm sie beim Arm. »Kommen Sie, Tallulah. Ich möchte, daß Sie mir noch mehr Einzelheiten von dem Anruf erzählen.«

»Da gibt es eigentlich nicht viel mehr zu erzählen.« Die Polizisten waren wie zu einer Ehrenformation angetreten, die zu der Tür von Singers winzigem Büro führte. »O Dahlings, Sie sehen allesamt so prachtvoll aus in Ihrer Uniform. Ist das die ganze Garde von New York, oder findet man anderswo noch bessere?«

Singer machte hinter ihnen die Tür zu, und Tallulah ließ sich mit einer entfackelten Craven A auf seiner Schreibtischecke nieder. »Hatte die Stimme gar nichts Erkennbares an sich?«

»Nicht die Spur, Dahling.«

»Und er hat nichts weiter gesagt als: ›Miss Bankhead, halten Sie sich da raus.‹«

»Das war alles.« Sie blies Rauch aus. »Nicht gerade gesprächig, Dahling.«

»Könnte es möglicherweise eine Frau gewesen sein?«

»Tja, Sophie Tucker vielleicht, aber wir sind nicht so dicke miteinander, daß wir Drohungen austauschen.«

»Das ist nicht zum Scherzen, Tallulah. Lester Miroff wurde bedroht, bevor man ihn ermordet hat.«

»Das weiß ich, Dahling, und ich nehm das nur deshalb auf die leichte Schulter, damit ich nicht total zusammenbreche. Ich war die ganze Nacht auf und hab mir ausführlich Gedanken gemacht. Es ist doch sonnenklar, nicht wahr, Dahling, daß der Mörder meint, ich weiß etwas, das für ihn gefährlich ist?«

»Na, was wissen Sie denn?«

»Ich hab nicht den leisesten Schimmer, Dahling. Sonst würde ich's Ihnen doch erzählen, nicht?«

»Würden Sie das?«

Tallulah lächelte bezaubernd. »O Dahling, für eine Frau ist es immer das beste, wenn sie sich eine geheimnisvolle Aura zu bewahren weiß, aber wo es um Mord geht, Dahling, da würde ich Ihnen nichts vorenthalten.«

»Wo sind Sie und Mrs. Parker gestern abend hingegangen, als ich weg war?«

»Zu Tony's, um was zu essen und Mabel zu hören, aber Mabel war krank und nicht da, deshalb mußten wir uns mit einem Klavierspieler begnügen, der offenbar eine Heidenangst vor den schwarzen Tasten hatte.«

»Haben Sie da jemand getroffen? Mit jemand geredet?«

»Dahling, ich treffe ständig Leute und rede ständig mit Leuten. Lassen Sie mich überlegen, da war ein junger Mann, den ich für einen Kellner hielt, aber er war gar keiner, und er hat mir verziehen. Er hat uns sogar ein paar Drinks spendiert. Und dann ist Lewis Drefuss gekommen mit einem Freund, George Sowieso ... ach ja ... der war Abner Walshs Agent gewesen, da hatten wir natürlich viel zu plaudern. Die Sache ist die« – sie ging vom Schreibtisch zum Stuhl und setzte sich und schlug die ansehnlichen Beine übereinander –, »als ich ihn nach dem Kind von den Walshes ausfragte, da hat er gesagt, wenn einer mehr über Abners Ehe mit Martha wüßte, dann ein Regisseur namens ... namens ... helfen Sie mir nicht, lassen Sie mich bloß einen Moment nachdenken ...«

»Ted Valudni?«

»Ach, nein nein nein ...«

»Oliver Sholom?«

Tallulah schnippte mit den Fingern. »Genau!«

Singer nahm sich vor, diesen George selbst zu befragen, wenn er mal seinen Nachnamen erfahren hätte. Zu Tallulah sagte er: »Sholom hat mich heute morgen angerufen, aber ich hab nicht viel aus ihm herausholen können.«

»Na ja, Dahling, dann sollten Sie ihn wohl mal zu einem kleinen Folterstündchen einladen.«

»Tallulah, Sie haben zu viele schlechte Filme gesehen.«

»Ich hab auch in zu vielen schlechten Filmen die Hauptrolle gespielt, Dahling. Wohin führen Sie mich zum Essen aus?«

Singer war in Gedanken noch bei dem Drohanruf. »Lester Miroff ist gegen drei Uhr nachmittags ermordet worden. Mit wem haben Sie gesprochen, außer Mrs. Parker und mir?«

»Die üblichen. Patsy Kelly, Estelle Winwood, mein Friseur, meine Schneiderin, meine Schwester Eugenia, aber das war ein Ferngespräch – sie ist bei einer Freundin in Maryland. Nun lassen Sie mich nachdenken, mit wem noch. Ach ja, Gabriel Darnoff, der Sohn des Schauspielers, ob er nicht ein Stück für mich schreiben will. Ich hab mich entschlossen, ans Theater zurückzugehen, Dahling. Beim Radio ist für mich bestimmt bald Feierabend, und vom Fernsehen bin ich nicht gerade berauscht. Filmangebote kriege ich nicht mehr, was bleibt also, außer den Brettern, die die Welt bedeuten? Ich langweile Sie.«

»Ganz und gar nicht. Reden Sie nur munter drauflos.«

»Dahling, *das* müssen Sie Tallulah nicht zweimal sagen!« Sie rauchte eine neue Zigarette Kette. »Jetzt lassen Sie mich nachdenken, wer noch? Ach ja, Barry Wren – von dem haben Sie sicher schon gehört.« Singer nickte. »Will mich überreden, ein Musical mit ihm zu machen, das Schwein. Ich kann Ihnen versichern, ich hab meiner Empörung Luft gemacht, daß ihm Hören und Sehen verging. Ach ja. Beth Valudni. Teds Frau. Sie leben jetzt getrennt, und sie macht nächsten Sonntag einen Sketch mit mir.« Sie wurde langsam müde und dachte an Martinis und Mittagessen. »Und im Hotel – das Zimmermädchen, ein paar Pagen, das Fräulein an der Telefonzentrale, der Mann an der Rezeption, der Portier . . . das wär's wohl so ungefähr, Dahling.«

»Ich will mir Martha Walshs Wohnung mal ein bißchen näher ansehen. Hätten Sie Lust mitzukommen?«

»Dahling, ich wäre entzückt. Armes Schätzchen, sie läßt sich einäschern, oder wußten Sie das schon?«

»Nein.«

»Wird vom Schauspieler-Fonds bezahlt. Ich hab angeboten, die Honneurs zu machen, aber anscheinend hat Martha das vor ihrem Selbstmord alles selbst arrangiert. Nun hören Sie mal zu, Sie denken doch noch an das Mittagessen, oder? Ich mein wirklich, Dahling, es ist schon nach eins, und ich brauch einen Drink, sonst krieg ich Entzugserscheinungen.«

Im Golden Cinema Memorabilia Shop an der Zweiundvierzigsten Straße West bedankte Joseph Coller sich überschwenglich und von Herzen bei Dorothy Parker, verabschiedete sich und hängte auf. »Was war denn *das* nun wieder?« fragte der Besitzer des Ladens, der Ichabod Crane zum Verwechseln ähnlich sah und eben voller Zärtlichkeit ein gerahmtes Foto der verflossenen Filmschauspielerin Fifi D'Orsay abstaubte.

»Das war Dorothy Parker.«

»Ach ja? Und ich bin Hoot Gibson.«

»Dann bist du Hoot Gibson, denn das war Dorothy Parker,

und sie leitet ein Treffen mit Tallulah Bankhead für mich in die Wege.«

Ichabods Ebenbild schnaubte und nahm sich ein Foto von Esther Ralston vor. »Und was sollst du da mit Tallulah Bankhead anstellen?«

Die Glocke über der Tür intonierte »Hooray for Hollywood«, und ein Kunde trat ein.

Joseph ordnete postkartengroße Bilder von Douglas Montgomery. »Vielleicht ein Stück für sie schreiben.«

»Du willst mich doch nicht etwa auf den Arm nehmen?«

»Hoffentlich wollen die mich nicht auf den Arm nehmen.«

Der Kunde näselte quengelig: »Haben Sie keine Bilder von Ethelreda Leopold? Sie war mal bei den Busby Berkeley Mädchen . . .«

Ichabod richtete sich hochtrabend zu seiner vollen Größe auf und sprach wie ein Eisheiliger: »Über Ethelreda brauchen Sie mich nicht erst aufzuklären. Sie ist hinten im Archiv unter L einsortiert, genau zwischen Leopold und Loeb.« Zu Joseph sagte er: »Ich hoffe wirklich, daß sich das Blatt damit endlich wendet, Joe. Ich weiß, für dich war es die reinste Hölle.«

»Danke. So gut ist es mir nicht mehr gegangen, seit . . . seit Lester Miroff ermordet wurde.«

»Das war doch erst gestern. Nun laß mal die Kirche im Dorf.«

Von hinten aus dem Archiv rief es: »Was kostet denn Margaret Lindsay?«

»Weiß ich nicht, junger Mann«, kam die Antwort geknurrt, »rufen Sie sie in Hollywood an und fragen Sie nach dem Preis!«

Lester Miroffs Familie holte seine Leiche, kurz nachdem die Autopsie vorgenommen war, aus dem Leichenschauhaus ab. Als orthodoxe Juden brachten sie die Leiche eilends zu einem Beerdigungsinstitut und dann auf einen Friedhof, auf daß sie vor Sonnenuntergang beerdigt werde. Lester war nicht gerade ein Publikumsmagnet. Er hatte nur seine engsten Familienangehörigen auf die Beine gebracht, ein paar Freunde seiner Eltern, zwei Kusinen, die seine Mutter hatte mobilisieren können, und drei eingefleischte Miroff-Fans, die eine vollständige Sammlung seiner Platten besaßen. Die Nachrufe auf ihn erinnerten die Leserschaft, daß er ein williger Zeuge für das HUAC gewesen war und bald in seiner eigenen Fernsehshow auftreten sollte. Unbekannt blieb dagegen, daß seine Agentin Leona Clystir emsig einen verblichenen singenden Filmstar der dreißiger Jahre ausfindig gemacht und mit Hilfe ihrer Anwälte aus der Klapsmühle geholt hatte, in die er vor zehn Jahren von seiner Frau – die als Kind bei den *Kleinen Strolchen* mitgespielt hatte und nunmehr einen Call-Girl-Dienst in Santa Barbara leitete – eingewiesen worden war, ihn im Moment unter den wachsamen Augen zweier Krankenpfleger nach New York einfliegen ließ, und daß sie den leitenden Herren von CBS eingeredet hatte, das sei der perfekte Ersatz für Lester Miroff. Als der verblichene singende Filmstar von seinem unerwarteten Glück erfuhr, hatte er »Wahnsinn, Mann!« gesagt und seine Nase wieder in eine Biographie von Rudy Vallee gesteckt.

Gabriel Darnoff saß mit Beth Valudni in einer winzigen französischen Klause im Theaterbezirk beim Mittagessen. Sie hatte Gabriel in dem Theater aufgespürt, wo sein Stück herauskommen sollte, und durchaus damit gerechnet, daß er vielleicht nicht mit ihr reden wollte, aber er wußte, daß sie ihren Mann verlassen hatte, und freute sich, von ihr zu hören. Er hatte Beth, die vor langen Jahren einmal eine Affäre mit seinem Vater hatte, schon immer ins Herz geschlossen. Jetzt sprachen sie über den Mord an Lester Miroff.

»Was glaubst du, wer es war?« fragte Beth, während ihre Petite Marmite kalt wurde.

»Ach, ich würde meinen, da kommen an die dreißig Verdächtige in Frage. Ich hätte auch meinen Vater im Verdacht, aber Paps ist ja tot. Lester ist mitschuldig an seinem Tod. Und Barry Wren und . . .« Dann ratterte er eine ganze Liste von Leuten herunter, die willige Zeugen gewesen waren, bis Beth schließlich seine Hand faßte und er innehielt. Nachdem er sich einen Moment besonnen hatte, sagte er: »Du weißt, daß Lester Barry Wren genannt hat, also hat Barry Wren den Spieß umgedreht und Lester genannt. Das ist fast schon wie bei Dick und Doof. Ich hab gestern mit Tallulah gesprochen. Ich hab ihr erzählt, daß ich daran denke, ein Stück über die schwarze Liste zu schreiben, und da hat sie gesagt: ›Das ist noch zu früh, Dahling.‹«

»Ich glaube, sie hat recht, Gabe. Es ist noch zu früh, das Ganze richtig einzuordnen, und außerdem ist es noch lange nicht vorbei. Jeden Morgen werden Vorladungen zum Frühstück serviert. Ich frag mich ständig, wann meine wohl kommt, allerdings hat Lewis Drefuss bei Tallulahs Show gesagt, er hätte keine Probleme gehabt, mich durchzukriegen.« Sie löffelte etwas Suppe, kostete, zog ein Gesicht und nahm sich statt dessen ein Stück knuspriges Baguette mit Butter. »Aber Mord. Das ist etwas anderes.«

»Das wird noch eine Epidemie.«

»Wie meinst du das?«

»Da werden noch mehr umgebracht.« Sie starrte ihn an. Der Appetit war ihr vergangen. »Machen wir uns nichts vor, da läuft ein Rächer herum, der schwingt sein unheilvolles Schwert und schreit nach Blut.«

»Das ist ja das reinste Schauermärchen, Gabe. Für kaltblütigen Mord kann es nie eine Entschuldigung geben.«

»Der an Lester war warmblütig. Ihn hat es in einem Dampfbad erwischt.«

»Das ist nicht lustig, Gabe. Ich meine, wenn man Lester deshalb umgebracht hat . . .«

»Weshalb sonst?«

»Dann . . . dann . . . verdammt, dann ist Ted vielleicht auch in Gefahr . . . und Barry . . . und alle anderen . . .«

»Die können mich alle mal. Du liebst Ted immer noch.«

»Natürlich liebe ich ihn, aber ich kann nicht mit ihm leben.«

»Wo die Liebe hinfällt, wächst oft kein Gras mehr.« Er zündete sich eine Zigarette an. »Sehe ich aus, als könnte ich es gewesen sein, Beth?«

»Ich weiß nicht. Ich weiß nicht, wie solche Leute im allgemeinen aussehen.«

»Die Polizei war bei mir, sie haben nachgeprüft, wo ich war, als Lester ermordet wurde. Ein gewisser Detective namens Jacob Singer.« Er blies Rauch aus. »Ich hab kein Alibi. Ich hab einen langen Spaziergang gemacht, um mein Stück und die schwarze Liste und das Selbstmordunwesen zu vergessen, und ich bin ein unscheinbarer Typ, den keiner wiedererkennt und an den sich keiner erinnert. Also hab ich kein Alibi.«

»Und was soll jetzt geschehen?« Sie war ehrlich besorgt.

Er zuckte die Schultern. »Wie soll ich das wissen? Dieses Szenario ist nicht von mir.«

Ted Valudni speiste mit seinem Anwalt im Yale Club zu Mittag. Er hatte ihn angeheuert, als er seine Vorladung bekam, und dafür den gefeuert, der ihm in den mühsamen Anfangsjahren die Treue gehalten hatte, als er nie das Honorar aufbringen konnte. Dieser neue war ein presbyterianischer Republikaner, was Ted angesichts der heiklen Situation mit dem HUAC für taktisch klüger hielt. Der Name Armbruster Pershing war in Justizkreisen gefürchtet und geachtet, und es war bekannt, daß seine Gegenspieler lieber klein beigaben, als sich der schleichenden Folter des Zutodegelangweiltwerdens auszusetzen. Seine Busenfreunde, zwei an der Zahl, behaupteten steif und fest, er habe einen trockenen Humor, konnten aber keinerlei Beispiele dafür liefern.

»Ich habe genug ertragen«, sagte Ted Valudni, ohne sich um seine Hühnerpastete zu kümmern. »Ich werde diese Polizeischikane nicht länger hinnehmen.«

Armbruster Pershing manschte ein Spiegelei in sein Corned Beef Hash hinein (er mochte das so) und schüttete dann noch Ketchup darüber; Valudni wandte den Blick ab, er hatte mit aufsteigender Übelkeit zu kämpfen. »Ein Anruf von der Polizei ist noch keine Schikane, Theodore. Haben Sie diesen Lester Miroff gekannt?«

»Ja.«

»Haben Sie ihn gut gekannt?«

»Das ist Jahre her.«

»Und er hat Sie vor dem Ausschuß genannt?«

»Ja, neben anderen. Aber das wissen Sie doch alles!«

»Haben Sie je gedroht, ihn umzubringen?« Schweigen. Pershing fixierte Valudni mit seinem berühmten kalten Blick. »Haben Sie je gedroht, ihn umzubringen?«

»Ja. Damals, als er mich angeschwärzt und in dieses ganze Schlamassel reingezogen hat.«

»Haben Sie diese Drohung vor Zeugen ausgesprochen?«

»Vor meiner Frau.«

»Und sie hat Sie verlassen.«

»Sie kommt bestimmt wieder zurück.«

»Wollen Sie sie zurück?«

»Ich bin an sie gewöhnt.«

»Und wenn sie nicht zurückkommt?«

»Dann lassen wir uns scheiden, natürlich. Das gehört sich so.«

»Ist das eine einvernehmliche Trennung?«

»Ich bin einvernehmlich. Sie nicht.«

Jetzt fixierte Pershing ihn mit wissendem Blick. »Sie haben nicht nur vor der Polizei Angst, nicht wahr?«

Valudni schob sein Essen weg. »Nein. Nicht nur. Das hab ich auch Detective Singer erzählt. Ich habe Angst. Ich habe Angst, daß der Mörder von Lester vielleicht noch eine kleine Liste hat.«

Pershings Gesicht hellte sich auf. »Ah! *Der Mikado!*« Er sang mit überschnappender Stimme: »›Deshalb hab' ich eine List' – eine kleine, feine List' . . .‹.«

»Armbruster, Frivolitäten sind hier fehl am Platz. Womöglich ist mein Leben in Gefahr. Was soll ich tun?«

»Einen Vorschmecker anheuern. Sie essen ja gar nicht – schmeckt es nicht?«

»Ich hab keinen Hunger.«

»Wissen Sie, Theodore«, sagte der Anwalt, den Mund voller Pamps, »wenn das eine Szene aus einem Krimi wäre, wäre ich versucht zu glauben, Ihre Angst sei Tarnung, eine falsche Fährte, um mich in die Irre zu führen.«

Valudnis Handflächen waren schweißnaß. »Sie glauben, vielleicht hätte ich Lester Miroff ermordet?«

»Warum nicht?« Er lachte sein trockenes Lachen. »Kommen Sie, Theodore, wo bleibt Ihr Humor? Nehmen Sie doch die Erdbeerspeise. Ich hab mir sagen lassen, das Rezept stammt noch von Betsy Ross.«

Valudni bestellte brav die Erdbeerspeise. Nach einem Löffel kam er zu dem Schluß, Betsy hätte bei ihrer Näherei bleiben sollen. Der Anwalt war nicht überrascht, als er sah, daß Valudnis Hand zitterte.

Die Teilnehmer des Ballettkurses, den Barry Wren unter der Woche jeden Vormittag leitete, waren erschöpft. Das lag nicht an *pliés* oder *tour jetés* oder verpatzten *adagios*, sondern daran, daß sie sich die zickigen Kritteleien des Choreographen anhören mußten. Mighty Mouse, wie er hinter seinem Rücken genannt wurde, hatte offensichtlich einen üblen Auftritt gehabt, bevor er in den Kurs kam. Seine Studenten setzten so regelmäßig Klatschgeschichten über ihn in Umlauf, wie Schulkinder Baseballspieler-Bildchen tauschen. Über den Buschfunk (das Büro der Ballettschule) hatten sie erfahren, daß ein Detective Barry telefonisch zu dem Mord an Lester Miroff vernommen hatte.

»Er hat kein Alibi«, sagte einer.

»Er sagt, er war in der U-Bahn Eighth Avenue Richtung Bronx, um seine Mutter zu besuchen.«

»Ha! Der hat doch überhaupt keine Mutter gehabt! Konnten die sich gar nicht leisten.«

»Die Bankhead hat ihn abblitzen lassen. Mit einem Denunzianten will sie nicht zusammenarbeiten.«

»Hör mal, was ich hintenrum von seinem Assistenten erfahren habe.«

»Hintenrum, ha!«

»Ach, halt doch die Klappe und hör zu. Barry hat die Hosen gestrichen voll. Er meint, wer Miroff umgebracht hat, der hat es vielleicht auch auf ihn abgesehen.«

»Ach, wär das nicht hümmlisch, Darling? Aber wenn du mich

fragst, Mighty Mouse ist doch ein Verdächtiger wie aus dem Bilderbuch.«

Barry Wren schrie bereits. »Würdet ihr euch bitte mal konzentrieren und auf die Spitze stellen, Himmeldonnerwetter. Und ihr wollt Tänzer sein? Plumpe, unfähige und widerliche Säcke seid ihr, und ich könnte die ganze verdammte Bande umbringen!«

»Siehst du, was ich meine?« sagte der Tänzer, der Barry für einen Verdächtigen wie aus dem Bilderbuch hielt.

SIEBEN

Während Jacob Singer mit dem Hausmeister und seinem Sohn sprach, sah Tallulah sich bedächtig im Wohnzimmer von Martha Walshs Souterrainwohnung um. Wie ordentlich, wie sauber es hier war, nicht der geringste Hinweis darauf, daß sich hier vor kurzem eine Tragödie abgespielt hatte. Martha hatte die gesamte Einrichtung der Heilsarmee vermacht, und die würde einen Wagen schicken und die Sachen abholen lassen, sobald die Polizei die Genehmigung gab. Tallulah ging in die Küche und staunte, wie Martha es in so schäbigen Verhältnissen ausgehalten hatte. An der Decke waren Wasserflecken; eine Fensterscheibe hatte einen Sprung; Herd und Kühlschrank waren so antiquiert, daß Tallulah sie nur mit Mühe einordnen konnte. Sie schaute in den Kühlschrank. Er war leer, vermutlich von der Frau des Hausmeisters ausgeräumt.

»Irgendwas Interessantes gefunden?«

Singers Stimme ließ sie zusammenfahren. Sie griff sich dramatisch an den Busen und knurrte ihn an: »Wehe, Sie schleichen sich noch mal so an mich ran. Sie hätten mich fast um fünf Jahre meines Lebens gebracht, die ich mir nicht gut leisten kann . . . Es ist wirklich so traurig, Jacob. Der Gedanke, daß sie Gott weiß wie viele Jahre in diesem Loch hier gehaust hat – man kann sich gar nicht recht vorstellen, daß ein so bezauberndes Mädchen, wie Martha es war, als ich sie und Abner kennenlernte, hier ihre letzten Jahre verbracht hat. Andererseits, weiß der Himmel, was das Schicksal für uns noch bereithält. Na, wenigstens endet sie nicht in einem Armengrab.«

»Und Sie bestimmt auch nicht.« Sie folgte ihm ins Zimmer.

»Mir ist das scheißegal, Dahling, wo ich mal ende; Hauptsache, ich werde nicht in einem schlechten Stück begraben. Was gibt's denn da zu sehen?«

Singer hielt das Foto von Abner, Martha und dem Jungen in der Hand, das auf dem Kaminsims gestanden hatte. »Familienporträt.« Tallulah nahm das Foto und betrachtete es eingehend.

»Sahen gut aus, nicht?« Sie fischte ihre Brille aus der Handtasche, um besser gucken zu können. »Ja, ich dachte mir doch, daß es das da war.«

»Daß es was da war?« fragte Singer.

»Die Narbe auf der linken Wange des Jungen. Ich frage mich, ob dieses Foto vor oder nach dem Unfall gemacht wurde. Wie fern und distanziert von seinen Eltern der Junge wirkt. Schauen Sie, er sieht nach rechts, von ihnen weg, in die weite Ferne und hofft auf einen flüchtigen Blick auf . . . was?« Sie gab das Foto an Singer zurück. »Ich kenne Abner und Martha seit . . . lassen Sie mich nachdenken«, sagte sie und steckte die Brille in die Handtasche zurück, »ich glaube, das war . . . ja, das war dreiunddreißig. Sie werden noch merken, Jacob, daß mein Gedächtnis nicht das zuverlässigste ist, außer wenn ich eine Rolle auswendig lerne, mein Text sitzt immer aus dem Effeff, Dahling . . . Wo war ich stehengeblieben?«

»Im Jahre dreiunddreißig.«

»Natürlich, Dahling, da hab ich am Broadway die Hauptrolle in *Forsaking All Others* gespielt. Eine Katastrophe, aber durch mich hat es über hundert Vorstellungen erlebt. Nicht schlecht bei der Depression damals, und es war sowieso mein eigenes Geld.« Sie lachte. »Der ganze herrliche Zaster, den ich bei Paramount Pictures verdient habe, ist für dieses hundsmiserable Stück draufgegangen. Es ist übrigens ein ganz amüsanter Film daraus geworden, mit Miss Crawford und Mr. Gable. Aber das spielt jetzt keine Rolle. Dreiunddreißig, jawohl. Nicht die beste aller Zeiten, weder für mich noch für sonst jemand. Apropos keine Rolle spielen, Henry Fonda hat in dem Stück eine kleine Rolle gespielt.«

»Kommen wir doch zurück zu den Walshes.«

»Oh, Dahling, ich hab diese schreckliche Angewohnheit, mich völlig zu verheddern, aber Sie gewöhnen sich schon noch dran. Es bleibt Ihnen nichts anderes übrig.«

»Die Walshes.«

»Ja, ja, ja!« Sie setzte sich an den Eßtisch und zündete sich eine Craven A an. »Michael Darnoff und ich sprachen damals über eine Wiederaufnahme von *Pygmalion*, aber ich konnte mich nicht recht als Eliza Doolittle sehen und Darnoff als Henry Higgins auch nicht. Ich meine, Lear, Jago und andere schwergewichtige Klassiker – ja, aber Shaw – niemals. Michael war in mich verliebt, aber im Bett war er absolut grauenvoll, hat mich ständig an die Wand gespielt, Dahling.« Ein kleines polterndes Lachen. »Wer Tallulah an die Wand spielen will, kann sich gleich einsargen lassen. Michael hat mich zu einer Mietengala in Greenwich Village mitgenommen. Sie wissen doch noch, was eine Mietengala ist, Dahling?« Singer nickte. »Ja, natürlich, wie dumm von mir. Und auf dieser Party habe ich dann Abner und Martha kennengelernt, mein Engelchen Nance Liston und ... natürlich ... Gregory und Anya Hagle. Sie waren aus Hollywood zu Besuch, und die anderen haben sie mit ihrem Erfolg aufgezogen. Ich weiß noch, daß mich das ziemlich aufgebracht hat. Ich meine wirklich, Dahling, wir streben alle nach künstlerischer Erfüllung in unserem Beruf, klar doch, aber Herrgott noch mal, von irgendwas muß man auch leben. Es war aber alles recht gutmütig, und es waren ziemlich viele Leute da, und die Walshes ... Wie sich herausstellte, war es ihre Wohnung, ein armseliger kleiner Schlauch von einer Bude ohne Warmwasser an so einer versteckten und malerischen Straße im Village ... Thompson, Duane, irgend so was ... na egal, jedenfalls hatten die Walshes mit dem Eintrittsgeld ein hübsches Sümmchen eingenommen und konnten für den Monat die Miete zahlen.« Sie schnippte mit den Fingern. »Der Junge!«

Singer hatte längst erkannt, daß man sie nur nach Lust und Laune drauflosquatschen lassen mußte, dann kam am Ende schon ein verbales Goldkörnchen zum Vorschein. Er lehnte mit untergeschlagenen Armen am Kamin, und es fehlte nur noch die Meerschaumpfeife im Mund, dann wäre das Bildnis eines kleinen Landadeligen perfekt gewesen.

»Der Junge war in einem der Schlafzimmer. Martha war regelrecht vernarrt in das Kind und wollte, daß ich es kennenlerne. Ich hab Kinder nämlich wahnsinnig gern . . . am rechten Ort. Sie führte mich zu ihm, obwohl ich noch weiß, daß ich ihr leise zu verstehen gab, man solle ihn zu dieser wohl schon reichlich späten Stunde lieber nicht wecken. Es war nach dem Theater. Sie versicherte mir aber, er sei noch wach, und so war es auch. Hmmm.«

»Was ist?«

»Ich komme mir vor wie beim Psychiater auf der Couch.«

»Waren Sie das mal?«

»Nur einmal, Dahling, aber wir haben nur rumgeknutscht.«

»Kommen wir auf den Jungen zurück.«

»Bringt das wirklich was?«

»Tallulah, das ist mehr, als ich zu hoffen wagte.«

»Ach wirklich, Dahling? Ich meine, ist das Aufklärungsarbeit in Reinkultur?«

»Sie haben's erfaßt. Man läßt die Leute reden und reden und reden, und auf einmal kommt das raus, was man sich erhofft hat, einfach so, aus heiterem Himmel.«

»Oh, wie wundervoll! Ich kann es kaum erwarten, das Estelle und Patsy zu erzählen.«

»Tallulah, der Junge.«

»Welcher Junge?«

»Der Junge von den Walshes.«

»Ach, Leo.«

»Heißt er so?«

»Was hab ich gesagt?«

»Sie sagten: ›Ach, Leo.‹«

»Herrgott ja, das hab ich gesagt, und weiß Gott, so heißt der Junge! Leo! Nach Leo Tolstoi! Ach Dahling, es ist doch großartig, wie mir das alles wieder einfällt – denken Sie nur, wie ich Sir Arthur Sullivan hätte helfen können, seinen verlorenen Akkord wiederzufinden!« Ob Singer sich dessen bewußt war oder nicht, sie erwärmte sich eben erst für die Aufgabe, sich die Vergangenheit ins Gedächtnis zu rufen, und fing an, im Zimmer auf und ab zu gehen. Für eine Frau mittleren Alters, dachte Singer, hat sie einen bemerkenswert aufreizenden Gang.

»Jedenfalls, Leo las ein Buch und nahm die Unterbrechung sehr höflich hin. Und wissen Sie was, es waren weiß Gott Eugene O'Neills Gesammelte Dramen. Er las dieses langweilige Stück, im Grunde ist ja alles von O'Neill langweilig, aber das spar ich mir für mein nächstes Interview auf. *Trauer muß Elektra tragen.* Endloses Geseire, von einem griechischen Klassiker geklaut. Ich weiß noch, daß ich dem Jungen erzählt hab, Darnoff und ich seien auf der Suche nach etwas, was wir zusammen machen könnten, und ich weiß noch, daß er ganz ernsthaft vorschlug, wir sollten doch den *Kirschgarten* machen. Davon haben Sie doch *bestimmt* schon gehört, Dahling, eigentlich wär ich eine hinreißende Arkadina, ich sollte mal drüber nachdenken. Ich könnte mir jederzeit Raymond Massey als Partner aus der Versenkung holen, aber mein Gott, Dahling, stellen Sie sich mal vor, ich muß mich bei den Proben, der Tournee durch die Provinz und acht Vorstellungen die Woche ständig mit diesem Gesicht abgeben. Was Colin Keith Johnson wohl heutzutage so treibt?«

»Tallulah, der Junge.«

»Was? Ach, unterbrechen Sie mich doch bitte nicht, Jacob, es ist so schon schwer genug, ich meine, das ist alles bald zwanzig Jahre her, ich weiß ja nicht mal, was ich vor zwanzig Minuten gemacht habe! So ein hübscher kleiner Kerl war das – der Junge, Dahling, nicht Colin Keith Johnson, bis auf diese häßliche zickzackförmige Narbe auf der linken Wange. Selbstverständlich habe ich vor dem Kind nicht danach gefragt, aber Martha hat mir später erzählt, daß er von der Schaukel oder der Wippe oder einem anderen Mordinstrument gefallen ist, das man den Kindern auf den Spielplatz stellt. Er war wahrhaftig ein seltsames Kind, fragen Sie mich nicht warum, er war so . . . *so alt* für sein Alter, das ist es, das war's, und ich glaube, er war damals nicht älter als zehn. Viel später erst sind er und Martha draußen im Westen in dieses Zugunglück geraten, und der arme Kleine wurde elend verkrüppelt und entstellt, und Martha war schwer verletzt, aber nicht so schlimm wie der Junge. Es hat Abner ein Vermögen gekostet. Die Krankenhäuser. Die Ärzte. Das Sanatorium.«

»Tallulah, ich liebe Sie.«

»Mein Gott, Dahling, es ist noch so früh am Tag.«

»Ich liebe Sie dafür, daß Sie diese ganzen Erinnerungen aus irgendeinem verborgenen Brunnen zutage gefördert haben, wo Sie doch gestern noch total verschwommen davon geredet haben, was mit Martha und dem Jungen passiert ist.«

»Tja, Dahling, Sie müssen mir Zeit lassen. Die Leute drängen mich immer so. Ich meine, wenn Sie mir ein Bier spendieren, Dahling, Dahling Jacob« – sie tätschelte ihm die Wange und fragte sich, warum so viele Männer beim Rasieren kleine Stoppelfelder übersahen –, »sage ich Ihnen eines meiner Lieblingsgedichte auf, ›Fellatio auf der Brücke‹.«

George Baxt war ein ziemlicher Neuling als Theateragent, hatte er sein Büro doch keine zwei Jahre zuvor mit einer Partnerin, Ethel Wald, eröffnet. Als Ethel ausstieg, um zu heiraten und an die Westküste zu ziehen, machte er alleine weiter und wartete auf den Tag, an dem er so gut bei Kasse wäre, daß er sich da loseisen und seine Schriftstellerkarriere wiederaufnehmen könnte. Während die Tage ins Land gingen, fand er es immer schwieriger, mit den mannigfaltigen Irren fertigzuwerden, die in der fragwürdigen Verkleidung als Schauspieler in seinem Büro aufkreuzten. Eben saß ein solcher in seinem Büro, Mitchell Zang, und lag Baxt mit den Ungeheuerlichkeiten, die der Beruf so mit sich bringt, der Schändlichkeit der schwarzen Liste und dem tragischen Verlust seiner Geliebten, Nance Liston, in den Ohren. Mitchell Zang stand nicht auf der schwarzen Liste; er war einfach nur ein grauenvoller Schauspieler. Aufgrund seiner Freundschaft zu Nance überschlug Baxt sich förmlich, um Zang in Fernsehshows als Statist oder stumme Person unterzubringen, und hatte ihm ein-, zweimal auch eine Rolle mit unter fünf Zeilen Text verschafft. Nach den Gewerkschaftsregeln brachten solche Rollen keine Provision ein, doch aus Freundschaft zu

Nance Liston blieb Baxt hartnäckig und hielt Zang in Lohn und Brot. Jetzt schmiedete er Pläne, wie er Zang in Zukunft von seinem Büro fernhalten könnte. Sicher, Zangs Gesicht war ausgesprochen gut verwendbar: »Diese herrliche Zickzack-Narbe auf der linken Wange, von der er behauptet, das sei ein Bajonettstich«, hatte Baxt seinem Freund Lewis Drefuss erklärt. »Ich geh jede Wette ein, die hat ihm ein aufgebrachter Dramatiker verpaßt, weil er seinen Text vermasselt hat.«

Zang brüllte, und Baxt überlegte, ob seine Sekretärin schon die Nummer der Polizei wählte. »Herr des Himmels, nun mach mal halblang, Mitchell!« schrie Baxt. »Da draußen warten Schauspieler, und die fangen womöglich vor lauter Schreck an zu glauben, sie hätten Talent.«

»Fick sie in den Arsch.«

»Alle schaff ich nicht.«

Mitchell Zang beugte sich vor und drehte die Mütze in seinen Händen. »Freust du dich nicht, daß sie Lester Miroff ermordet haben?«

»Freuen? Warum soll ich mich freuen?«

»Hat er nicht verdient zu sterben? Die ganzen Scheißdenunzianten, meinst du nicht auch, die gehören umgebracht?«

»Ich bin durchaus für den Gnadentod, Mitchell« – vor allem bei Schauspielern, wie er diplomatischerweise nicht hinzufügte –, »aber für Mord habe ich kein Verständnis, auch wenn ich die Leute verachte.«

»Meinst du nicht, man sollte Barry Wren ermorden? Ted Valudni?« Die Liste seiner Mordkandidaten war endlos, und Baxt wartete sehnsüchtig auf den Klang einer herannahenden Polizeisirene.

»Mitchell, wenn man diese Leute ermordet, bringt das Nance auch nicht zurück, oder Abner Walsh oder Michael Darnoff oder Mady Christians oder – ach, hol's der Teufel, Mitchell, ich hab zu tun, und ich hab da draußen Leute sitzen, und ich muß los und Nils Asther bei einer Probe von *Dodsworth* für die Kraft-Fernsehshow Händchen halten, und warum zum Teufel treib ich für arbeitslose alte Schauspieler Jobs auf, verdammt noch mal?«

Mitchell Zang erhob sich langsam. »Auf welcher Seite stehst du eigentlich?«

»Also wirklich, Mitchell . . .«

»Zu dir komm ich nie wieder. Niemals! Niemals!« Zang floh aus dem Büro.

Baxt blickte zur Decke auf und sprach: »Fürwahr, es gibt einen Gott.« Dann wählte er die Nummer des Polizeireviers an der Vierundfünfzigsten Straße und hinterließ eine Nachricht für Jacob Singer. Sie hatten sich ein paar Monate zuvor kennengelernt, als Singer bei einer Inszenierung für das Philco Playhouse, in der verschiedene Klienten von Baxt auftraten, als Berater für Polizeiangelegenheiten fungierte, und Baxt dachte daran, sich eines Tages mit seiner Schreibmaschine an einem Krimi zu versuchen. Vielleicht hatte Zang nur wie üblich Sprüche geklopft. Doch hatte er heute so eifrig Zustimmung gesucht zu dem Gedanken, eine Liste von Denunzianten zu ermorden, daß Baxt es angebracht fand, der Sache nachzugehen. Singer war nicht da, und Baxt hinterließ eine Nachricht. Dann rief er zu seiner Sekretärin hinüber: »Wer ist als nächster dran?«

»James Dean!« rief sie zurück. Deans Set-Karte lag ganz oben auf dem Stapel auf Baxts Schreibtisch. Baxt betrachtete das mürrische Gesicht und dachte, ach Gott, noch ein jugendlicher Liebhaber. Wer zum Teufel braucht noch einen jugendlichen Liebhaber?

Tallulah und Singer tranken ihr Bier in einem Saloon an der Ninth Avenue. Sie saßen an der Bar, weil Tallulah so gerne mit Barkeepern scherzte. Dieser hieß Jake und wußte, daß sie eine Schauspielerin war, konnte das Gesicht aber nicht recht unterbringen, daher erzählte Tallulah ihm, sie sei Ethel Barrymore.

»Klar, Ethel, Sie würd ich unter Tausenden erkennen! Was führt Sie nach New York?«

»Ich hab mich gerade liften lassen, Dahling. Wie finden Sie's denn?«

Jake machte mit Daumen und Zeigefinger ein O. »Sie sehen großartig aus, Ethel, einfach großartig.« Er ging ans andere

Ende der Theke, um den Stammgästen des Saloons die Neuigkeit mitzuteilen.

»Armer Jake«, sagte Singer.

»Seien Sie nicht albern, Dahling. Er hat keinen blassen Schimmer, wer Ethel Barrymore ist, geschweige denn ich. Ich hab ihn sehr glücklich gemacht. Also, was haben Sie mit meiner Hilfe zustande gebracht? Sind Sie überzeugt, daß Leo Walsh der Mörder ist?«

»Gottes willen, nein. Wer weiß denn, wo der steckt? Wie Sie gestern selbst sagten, vielleicht ist er ja tot. Sie standen mit keinem der beiden Walshes in engem Kontakt, aber haben sie in den letzten Jahren je von ihm gesprochen?«

»Tja, das kann ich eigentlich nicht beantworten, Dahling. Man erzählt mir so viel, und ich behalte so wenig. Als Abner Martha wegen Nanette sitzenließ, wurde Leo eine bloße Fußnote in seinem Leben, und Martha hab ich kaum noch gesehen. Wir haben ein paarmal zusammen zu Mittag gegessen, aber mehr nicht.«

»Wie es im Moment aussieht, könnte jeder beliebige Miroffs Mörder sein. Es könnte ein Verrückter gewesen sein, der ungesehen von der Straße hereinspaziert ist und Miroff abgeknallt hat, weil er sich vorgenommen hat, den nächsten besten abzuknallen, der ihm unter die Augen kommt.«

»Gütiger Gott, gibt es solche Menschen?«

»Es gibt sie, und sie morden, und wir kriegen sie nicht immer zu fassen, und fangen Sie mir jetzt keinen Monolog über das perfekte Verbrechen an.«

»Tu ich nicht, Dahling, schieben Sie mir einfach diese Schale mit Erdnüssen da her.«

Während sie Erdnüsse mampfte, sagte Singer: »Vielleicht hat der große Unbekannte Miroff umgebracht. Ein zartfühlendes Herz liest in Zeitungen und Zeitschriften alles mögliche über all die armen Seelen, die von der schwarzen Liste und den Denunzianten zugrunde gerichtet wurden, und da sagt er sich oder sagt sie sich . . . yeah, es könnte ja auch eine Frau gewesen sein . . .«

»Oh, Dahling, erzählen Sie mir nicht, wie tödlich Frauen sein können, ich bin ja selbst schon seit Jahren eine.«

»Jedenfalls, unser großer Unbekannter oder unsere große Unbekannte sagt sich plötzlich: Das Schwein bring ich um. Was fällt dem ein, so vielen Menschen so etwas anzutun, und dann kommt er ungeschoren davon? Also macht unser Anonymus oder unsere Anonyma sich blutrünstigen Blickes auf und begeht einen Mord.«

»Aber wieso sollte dieser Mensch mich bedrohen?«

»Die denken, Sie wüßten etwas, das auf ihre Spur führt.«

»Ich wünschte, ich wüßte, was zum Teufel das ist.«

»Ich auch. Aber ich weiß jetzt, daß ich Sie bloß weiterreden lassen muß, und früher oder später kommt etwas Lohnendes dabei heraus.«

Tallulah kochte vor Empörung. »Was zum Teufel soll das heißen, früher oder später? Ich mein wirklich, Dahling, Sie könnten jedes einzelne Wort von mir nehmen und auf eine Schnur auffädeln und sie Ihrer Freundin um den Hals hängen, und Sie werden geblendet sein von ihrem Glanz – Sie haben keine Freundin, oder?« Er hatte keine. »Also Dahling, ich werde ständig zitiert und falsch zitiert, und es gibt Leute, die sind in dem Meer der mir zugeschriebenen Apokryphen untergegangen. Ha-ha-ha-ha-ha! Wo wollen Sie hin, Dahling? Sie wollen mich doch nicht mit der Rechnung sitzenlassen, oder?«

»Ich muß mich auf dem Revier melden. Ich arbeite an einem Fall, wissen Sie.«

»Ja, Dahling, und ob ich das weiß.« Jake brachte ihr noch ein Bier. »Wissen Sie was, Jake, Sie sollten im Fernsehen auftreten.«

»Meinen Sie, Ethel?«

»Ja, das meine ich allerdings. Mein Freund Robert Ripley stellt eine Show zusammen, und mit dem muß ich mal über Sie reden.«

»Mensch, danke, Ethel, ich bin auf jeden Fall hier, wenn Sie mich brauchen. Hier finden Sie mich jederzeit.«

»Keine Sorge, Dahling. Ethel macht das schon.« Singer war wieder da. »Das ging schnell, Dahling.«

»Ein Agent, den wir beide kennen, hat mir eine Nachricht hinterlassen, daß ich ihn anrufen soll.«

»Oh, welcher denn, Dahling. Gus Schirmer? Archer King?«

»George Baxt.«

»Wer? Nie gehört.«

»Sie haben ihn gestern bei Tony's kennengelernt.«

»Ach, natürlich. Der! George wie? Na egal, Dahling, rufen Sie ihn an, und würde in Gottes Namen bitte jemand diese verdammten Erdnüsse hier wegnehmen!«

Singer rief Baxt an. Er hörte aufmerksam zu, was Baxt ihm über Mitchell Zang zu erzählen hatte. Dann fragte Baxt: »Hört sich das jetzt an, als ob ein Lockvogel einen Esel verpfeift?«

»Gottes willen, nein. Das ist wichtig. Ich werd gleich einen der Jungs auf ihn ansetzen und gucken, ob er ein Alibi hat. Danke. Ich weiß das zu schätzen.« Er rief im Revier an und setzte einen Ermittlungsbeamten für Mitchell Zang ein, dann kehrte er zu Tallulah zurück und erzählte ihr, was er von dem Agenten erfahren hatte.

Tallulah stöhnte auf. »Nicht Mitchell Zang. Bloß der nicht. Ich meine, als der das letzte Mal einen Intelligenztest machen ließ, war er mit siebenunddreißig Punkten im Rückstand. Er war Nances Mann für gewisse Stunden. Ich glaube nicht, daß sie in ihn verliebt war, aber er hat ihr offenbar gute Dienste geleistet, und Nance, Gott hab sie selig, hatte sexuell einen unersättlichen Appetit, der eine Menge Dienstleistungen verlangte. Aber jemanden umbringen? Für mich ist das furchtbar schwer zu glauben. Ich kann mir Mitchell Zang nicht recht als Mörder vorstellen.«

»Tallulah, Lincoln ist von einem Schauspieler ermordet worden.«

»Dahling, ich find Walter Huston gar nicht so übel in der Rolle.«

Singer ließ sich von Jake die Rechnung geben, während Tallulah ihr Gesicht auffrischte. Sie amüsierte sich königlich. Die Detektivarbeit gefiel ihr. Sie leistete Singer gerne Hilfestellung, und in gewisser Weise leistete sie damit auch sich selber Hilfestellung. Es lenkte sie von dem Damoklesschwert über ihrem eigenen Haupte ab, den dummen Anschuldigungen der Mittäterschaft, die die beiden Werbeagenturheinis ihr an den Kopf geworfen hatten. Ja, die Detektivarbeit gefiel ihr durchaus, und im stillen faßte sie den Entschluß, auf eigene Faust damit weiterzumachen. Mitchell Zang ein Mörder? Tja, er hatte diese unheimliche Narbe auf der linken Wange . . .

»Jacob!« schrie sie.

»Mein Gott, du hast mich zu Tode erschreckt!«

»Mitchell Zang!«

»Okay, okay, wenn er denn unschuldig ist, wird mein Mann das rausfinden. Es ist eine reine Vorsichtsmaßnahme, Tallulah.«

»Jacob, Zang hat eine sehr häßliche Narbe auf der linken Wange.«

Einem nicht gar so plötzlichen Impuls folgend gab Singer ihr einen Kuß.

»Diesen Kuß werden Sie vielleicht zurücknehmen wollen, Dahling.«

»Wieso?«

»Weil mir auf einmal einfällt, Mitchell ist wohl doch ein bißchen zu alt, als daß er der Walsh-Junge sein könnte.«

»Vielleicht sieht er nur so aus. Er hat ein ziemlich anstrengendes Leben geführt mit den ganzen Dienstleistungen da.«

»Sagen Sie mal, Jacob, und seien Sie ehrlich, Sie brauchen keine Angst zu haben, daß Sie mich verletzen. Hab ich das Zeug zu einem guten Detektiv?«

»Tallulah, Sie würden Spitze sein bei allem, was Sie sich in den Kopf setzen.«

»Wirklich, Dahling!« Sie freute sich wahnsinnig. Es war, als hätte sie eben erfahren, daß sie im nächsten Film für Bette Davis einspringen sollte. »Wie kommt es dann, daß ich immer noch solo bin?«

Fünf Minuten später war Singer wieder unterwegs in sein Revier, auch wenn er Tallulah nicht gern ohne Begleitung auf einer Straße in Hell's Kitchen zurückließ. Sie wischte seine Ängste mit der Ausrede beiseite, es sei ein so prachtvoller Tag, da wolle sie einen Spaziergang machen. Zum Glück kannte er sie nicht gut genug, um zu begreifen, daß Spazierengehen etwas war, das sie nur unter Zwang tat. In einem Lebensmittelladen fand Tallulah ein öffentliches Telefon und sah eine Adresse nach. Die gesuchte Adresse war hier in der Gegend, und ein paar Minuten später stand sie vor einem braunen Backsteinhaus an der Tenth Avenue, das nur noch wenige Jahre bis zur Baufälligkeit hatte. Auf einem ungelenk gemalten Schild unter den Klingelknöpfen stand KLINGEL GEHT NICHT. Sie fand den Namen, den sie suchte, und ging hinein. Als sie den Türknopf drehte, sah sie, daß das Schloß kaputt war. Sie fragte sich, wie Menschen in diesen ärmlichen Verhältnissen leben konnten. Auf den Gedanken, eine Spende anzubieten, kam sie überhaupt nicht.

Sie sah sich einer hölzernen Treppe gegenüber. Der Flur wurde von einer einsamen Miniwattbirne an der Decke schwach erhellt. Fast hätte sie sich durch den widerlichen Gestank vom Aufstieg abhalten lassen, doch sie kramte in ihrer Handtasche, fand ein Fläschchen Parfüm, drehte den Stöpsel auf und schnupperte daran. Mit frischem Mut begann sie den Aufstieg. Sie fand die gewünschte Tür und klopfte an. Sie wartete. Sie klopfte erneut. Sie hörte das Schlurfen von Füßen in der Wohnung. »Hallo?« rief sie. Die Tür öffnete sich einen Spaltbreit. Tallulah bot ihr charmantestes Lächeln auf. »Oliver Sholom?«

Die Tür öffnete sich weiter. Wenn das Oliver Sholom war, dann war er ein gutes Stück älter, als sie gedacht hatte. Sie sah sich einem verhutzelten alten Männlein gegenüber, das auf dem Kopf eine Kippa, am Hals ein umgehängtes Maßband und an der rechten Hand einen Fingerhut trug. Er ging vom Alter und wohl auch lebenslanger Enttäuschung gebeugt, hatte einen wohl eine Woche alten Bart und blinzelte sie durch eine Brille an, die ihm unsicher auf der Nasenspitze thronte. Hinter ihm erblickte sie eine Nähmaschine, einen Arbeitstisch, die Utensilien eines Schneiders. An der Wand sah sie Porträts von Lenin und Stalin und Karl Marx. All das, während sie darauf wartete, daß der Mann reagierte.

Endlich sprach er. »Ich bin nicht Oliver Sholom. Ich bin Herbert Sholom, der Anarchist. Im nächsten Stock in der Wohnung nach hinten heraus finden Sie meinen Neffen Oliver Sholom, den Denunzianten.« Er trat leise zurück und machte die Tür zu.

Ich muß verrückt sein, dachte Tallulah, absolut verrückt. Was hab ich hier verloren? Dies ist wohl kaum ein Wunderland, Dahling, aber hier gehört Alice her und nicht Tallulah Bankhead. *Hab ich das Zeug zu einem guten Detektiv?* Sie hörte Singers großmütige Antwort, und die erfüllte sie mit neuem Mut und neuer Entschlossenheit. Sie stieg in den nächsten Stock hinauf, ging an die Tür zu der rückwärtigen Wohnung und hoffte, daß ihre Mühen belohnt würden. Sie hätte vorher anrufen sollen. Wenn Sholom nun nicht da war? Hierher könnte sie ganz bestimmt nicht noch einmal zurückkommen. Hinter der Tür war eine Etüde von Chopin zu hören. Die Melodie wiederholte sich. Offenbar hatte die Platte einen Sprung. Die Nadel war steckengeblieben. Sie klopfte an die Tür.

»Wer ist da?« rief es hinter der Tür.

»Hier ist Tallulah Bankhead!«

»Ach, verpiß dich!«

Ihr Löwengelächter war unverwechselbar. Sholom öffnete die Tür.

ACHT

»Darf ich reinkommen?« Schlimmer als der Flur konnte die Wohnung nicht sein, sehr viel besser war sie aber auch nicht. Sie ging hinein, und er trat zur Seite, wobei seine Augen flimmerten wie wildgewordene Signallampen. Tallulah erfaßte die Schäbigkeit mit einem Blick in die Runde und kommentierte trocken: »Wie reizend.«

»Das ist nur provisorisch. Das Haus gehört meinem Onkel. Ich darf hier unterkriechen, bis ich etwas Passendes gefunden habe.«

»Sie brauchen mir nichts vorzumachen, Mr. Sholom. Ich weiß, daß es Ihnen arbeitsmäßig dreckig geht.«

»Lebensmäßig auch.« Er zeigte auf einen Stuhl. »Bitte setzen Sie sich. Das ist der bequemste.«

»Menschenskind, würden Sie mal was gegen diese steckengebliebene Nadel unternehmen, Dahling?«

Er ging zu dem Plattenspieler hinüber, einem antiquierten Standmodell, und stellte ihn ab. »Das ist ein Familienerbstück.«

»Wenn es was wert ist, warum versetzen Sie es dann nicht, Dahling?« Sie wühlte in ihrer Handtasche nach der Craven A, die sie jetzt nötig hatte. Nun, da sie hier war, hatte sie mit einer scheußlichen Nervosität zu kämpfen. Es war schlimmer als bei der Premiere, fünf Minuten bevor der Vorhang hochgeht. Der Mann hoffte offenbar, daß sie gekommen war, um ihm einen Job anzubieten, statt nach Informationen zu stochern. Nun hielt er ein Streichholz an ihre Zigarette, und seine Hand zitterte. Sie atmete den Rauch ein, atmete wieder aus, sagte: »Danke, Dahling«, dann gab sie sich einen Ruck. »Die Sache ist die, Dahling, ich bin in der Hoffnung gekommen, daß Sie mir ein paar Informationen geben können, hinter denen ich her bin.«

Er schob die Hände in die Taschen und sah stehend auf sie

herab. »Was für Informationen? Ich bin entlastet. Ich kann wieder arbeiten, es muß mir nur jemand einen Job anbieten. Ich meine, kommen Sie, Miss Bankhead, Gadge Kazan und Cliff Odets haben dem Ausschuß ihre Arien vorgesungen, und sie haben Arbeit. Ich meine, ich mach mir nichts vor, das tu ich nie, ich hatte nie so einen Ruf im Metier wie Kazan, aber ich kann einiges vorweisen. Ich habe durchaus Erfolge gehabt, Miss Bankhead, und brauche nur eine einzige Chance.« Er fuhr sich mit der Hand durch seinen zotteligen Haarschopf. »Sie wissen ja nicht, wie das ist, wenn man den ganzen Tag hier rumsitzt und darauf wartet, daß das Telefon klingelt. Einen Auftragsdienst kann ich mir nicht leisten, also sitze ich den ganzen Tag, von neun bis sechs, wenn überall Bürozeit ist, wissen Sie, hier rum und warte, daß das Telefon klingelt, ein Job-Angebot, irgendwas. Ich weiß, daß ich nicht der einzige bin. Die anderen, die widerrufen haben, tja, von denen finden viele auch keine Arbeit. Aber das ist deren Problem.«

Großer Gott, dachte Tallulah, im Vergleich zu diesem Mann war Raskolnikow ein Ausbund an Fröhlichkeit. Sie hielt es für klüger, seinen Monolog nicht zu unterbrechen, damit er sich alles von der Seele reden konnte. Zu ihrer Überraschung empfand sie durchaus Mitgefühl.

»Und wenn ich nur eine Show für Sie machen könnte, eine einzige Show nur, ich weiß, dann würden mir allmählich auch andere Türen offenstehen.« Er ließ sich auf einem Fußschemel nieder und saß dann mit verdrehten Füßen da, die Hände zwischen den Beinen zusammengepreßt, so daß er aussah wie ein ungezogenes Kind, das seine Strafe erleidet.

Wie komm ich hier bloß wieder raus, überlegte Tallulah. Dann rief sie sich ins Gedächtnis zurück, daß sie als Detektivin hier war. Sie war hier, um Informationen einzuholen. »Sie waren doch mal eng mit Abner und Martha Walsh befreundet, nicht wahr? Haben wir uns nicht vor langer Zeit in dieser Wohnung ohne Warmwasser getroffen, in der sie da im Village gewohnt haben. Bei so einer Mietengala?«

Sie hörte sich so freundlich an, so herzlich, daß ihm butterwarm ums Herz wurde. Es war ihr Auftritt aus ihrem Philip-Barry-Flop *Foolish Notion.* »Ja, natürlich«, ging er eifrig darauf ein, »wie konnte ich das nur vergessen?« Jetzt hatten sie etwas gemeinsam, ja, sie waren alte Freunde, die sich nach Jahrhunderten über ein Wiedersehen freuten. Natürlich war sie gekommen, um ihn zu retten, ihm einen Job anzubieten.

»Ich wüßte gern, Mr. Sholom . . .«

»Bitte, nennen Sie mich Oliver!« Er kroch vor ihr auf dem Boden und scharrte begierig mit der Pfote, auf daß man ihm ein Bonbon zuwerfe; er war verzweifelt.

»Und nennen Sie mich Miss Bankhead, Dahling.« Der Pfeil schoß spurlos an ihm vorüber. Seine Ohren waren einzig und allein auf die Aussicht auf einen Job eingestellt. »Ich wüßte gern«, begann sie erneut, »was wohl aus ihrem Sohn geworden ist?«

»Wer? Wessen Sohn?«

»Die Walshes, Dahling. Leo. Hieß er nicht so, Leo?«

»Was hat das mit dem zu tun, worüber wir gerade reden?«

»Dahling, ich will es erklären.« Sie beschloß, das Blaue vom Himmel zu lügen. »Ich bin Abners Nachlaßverwalterin. Leo ist sein Erbe.«

»Hat der ein Glück.«

»Der hat fürwahr ein Glück, falls man ihn finden kann. Ich hab gestern abend jemand getroffen, vielleicht kennen Sie ihn, er ist Agent, George, ähm . . . ähm . . . Baxt, der meinte, vielleicht wüßten Sie, wo Leo steckt.«

Sholom sprang auf. »Es ist mir scheißegal, wo Leo steckt!« brüllte er, und Tallulah überlegte, wie sie sich verteidigen würde, wenn er mit den Fäusten auf sie losginge. Die einzigen Prügel, die sie je im Leben bezogen hatte, waren von Kritikern ausgeteilt worden. »Leo Walsh! Heutzutage nennt er sich anders!«

Er kennt ihn, dachte sie triumphierend, er weiß, wo Leo ist. Jacob Singer wird so stolz auf mich sein. »Wie nennt er sich denn?«

Sholom kam näher heran, beugte sich vor und guckte ihr anzüglich ins Gesicht. »Machen wir ein Geschäft, Miss Bankhead.« Der Hohn in seiner Stimme beim Aussprechen ihres Namens gefiel ihr gar nicht.

»Was für ein Geschäft?«

»Ich geb Ihnen Informationen, und Sie geben mir ein Engagement.«

»Ich heuer die Leute für meine Show nicht an, Oliver, Mr. Sholom, wie auch immer.«

»Sie sind der Star. Ein ganz großer Star. Sie haben Einfluß.«

»Ich könnte auf alle Fälle meinen Produzenten darauf ansprechen.«

»Nicht ›darauf ansprechen‹, Miss Bankhead, *fordern!*« Er sah aus wie ein Revolutionär, den es nach Zarenblut gelüstet. »*Fordern.*«

»Nun sehen Sie mal, Oliver, wissen Sie, welche Strafe darauf steht, wenn man sich der Gerechtigkeit in den Weg stellt?« Sie wußte es jedenfalls nicht.

»Die Gerechtigkeit ist mir scheißegal, Lady. Ich hab mir einreden lassen, daß ich mich selbst und meine Freunde im Namen der Gerechtigkeit verrate, und Sie sehen ja, wie ich dafür belohnt werde!« Er machte eine weitausholende Handbewegung. »Sagen Sie, Miss Bankhead, haben Sie je den Luxus der Armut genossen? Wissen Sie, wie das ist, wenn man sich bei einem Onkel Quarters schnorren muß, der einen verachtet? Wissen Sie, wie das ist, wenn man in den Schmutz getreten, total vernichtet wird?«

»Ja, Dahling, als ich Shakespeares *Cleopatra* gemacht habe ...« Sie hielt inne. Hier waren Scherze fehl am Platz. Der Mann weinte.

»Gehen Sie, Miss Bankhead. Gehen Sie. Ich bin tot. Tote können niemandem helfen. Sie suchen Leo Walsh? Dann finden Sie ihn doch. Er ist da draußen.« Er zog ein schmutziges Taschentuch aus der Tasche und wischte sich die Augen. »Sie meinen, Leo hat vielleicht Lester Miroff umgebracht? Woher wissen Sie, daß ich es nicht war?« Sie war aufgestanden und auf dem Weg zur Tür, aber er eilte ihr voraus und versperrte ihr den Weg. »Ich war der letzte Mensch, der mit ihm zusammen war, wußten

Sie das? Das hab ich der Polizei nicht erzählt. Die Polizei kann mich mal. Ich war bei ihm in der Wohnung, ehe er loszog, um im Dampfbad auf Pirsch zu gehen. Denken Sie mal darüber nach, Miss Bankhead. Vielleicht bin ich ihm ja gefolgt. Vielleicht bin ich ihm ja gefolgt und hab ihn umgebracht.«

Tallulah sprach, doch sie erkannte ihre eigene Stimme nicht. »Das hätten Sie Detective Singer sagen sollen.«

»Ach, Sie kennen Detective Singer?«

»Aber sicher, natürlich. Ich hab grade mit ihm zu Mittag gegessen.«

»Und er hat Sie hierhergeschickt? Hat er gedacht, Sie könnten mir Informationen entlocken, wenn Sie mir vormachen, daß Sie mir einen Job besorgen können?«

»Aber ja, sicher. Er weiß, daß ich eben jetzt hier bin.« Sie hatte fürchterliche Angst. Wie um alles in der Welt blieb ein Dompteur im Löwenkäfig am Leben?

Er sagte leise: »Er weiß also, daß Sie eben jetzt hier sind? Sie sind ein Spitzel, ah, Miss Bankhead? Tja«, sagte er großartig, »da haben wir ja noch etwas gemeinsam! Wir sind beide Spitzel! Ich möchte wetten, er weiß nicht, daß Sie hier sind. Ich möchte wetten, Sie machen das auf eigene Rechnung. Sie haben noch nie Detektiv gespielt, nicht wahr, Miss Bankhead?«

»Also, eigentlich nicht, Dahling. Und jetzt gehen Sie mir aus dem Weg. Detective Singer ist . . .«

»Alles Scheiß, Miss Bankhead, alles Scheiß!« Er ging von der Tür weg. »Sie erwarten hoffentlich nicht, daß ich Sie um ein Autogramm bitte.«

Sie floh. Als sie die Treppe hinunterrannte, hörte sie ihn Sachen durchs Zimmer werfen. Glas krachte gegen Wände, Möbelstücke stürzten um, und alles begleitet von dem entsetzlichsten Geheul, einem so schauerlichen Geschrei, wie sie es seit Judith Andersons *Medea* nicht mehr gehört hatte. Unten am Treppenabsatz stand Herbert Sholom.

»Was treibt er da oben? Ist er übergeschnappt?«

»Er ist ein wenig verstimmt. Dahling.« Sie hatte nicht vor, auf einen kleinen Plausch stehenzubleiben. Sie eilte aus dem Haus, winkte ein Taxi heran, ließ sich mit einem Seufzer der Erleichterung in den Sitz fallen und suchte bei einer Zigarette Trost.

»Wohin, Lady?«

»In Sicherheit.«

Oliver Sholom lehnte erschöpft an der Tür. Er weinte wieder. Sein Onkel hatte an die Tür gehämmert, und Oliver schrie, er solle weggehen. Der Alte sah nach oben, dorthin, wo es Gerüchten zufolge einen Gott geben sollte, an den er nicht glaubte, schüttelte traurig, müde den Kopf und stieg in seine eigene armselige Welt hinab. Oliver ging zum Plattenspieler, suchte mit tränentrüben Augen im Plattenschrank herum und wählte eine Rhapsodie von Brahms. Der Plattenteller drehte sich, die Musik schwang sich empor, wohlklingender Balsam für seine zerrütteten Nerven, und er ging in die Küche, den Trost zu suchen, den eine halbleere Literflasche Whisky verhieß. Was davon noch übrig war, stürzte er in einem einzigen langen, fahrigen Zug hinunter, wobei ihm ein Teil der Flüssigkeit auf das Kinn troff. Übelkeit überfiel ihn, und er beugte sich über den Ausguß und würgte.

Der Schlag auf seinen Kopf war stark und gut gezielt. Der Mensch, von dem er ausging, hatte sich aus den am unbenutzten Kamin herumliegenden Werkzeugen in aller Stille den Schürhaken herausgesucht. Der Schlag ließ die Haut aufplatzen und den Schädel bersten; aus der Wunde sickerte Blut, während Oliver langsam zu Boden sank. Wieder und wieder schlug der Mensch zu, bis da nicht mehr viel zu schlagen war außer blutigem Brei. Er legte Sholom den Schürhaken über die Brust, als wäre es eine Lilie. Er untersuchte sich auf Blutflecken und stellte befriedigt fest, daß es keine gab. Er ging in das Wohnzimmer zurück, betrachtete in dem Spiegel über dem Kamin sein Gesicht, feuchtete sich die Lippen an und ging dann zur Tür. Er öffnete sie zentimeterbreit und sah hinaus; die Luft war rein. Er stieg leise die Treppe hinunter, an Herbert Sholoms Tür vorbei, hinter der er das Surren einer Nähmaschine hörte, dann die nächste Treppe hinunter und vorsichtig hinaus auf die Straße, wo er wußte, da würde er in seiner Anonymität sicher aufgehoben sein.

Zurück im Elysee, wo Patsy Kelly und Estelle Winwood sie wie treue Hündchen erwartet hatten, schlich Tallulah um einen sehr trockenen Martini herum und schlug dann zu. Danach rief sie Singer an, der aber nicht da war, deshalb hinterließ sie eine mit neckischem Geplänkel garnierte Nachricht bei dem Wachtmeister vom Dienst, den sie bereits kennengelernt hatte. Sie erzählte den Damen von ihrer furchtbar unerfreulichen Begegnung mit Oliver Sholom, und Estelle sagte etwas davon, daß Tallulah eines Tages schon noch lernen werde, sich um ihre eigenen Angelegenheiten zu kümmern. Tallulah forderte Estelle auf, etwas zu tun, das anatomisch unmöglich ist, und Estelle meinte, Tallulah müsse der Mund mit Seifenlauge ausgewaschen werden. Patsy wedelte mit einem Dramentext vor Tallulah herum.

»Was um alles in der Welt ist das?«

»Das Stück von David Carney.«

»Welches Stück von welchem David?«

»Carney. Es heißt *Hohle Gesten.*«

»Davon hatte ich in meinem Leben jede Menge. Wer ist David Carney?«

»Menschenskind, Tallulah, er hat heute morgen angerufen und dich gebeten, das Stück zu lesen, und du hast gesagt, ich soll ihm sagen, er soll es unten an der Rezeption abgeben, was er getan hat, und ich hab's gerade ausgelesen.«

»Wovon handelt es?«

»Es handelt von einem berühmten Bühnenstar, der total erledigt ist und nirgends mehr einen Job kriegt, darum nimmt sie eine Tournee mit der *Endstation* bei einer fahrenden Truppe an.«

»Hört sich abscheulich an, Dahling.«

Patsy erzählte unbeirrt weiter. »Sie verliebt sich in den Hauptdarsteller, der dreißig Jahre jünger ist . . .«

»Dreißig!«

». . . aber er weist sie ab . . .«

»So eine Unverschämtheit!«

». . . weil sie ihm viel zu alt ist.«

»Blödsinn! Der ist bestimmt schwul.«

»Nein, der ist nicht schwul.«

»Muß er doch, Dahling, wenn er mit einer fahrenden Truppe rumzieht.«

»Willst du den Rest auch noch hören?«

Estelle spielte Solitär und überlegte, wie man wohl am besten Massenmörderin wird.

»Taugt es was?«

»Es ist absolut grauenvoll. Ich würd es nicht mal zum Fischeinwickeln nehmen.«

»Gibt es eine Telefonnummer von diesem Menschen?«

»Eine Telefonnummer und einen Zettel, auf dem steht, nur du kannst diese Rolle spielen, und wenn du nicht willst, bringt er sich um.«

»Wie zuvorkommend.« Sie mixte sich einen neuen Martini.

Estelle sagte: »Der arme Junge muß verrückt sein, daß er einer alternden Schauspielerin ein Stück über eine alternde Schauspielerin schickt.«

»Leg einen Zettel rein mit der Anregung, er soll es Miriam Hopkins zukommen lassen. Ich hab gehört, sie kriegt inzwischen nichts mehr außer Drohbriefen von ihrem Schlachter.« Sie nahm einen Schluck. »Sei so lieb, Patsy, und gib es an der Rezeption für ihn ab.«

Als Jacob Singer ins Revier zurückkam, fand er dort Tallulahs Nachricht sowie Mitchell Zang vor.

»Sind Sie Singer? Ich bin Mitchell Zang.«

»Kommen Sie mit in mein Büro.«

Zang folgte ihm, wobei er nervös seine Mütze drehte.

»Setzen Sie sich«, sagte Singer. »Ich bin in einer Minute für Sie da.« Er wählte die Nummer des Elysee und wurde sofort zu Tallulah durchgestellt.

»Dahling, das erraten Sie nie, was ich gemacht habe.«

»Ich bin nicht gut in Ratespielen, Tallulah.«

»Ich habe Detektiv gespielt!« Patsy warf ihr einen raschen Blick zu und ging in die Halle hinunter, um Carneys Stück an der Rezeption zu hinterlegen. Er war sehr unangenehm geworden, als sie ihn anrief und sagte, Tallulah sei nicht interessiert.

»Detektiv spielt man nicht, Tallulah. Was haben Sie gemacht?«

Sie erzählte es ihm in allen Einzelheiten, wobei Singers Griff um den Hörer fester wurde und ihm die Adern am Kopf hervortraten und das Blut kochte und er sich nach Kräften bemühte, sie nicht anzubrüllen. Als sie an die Stelle kam, wo Sholom ihr den Weg versperrte und weiter auf sie einschrie, explodierte Singer.

»Sie verdammte Idiotin, er hätte Ihnen einen Schlag versetzen können!«

»Also wirklich, Dahling, das ist doch wohl keine Entschuldigung dafür, daß Sie mich eine verdammte Idiotin nennen! Wenigstens hab ich aus ihm herausgekriegt, daß er Leo Walsh tatsächlich kennt und wahrscheinlich weiß, wo er ist! Jetzt müssen Sie ihn nur noch abholen und ihm einen Gummischlauch über den Kopf hauen, Dahling.« Schweigen. »Jacob, sind Sie noch da, Dahling?« Sie wartete die Antwort nicht ab. Sie wußte, daß er sie nicht abgehängt hatte, weil sie kein Amtszeichen hörte. »Na ja, wenigstens hat er mir zugegeben, daß er bei Miroff war, ehe der loszog und sich umbringen ließ. Wenigstens dafür könnten Sie mir danke schön sagen. Ja Menschenskind, Dahling, er könnte durchaus der Mörder sein!«

»Und wenn, haben Sie Glück gehabt, daß er Sie nicht mit auf die Liste seiner Opfer gesetzt hat, wo er Sie bequemerweise schon in seiner eigenen Wohnung hatte.«

»Oh.« Ihre Stimme wurde eine Oktave höher. »Oh! Darauf bin ich überhaupt nicht gekommen. Na ja, was soll's, Dahling, er hat mich nicht umgebracht, und ich bin gesund und munter, also sagen Sie, daß Sie mir nicht böse sind. Nun kommen Sie schon, Jacob, ich wollte doch nur helfen.«

Insgeheim gab er zu, daß Sholom ihr wichtige Eingeständnisse gemacht hatte, aber er dachte nicht daran, ihr das zu sagen. Er sagte: »Danke, Tallulah. Ich muß jetzt auflegen. Ich habe hier jemanden sitzen.«

»Aber sicher, Jacob«, sagte Tallulah kalt und legte auf. »So ein Lümmel!«

»Heißt das finito für Dectective Singer?« flötete Estelle, während sie die Karten mischte.

»Der Mann ist ein Flegel. Ich begreife nicht, was Dottie Parker an ihm findet. Na ja, Dottie war ja nie sonderlich berühmt für ihren Männergeschmack. Ihr erster Mann war ein Säufer, und der, mit dem sie jetzt verheiratet ist, taugt in der Küche mehr als im Bett, und was ihre Affären angeht, mein Gott, was sie sich da gefallen lassen hat!«

Patsy kam zurück, schwang eine Zeitung und kreischte: »Ratet mal, welcher Schauspieler mit neunundsechzig tot ist!«

»Dahling, ich hab haufenweise Schauspieler gekannt, die mit neunundsechzig tot waren.« Das Telefon klingelte. »Geh du ran, Patsy. Wenn es Jacob Singer ist, sag ihm, ich bin gestorben und werde morgen früh eingeäschert. Bitte keine Blumen.«

Patsy hielt Tallulah den Hörer hin. »Es ist Lillian Hellman.«

Tallulahs Gesichtsausdruck änderte sich. Er war eisig. Ihre Stimme war der tiefste Baß. »Lillian wie?«

»Ach, nun komm schon, Tallu, zieh vor mir keine Show ab!«

Estelle rief dazwischen: »Sie hat nun mal den größten Hit deiner Karriere geschrieben, Tallulah. So nachtragend kannst doch nicht mal du sein.«

Tallulah nahm den Hörer und sagte in einem monotonen Singsang: »Hallo, Lillie, wie schön, mal wieder von dir zu hören nach so viel Jahren, was willst du denn?«

Lillian Hellman war in der Halle des Elysee und sprach in ein Haustelefon. Sie war versucht, den Hörer aufzuknallen, schließlich hatte sie ein ebenso notorisch boshaftes Temperament wie die Bankhead. Doch sie befand sich in einer verzweifelten Lage, und sie brauchte die Schauspielerin. »Tut mir leid, daß ich nach so vielen Jahren einfach aus heiterem Himmel bei dir reinplatze, aber es liegt mir sehr daran, mit dir zu reden. Ich hab erst bei Dottie Parker vorgefühlt, ehe ich diesen Überfall plante, und sie hat mich auf die Idee gebracht, direkt zu dir ins Hotel zu gehen. Darf ich dich zu einem Drink einladen?«

Tallulah ließ sich das Angebot einen Moment lang durch den Kopf gehen. »Ich würde dich ja raufbitten, aber hier können wir nicht ungestört reden – ich hab Freunde da.«

»Ach, wir können uns jederzeit aus dem Staub machen, Tallu«, kreischte Patsy. »Komm, Estelle, wir gehen in eine Kneipe und machen uns über die Matrosen her.«

Tallulah sagte in den Hörer: »Wir können in der Monkey Bar was trinken. Geh rein und beleg einen Tisch, ich bin in ein paar Minuten unten.« Die Monkey Bar war gleich neben der Hotelhalle. Die Hellman ging hinein, fand eine abgelegene Nische und bestellte einen Scotch on the rocks.

Tallulah zog sich ein frisches Kleid und andere Schuhe an, erneuerte ihr Make-up und schluckte ein Beruhigungsmittel. Als sie die Pillen einwarf, kam Estelle ins Zimmer.

»Tallulah, ich dachte, du hättest diesen Dingern abgeschworen!«

»Dahling, die nehm ich, wenn ich unter Streß stehe. Wie seh ich aus?«

»Bestimmt besser als sie.«

»Estelle, Dahling, an dir ist eine Diplomatin verlorengegangen.«

»Ich *bin* Diplomatin, Tallulah, darum sind wir immer noch befreundet.«

Tallulah fegte in die Monkey Bar, wobei sie nach allen Seiten Hallos austeilte und Begrüßungen auf Barkeeper und Kellner einhageln ließ, während sie dramatisch am Eingang verharrte. Als sie sicher war, daß sie bei jedem einzelnen im Saal Aufmerksamkeit erregt hatte, nahm sie die Hellman zur Kenntnis, die sie natürlich sofort beim Eintreten gesehen hatte, und setzte sich zu ihr in die Nische.

»Tja, Lillie, wir haben uns weiß Gott lange nicht gesehen. Wie geht's Dash?«

»Nicht gut.« Dashiell Hammett und die Hellman machten

seit fast zwei Jahrzehnten eine stürmische Beziehung durch. »Das Gefängnis hat ihn zugrunde gerichtet. Seine Gesundheit war ohnehin nie die beste.«

»Das tut mir leid. Kellner! Einen sehr trockenen Gin Martini, pur, und lassen Sie den Schnickschnack weg. Tut mir leid, daß er ins Gefängnis mußte.«

»Für Dash war das keine Frage. Jedenfalls hatte er nie die Absicht, einen willigen Zeugen abzugeben. Was hättest du an seiner Stelle getan?«

»Ich hätte Lassie, Flicka und Flickas Sohn Thunderhead genannt. Du hast wohl gehört, daß sie sich jetzt auf mich einschießen wollen?«

»Die wissen ja nicht, worauf sie sich einlassen, wenn sie das tun.« Beide lachten, doch ohne Begeisterung. »Du siehst großartig aus, Tallulah.«

»Du auch, Dahling.« Die Hellmann sah furchtbar aus. »Etwas abgespannt, natürlich.« Freundlicherweise fügte sie nicht hinzu: »Und gerädert.«

Die Hellman beugte sich vor. »Tallulah, es geht mir schlecht. Ich bin verzweifelt.«

»Mußt du wohl, Dahling, wenn du zu mir kommst. Nach allem, was wir uns bei den *Füchsen* gegenseitig an den Kopf geworfen haben. Bist du pleite?«

»Ich bin ziemlich blank, aber ich will nicht um Geld bitten. Dash hat mich ein kleines Vermögen gekostet. Er hat jahrelang von meinem Geld gelebt, na wenn schon, das ist doch der ganze Witz bei einer Affäre, hab ich mir sagen lassen.«

»Trau denen nicht, die so was sagen, Dahling, die sind mit Worten schnell bei der Hand, aber mit sonst nichts. Wieso ist der Ausschuß noch nicht hinter dir her? Ich meine wirklich, Dahling, du hast eine Schlagseite nach links, dagegen sieht der Schiefe Turm von Pisa direkt gerade aus.«

»Zu mir kommen sie schon noch. Sie gehen abschnittsweise vor. Heute ein paar große Tiere anhauen und dann die nächsten Monate mit den kleinen Fischen ausfüllen, die keinerlei Bedeutung haben. So Namen, die die Zeitungen auf den hinteren Seiten untergehen lassen. Aber wenn sie einen Julie Garfield haben können, einen Freddie March . . .«

»Und Tallulah, wenn sie sich trauen.«

»Du wärest ein Kassenhit für sie. Ganz groß. Es ist noch geschmeichelt, wenn man das eine Schande nennt. Mir fällt kein Wort ein, das gemein genug ist, um zu beschreiben, was hier vor sich geht. Sieh mal, ich will nicht länger Zeit verlieren . . .« Sie wartete, während der Kellner den Martini servierte. Als er weg war, fuhr sie fort: »Würdest du mit *Die kleinen Füchse* auf Tournee gehen?«

»Eine Wiederaufnahme – jetzt?«

»Warum nicht? Ich hab mit Kermit Bloomgarten gesprochen« – einem angesehenen Broadway-Produzenten, der andere Hellman-Stücke herausgebracht hatte –, »und er wäre sehr interessiert, wenn du dabei bist.«

»Ach Dahling, nach so vielen Jahren das Ganze noch mal von vorne. Ich meine, wirklich, Lillie, was soll ich jetzt noch aus der Rolle herausholen? Wenn ich so zurückblicke, kommt es mir vor, als hätte ich das hundert Jahre lang gespielt.«

»Da draußen im Lande gibt es eine ganz neue Generation, die dich noch nie gesehen hat.«

Tallulah sagte: »Ja, das muß man auch bedenken, nicht wahr? Die hätten bestimmt ihre Freude dran.«

»Du machst es also?«

»Nun hör mal zu, Lillie, du weißt, daß man mir nicht mit dem Holzhammer kommen kann. Ich meine, wirklich, Dahling, wenn wir das Kriegsbeil begraben, warum begraben wir es nicht mit einem neuen Stück? Schreib was Neues für mich. Wir würden den Broadway im Sturm erobern!«

Die Hellman lehnte sich zurück. »Ich hab kein neues Stück in mir. Im Moment nicht. Vielleicht später. Wenn dieser Spuk aus und vorbei ist. Tallulah, wenn ich an der Reihe bin, werde ich ihnen bestimmt nicht zu Diensten sein. Und wenn sie mich ins Gefängnis stecken?«

»Das würden sie nicht wagen!«

»Das dachte Dash auch, als sie ihn erwischt haben.«

»Lillie, ich weiß, daß du eine Antwort brauchst, aber ich kann dir im Moment keine geben. Ich hab zu viel um die Ohren. Ich hab noch einen Monat mit meiner Radioshow zu tun, und dann ist da dieser verdammte Schlamassel mit dem Mord an Lester Miroff und mein Gott, warum such ich mir nicht irgendwo ein Kloster und ruh mich mal richtig aus. Ich glaub, dann würden die Nonnen im Terzett über die Mauer hüpfen.«

»Dottie hat mir von dir und diesem Detektiv erzählt.«

»Glaub ihr kein Wort!«

»Du meinst, die arme Dottie ist schon nicht mehr auf dem laufenden?«

»Das wäre ihr bestimmt lieber, als laufend in der Patsche zu sitzen.«

»Der arme Lester Miroff. Er wußte nicht, was er tat, das elende Schwein. Im Grunde war er gar kein so schlechter Kerl, weißt du.«

Tallulah war beinahe gerührt, daß die Hellman endlich einmal Mitgefühl zeigte. Sie sagte: »Es ist schon erstaunlich, Lillie, wie die Leute nach ihrem Tod gewinnen.«

»Dottie sagt, du hast eine Morddrohung erhalten.«

»Ich hab doch gewußt, daß ich's ihr nicht sagen sollte!«

Tallulah kochte. »Inzwischen weiß es wohl schon die ganze Stadt. Aber wirklich, Dahling, man bekommt so selten eine Morddrohung, da konnte ich es mir wohl nicht verkneifen, sie heute morgen anzurufen. Wie ich höre, kommst du gerade aus Mexiko zurück. Wie war's denn?«

»Tallulah, es war so heiß, ich mußte an allen Aztheken stehenbleiben.«

Tallulah sagte dem Kellner, er solle die Drinks auf ihre Rechnung setzen, während die Hellman protestierte, sie habe Tallulah doch eingeladen. »Unsinn, Dahling, ich schulde dir schon seit Jahren einen Drink. Also, Lillie, jetzt guck nicht so ernst. Von meiner positiven Antwort hängt doch nicht dein Leben ab. Das darfst du mir nicht erzählen, Lillie, ich fühle mich so schon schuldig genug.« Die Hellman beruhigte sie.

Nachdem sie sich verabschiedet hatten, rief Tallulah in ihrer

Suite an und sagte Patsy, sie würde einen Spaziergang machen. Sie brauchte frische Luft. Sie mußte nachdenken. Sie ging aus dem Hotel und dann nach Norden zum Central Park.

Sie merkte nicht, daß ihr jemand folgte.

NEUN

In Jacob Singers Augen sprach nur eins für Mitchell Zang, die häßliche Narbe auf seiner linken Wange. Er redete wie ein Wasserfall, was Singer nur recht war, der es lieber hatte, wenn die Leute zuviel quatschten, als wenn sie gar nicht quatschten. Nach einer halben Stunde mit Zang war Singer sich ziemlich sicher, daß Zang nicht Leo Walsh war, aber er war ein aussichtsreicher Kandidat für die Nominierung zum Mordverdächtigen. Zang haßte Lester Miroff; er haßte diesen und jenen, der irgendwie mit der schwarzen Liste zu tun hatte, ob als Anschuldiger oder als Opfer. Insbesondere haßte er Barry Wren, weil er Nance Liston in den Untergang getrieben hatte, obwohl es auch von Nance ziemlich unfair war, zu sterben und kein Testament zu hinterlassen. Jetzt mußte Zang wirklich Arbeit suchen.

»Was war gestern nachmittag?« fragte Singer und klopfte leicht mit dem Stift auf den Tisch.

»Was soll da gewesen sein?«

Singer rief ihm den mutmaßlichen Zeitpunkt von Lester Miroffs Ermordung im Stand der Dinge in Erinnerung.

»Na hörn Sie mal, in so was geh ich im Leben nich rein. Kein Gedanke, Mann, kein Gedanke. Bei mir Muschis und sonst gar nichts. Ich mein, die Brüder können machen, was sie wolln, verstehnse? Leben und leben lassen. Toleranz wird bei mir großgeschrieben, das macht der Einfluß von Nance. Verstehnse? Ich sag nich mehr Nigger zu den Niggern und nich mehr Itzig zu den Itzigs. Ich mein, ich würd nich wolln, daß so einer meine Schwester heiratet . . .«

Singer unterbrach ihn scharf. »Zwischen etwa halb drei und halb fünf, wo waren Sie da gestern?«

Zang verzog das Gesicht und blickte zur Decke. Singer tat es fast leid, daß Zang seinetwegen seinen Grips anstrengen mußte.

»Halb drei und halb fünf? Ich schätz mal, da hab ich die Runde gemacht, verstehnse, Agenten besucht, Besetzungschefs, oh yeah, ich hab im Walgreen's reingeschaut, verstehnse, da am Broadway Ecke Vierundvierzigste, die Schauspielerkneipe, verstehnse, da werden Tips gehandelt. War nichts los da, werd ich wohl heimgegangen sein.«

»Wo ist heim?«

»Ich wohn immer noch in Nances Wohnung unten am Saint Mark's Place.« Er gab ihm die Adresse; seine Telefonnummer und die Nummer, wo er beim Actor's Service zu erreichen war, hatte Singer schon.

»Können Sie mir ein paar Leute nennen, die sich vielleicht erinnern, Sie in diesem Zeitraum gesehen zu haben?«

Wieder verzog sich das Gesicht voller Qual, was in Singer die Überzeugung reifen ließ, hier das Urbild des Menschen vor sich zu haben, der nicht gleichzeitig Kaugummi kauen und über die Straße gehen konnte. Und diesen Hirnamputierten hatte Nance Liston anziehend gefunden. Na, wenn schon, irgendwer hatte auch Mussolini geheiratet. Zangs Lippen bewegten sich, und mehrere Namen quollen aus seinem Mund. Singer schrieb sie auf. Sie sagten ihm nichts. Der Bodensatz der hoffnungsvollen Broadway-Anwärter, die ihren Schlag weghatten, die von Hoffnung und Einbildung lebten und dabei kellnerten oder im Supermarkt arbeiteten oder sich verkauften. Der Prozentsatz derer, die es zu etwas brachten, ging gegen Null, aber sie machten unentwegt ihre Runden, nahmen Unterricht, Schauspiel, Gesang, Tanz, Fechten, schrieben sich aber nie in einen Kurs ein, wo man die Realität lernte. Wahrscheinlich gab es den gar nicht.
»Was?« fragte er scharf.

»Ich meine, reicht das nicht langsam?« Ich soll gleich als Monster für *Bats* vorsprechen.«

»Was ist *Bats*?«

»Eine Musical-Version von *Dracula*. Es ist für eine Sommertournee, ich glaub, Leo Gorcey spielt die Hauptrolle, ich bin mir nicht sicher.«

Singer entließ ihn mit der üblichen Ermahnung, die Stadt

nicht zu verlassen. Zang setzte sich die Mütze auf den Kopf, wodurch er wie der Nippel auf einem Nuckelfläschchen wirkte. Zang war keine zwanzig Sekunden weg, da brach die Hölle los. »Jake!« schrie der Wachtmeister vom Dienst, »Delaney hat ne Leiche gefunden!«

Detective Oscar Delaney, erst vor kurzem befördert, hatte Oliver Sholom gefunden und sein Mittagessen von sich gegeben. Bei seinem Anruf im Revier konnte er kaum sprechen. Als er den Zustand der Leiche beschreiben wollte, überfiel ihn ein trockenes Würgen.

»Ist es nun Sholom oder nicht?« rief Singer, nachdem er dem Wachtmeister den Hörer entrissen hatte.

»Woher soll ich das wissen?« keuchte Delaney. »Mein Gott, Jake, es ist Preiselbeergelee.«

»Ich bin gleich da.«

Delaney legte auf und lehnte sich gegen die Wand. Aus dem Augenwinkel nahm er eine Bewegung wahr und griff nach seiner Pistole.

»Was ist hier los?« fragte Herbert Sholom.

Delaney taxierte den kleinen Mann und befand, die Pistole sei nicht vonnöten. »Wer sind Sie?«

»Mir gehört dieses Haus. Die Wohnung gehört mir auch. Mein Neffe wohnt hier. Wo ist er? Ich war im Flur, um den Müll wegzubringen, und hab die Tür hier offen gesehen und gehört, wie Sie telefoniert haben. Was ist Preiselbeergelee?«

Delaney hatte eine sadistische Ader. »In der Küche auf dem Fußboden.«

Der kleine Mann ging in die Küche. Delaney betrachtete die Kippa auf seinem Kopf, das um den Hals geschlungene Maßband, die armseligen, nicht übermäßig sauberen Kleider, das langsame Schlurfen, so gebeugt, als habe er erst vor kurzem das Gewicht der Welt wieder an Atlas abgegeben. Am Eingang zur Küche blieb er stehen. Er sagte »Au wei« oder etwas ähnlich Klingendes und wandte sich voller Abscheu ab.

»Ist das Ihr Neffe?« fragte Delaney in der Erwägung, der Onkel könne vielleicht anhand der Kleidung des Toten eine Identifizierung vornehmen. Aber der Alte sagte nichts. Seine Hände bedeckten das Gesicht, die Schultern bebten, und das Schluchzen, das aus der Tiefe seines Wesens kam, war herzzerreißend. Delaney ging zu dem Alten und wollte ihn fürsorglich zu einem Stuhl führen. Der Alte schüttelte ihn ab.

»Tut mit leid, Sir«, sagte Delaney.

»Was tut Ihnen leid?« fragte Herbert Sholom, wobei er sich mit einem Stoffmuster die Augen wischte, das er aus einer Hosentasche zog.

»Ich meine . . . Ihr Neffe? Ist das Ihr Neffe?«

»Muß wohl. Er wohnt hier. Er war den ganzen Tag zu Hause. Also muß es Oliver sein. Das ist sein Pullover, den er anhat, ich erkenne die Hosen, ich habe sie selbst genäht. Das sind meine Stiche an den Nähten, ganz feine Stiche, solche Stiche kriegen Sie sonst nirgends zu sehen.« Er seufzte. »Das verdammte Schwein. Den hätte schon längst einer umbringen sollen und damit vielleicht das ganze Leid verhindert, das er angerichtet hat.«

»Entschuldigen Sie, aber wenn Sie so über ihn denken, warum haben Sie dann geweint?«

»Er ist ein Verwandter.« Der Mann hatte die Hände ausgestreckt, die Handflächen nach oben. »Um einen Verwandten weint man. Das gehört sich so!«

Tallulah Bankheads Besuch im Zoo des Central Park wäre eine Sondersendung im Fernsehen wert gewesen. Sie hatte ihre dunkle Brille aufgesetzt und schwang ihre Handtasche wie ein Schulmädchen, dessen Bücher mit einem Riemen zusammengebunden sind. In der anderen Hand hielt sie die unvermeidliche Craven A, und sie hatte für jeden ein Lächeln übrig, ob man sie erkannte oder nicht. Sie hatte keine Ahnung, woher nach einem niederschmetternden Tag mit Oliver Sholom, Jacob Singer am Telefon und Lillian Hellman in der Monkey Bar diese plötzliche Hochstimmung kam. Sie wußte, die Tournee für die Hellman würde sie nie machen, nicht weil sie böswillig war, sondern weil sie sich ab und zu noch auf ihr Urteilsvermögen in Theaterdingen verlassen konnte. Sie konnte aus der Rolle der Regina Giddons nichts mehr herausholen. Vielleicht, wenn sie den Film bekommen hätte, aber nein. Sam Goldwyn, der ihn produziert hatte, meinte, sie würde kein Geld in die Kinokassen bringen, und die Hellman hatte ihm wahrscheinlich zugestimmt. Sie steckten damals mitten in ihrer berühmten Vendetta. Die Hellman mußte ihre Hand dabei im Spiel gehabt haben, sie kaltzustellen. Als Estelle Winwood sie dazu gebracht hatte, sich den fertigen Film anzusehen, gab Tallulah widerstrebend zu, daß Bette Davis' Interpretation der Regina interessant war, trotz ihrer Manieriertheiten und obwohl das Stück mit einer Reihe nicht dazugehöriger Szenen »gestreckt« worden war, die nur bewirkten, daß der Leerlauf zwischen den dramatischen Stellen länger wurde. Eines Samstagnachmittags hatte sich Tallulah sogar ins Flatbush Theater in Brooklyn hinausgewagt und dort Ruth Chatterton in dem Stück gesehen und bewundert; die Chatterton klapperte den sogenannten Subway Circuit ab, wohin sich verschlissene Broadway-Schlager zum Sterben zurückzogen.

Tallulah hatte vor Jahren gelobt, nie so eine Schauspielerin zu werden, die ewig mit ihrer einen gefeierten Glanzrolle auf Tour ist, sich nie an etwas anderes heranwagt, nie über sich selbst hinauswachsen will, wie sie es mit *Wir sind noch einmal davongekommen* versucht und einen großartigen Erfolg erzielt hatte, und später dann mit *The Eagle Has Two Heads* versucht und entsetzlich Schiffbruch erlitten hatte. Aber das war ja das A und O der Schauspielerei, wie sie in den sieben oder acht Jahren, die sie von 1922 an in London am Theater gewesen war, von ihren britischen Kollegen gelernt hatte; versuch, was du willst, aber versuch es wenigstens. Deshalb betete das Londoner Publikum sie auch an, obwohl sie da meistens nur in eilig zusammengehauenen Machwerken auftrat, Sidney Howards *They Knew What They Wanted* ausgenommen, das trotz seines hervorragenden Rufs in Amerika durchgefallen war.

Sie mußte etwas anderes machen. Gabriel Darnoff könnte etwas zustande bringen, oder vielleicht diese unbekannte Größe Joseph Coller, und ach Gott, ich hab Patsy gesagt, sie soll ihn anrufen und für sechs zu einem Drink einladen. Jetzt war es kurz vor. Na ja, sie war schließlich Tallulah, er würde bestimmt nicht erwarten, daß sie pünktlich kam. Sie stand vor den Elefanten. »Hallo, Dahlings. Ihr Untiere.« Sie wurde übermütig. »Erkennt ihr mich nicht, Dahlings? Ich Jane!«

Sie drehte sich um, da sie zum Hotel zurückgehen wollte, und sah sich einem Wahnsinnigen gegenüber. Das war ein gespenstisch aussehender Mann um die Dreißig, der mit einer Hand einen braunen Umschlag umklammerte, in dem offenbar ein Manuskript steckte. Die andere war vor Tallulahs Gesicht drohend zur Faust geballt. Seine Haut war von Pockennarben zerklüftet, und das schüttere Haar hing ihm bis über die Ohren wie müde Glyzinienranken. Seine Nase lief, und in den Mundwinkeln schäumte Speichel.

»Sie haben es nicht gelesen! Ich weiß, daß Sie es nicht gelesen haben! Ich hab es erst heute morgen für Sie abgegeben, und da weiß ich, daß Sie es nicht so schnell gelesen haben. Ich weiß es! Sie sind gemein und rücksichtslos wie die ganzen anderen großen Tiere. Ihr habt euren Spaß daran, geknechteten Kriegsveteranen wie mir auf der Nase herumzutanzen. In Korea hab ich gekämpft! Korea! Ich habe gekämpft, um die Welt für Sie sicher zu machen, Tallulah Bankhead! Streiten Sie es nicht ab! Sie sind Tallulah Bankhead! Ich bin Ihnen vom Hotel gefolgt, und jetzt bring ich Sie um!«

Tallulah schrie nicht auf, sie wich nicht zurück, sie versuchte nicht wegzulaufen. Sie war zu gelähmt vor Angst, um sich zu bewegen oder den stämmigen Mann zu bemerken, der hinter dem Dramatiker auftauchte und ihn rasch in den Würgegriff nahm.

»Keine Angst, Miss Bankhead. In ein paar Minuten ist ein Streifenwagen da.«

Tallulah fand ihre Stimme wieder, die sie schmerzlich vermißt hatte. »Ich bin total perplex! Wer ist dieser Wahnsinnige? Und wer sind Sie, Dahling, ich bin Ihnen ja so dankbar, daß Sie mir zu Hilfe gekommen sind, meinen Sie nicht, daß Sie ihn zu fest packen, Dahling, seine Haut wird ja ganz blau, die Zunge hängt ihm raus, und die Augen quellen vor.« Sie konnte den Namen auf dem Umschlag lesen und erkannte Patsys kindliches Gekritzel. David Carney. »Herr du meine Güte, das Stück. Das Stück über die alternde Schauspielerin.« Der stämmige Mann lockerte seinen Griff ein wenig, als er merkte, daß Carney langsam in sich zusammensackte. »Dahling, ich glaube, er braucht künstliche Beatmung.«

»Er braucht eine psychiatrische Behandlung.«

»Na ja, schließlich und endlich, Dahling, wenn er tatsächlich in Korea gedient hat, leidet er wahrscheinlich an Frontneurose oder Gehirnwäsche oder Gonorrhöe oder was das ist, das sie sich in diesen absurden Gegenden da holen, von denen noch nicht mal Missionare was gehört haben.« Plötzlich dämmerte ihr etwas und verbreitete ein rosiges Leuchten in ihrem Kopf. »Sind Sie ein Detective, Dahling?«

Der Mann lächelte. »Adam Todd. Jake Singer hat gesagt, ich soll Sie decken.«

»Oh, Dahling, das kann man sicher auch anders ausdrücken. Ach, fassen Sie ihn doch nicht so fest an. Der arme Junge weint ja schon.« Todd lockerte seinen Griff ein wenig, und Carney spürte, wie wieder Luft in seine Lungen strömte. Tallulah sah den herannahenden Streifenwagen und wünschte, die kleine Menschenmenge, die sich angesammelt hatte, würde sich zerstreuen. Sie hoffte, man würde keine Aussage und kein Autogramm von ihr verlangen, da sie jetzt wirklich furchtbar spät dran war für ihre Verabredung mit Joseph Coller, und mein Gott, noch so ein Dramatiker, der mit der Zeit wahrscheinlich nach ihrem Blut lechzen würde. Sie hatte so eine sonderbare Wirkung auf Dramatiker.

»Ach, hören Sie bitte auf zu weinen, Mr. Carney, es steht Ihnen gar nicht. Das haben Sie sich selbst zuzuschreiben, daß Sie zu Todds Auserwählten gehören.« Den Detective fragte sie: »Dahling, Sie sind nicht zufällig mit Mike Todd verwandt, oder? Er wollte immer, daß ich in so einem gräßlichen Historienschinken, den er auf die Beine stellen will, Katharina die Große spiele, aber die war ich schon in dem Film *Skandal bei Hofe*, und der war ein Fiasko, Dahling, obwohl ich mich darin ganz gut fand, und Mae West hat auch schon für Mike die Zarin gespielt und ist damit gleichfalls auf den Bauch gefallen. Und hier ist der Streifenwagen. Oh, ist der Fahrer nicht ein Dahling, Dahling, er sieht aus wie John Hodiak. Wir waren zusammen im *Rettungsboot.* Mit Hodiak meine ich, Dahling, nicht mit dem Fahrer. Also Dahling, ich muß mich beeilen, da wartet ein Dramatiker auf mich im Hotel . . .«

»Ach Gott im Himmel!« schrie David Carney.

»Dahling, es tut mit so leid. Ich meine, ich hab von diesem anderen Dramatiker keine Zeile gelesen, aber andererseits, Dahling, wenn Sie keinen Schmerz vertragen können, suchen Sie sich lieber einen anderen Beruf. Haben Sie je versucht, Glückwunschkarten zu dichten?«

David Carney war erschöpft. Er ließ sich ergeben zu dem Streifenwagen führen und auf dem Rücksitz absetzen. »Sagen Sie mal, Adam Todd. Können diese Dahlings uns nicht ins Hotel zurückbringen? Ich meine, ich geh mal davon aus, daß Sie mich weiter decken sollen, was für ein ordinärer Ausdruck, und . . .«

Mit gellender Sirene wurde Tallulah Bankhead von zwei Angehörigen der New Yorker Garde ins Hotel Elysee befördert, während David Carney befand, jetzt sei es mal wieder Zeit für einen totalen Nervenzusammenbruch. Das war leichter, als ein Stück zu schreiben.

Joseph Coller war einunddreißig Jahre alt, attraktiv, intelligent, begabt, auf der schwarzen Liste und amüsierte sich königlich, während er wartete, daß Tallulah Bankhead von ihrem Spaziergang zurückkam. Patsy Kelly schwebte im siebten Himmel. Sie hatte einen Anruf von dem berühmten Regisseur John Murray Anderson bekommen, der wissen wollte, ob sie für eine eventuelle Revue zur Verfügung stünde, die er vielleicht machen wollte.

»Ich wußte, eines Tages ist mir das Glück wieder hold!« bellte sie, wobei sie noch mehr Scotch in ihr halbvolles Glas nachgoß. »Ich in einer John Murray Anderson Revue!«

»Also, meine liebe Patsy« – aus Estelle Winwoods Stimme

sprach Vorsicht –, »er hat gesagt, eine *eventuelle* Revue, die er *vielleicht* macht. Patsy, du solltest nicht auf leere Versprechungen trinken.«

»Also, nun mach du mir das nicht madig, Estelle! Ich werde meinen Namen in Leuchtbuchstaben sehen!« Das »Leuchtbuchstaben« kreischte sie.

»Du siehst deinen Namen in Leuchtbuchstaben, Patsy, wenn du dich in ›Ausgang‹ umtaufen läßt.«

»Du bist ja bloß eifersüchtig, weil du kein Angebot hast von niemandem!«

»Patsy, meinst du nicht, du wärst glücklicher, wenn du im dunkeln bleibst?«

»Trinken Sie noch einen, Joe«, schrie Patsy Coller an, »Sie sehen durstig aus.«

»Oh, danke, nein. Ich trinke nicht sehr viel.«

»Sehr viel trinken gibt es gar nicht.« Patsy führte einen Tanzschritt aus, den Tallulahs Eintritt unterbrach.

»Ach Gott, ich hab gerade ein Erlebnis hinter mir! Von diesem wahnsinnigen David Carney im Zoo des Central Park überfallen, gerettet durch ein Trumm von einem Mannsbild, das Singer abgestellt hat, um mich zu decken, aber die Rückfahrt hierher im Streifenwagen war absolut göttlich. Ist das Mr. Coller? Bitte verzeihen Sie mir, John . . .«

»Joseph«, sagte Coller.

»Natürlich, Dahling, sicher wissen Sie selbst am besten, wie Sie heißen.« Sie hatte Handtasche und Handschuhe und was sonst noch schleuderfähig war holterdiepolter von sich geschleudert, während Patsy ihr auf dem Fuße folgte und es wieder aufsammelte. »Estelle, ich brauche auf der Stelle einen sehr großen Wodka Martini . . .«

»Keinen Gin?« zirpte Estelle auf dem Weg zur Bar.

»Nein, Dahling, Gin wirkt zu schnell, und ich hab noch den ganzen Abend vor mir.« Sie ließ sich neben Coller auf das Sofa plumpsen. »Warum muß es so aufreibend sein, wenn man eine Berühmtheit ist?« Sie breitete die Arme weit aus und wandte sich dann mit ihrem strahlendsten Lächeln an Coller. »Dottie Parker hält große Stücke auf Sie. Was machen Sie denn so für Sachen? Oh ha-ha-ha! Verzeihen Sie mir, Dahling, das hört sich so ungeniert an, ich meine natürlich, was Sie so für Sachen schreiben.«

»Mein erfolgreichster Film war *The Ladies Are Waiting.*«

Tallulah kratzte sich am Kopf. »Hab ich den gesehen?«

»Ich ja«, sagte Estelle, wobei sie Tallulah den Martini reichte. »Er war absolut reizend. Furchtbar lustig, Tallulah, er schreibt köstliche Dialoge.«

»Na schön, das ist köstlich, Dahling. Wirklich, Joseph, es gibt heute so wenige Schriftsteller, die wahrhaft geschliffene Dialoge schreiben können. Da ist natürlich Noël, obwohl der bisweilen etwas nachläßt, und beim Film gibt es Joe Mankiewicz, auch wenn er mich in *Alles über Eva* verleumdet hat, und beim Fernsehen gibt es überhaupt niemanden. Sagen Sie, Joseph, haben Sie schon etwas für mich im Sinn? Ich bin durchaus bereit, ein Stück in Auftrag zu geben.« Sie beugte sich vor und tätschelte ihm die Hand. »Das Geld könnten Sie bestimmt gut gebrauchen, Dahling.«

»Das ist einer der Gründe, warum ich hier bin.«

»Was ist der andere?«

»Ich wollte Sie kennenlernen. Ich bewundere Sie schon seit langem.«

»Wehe, Sie erzählen mir jetzt, Ihre Mutter hätte Sie auf dem Arm getragen, als Sie die *Füchse* gesehen haben.«

»Nein, es war *Something Gay.*«

»Ach Gott, *das* da. Trinken Sie noch etwas, Ihr Glas ist leer.«

»Nein, ich hab wirklich schon genug getrunken.«

»So was gibt es nicht.« Patsy nahm sein Glas und ging an die Bar. »Also, Dahling, haben Sie etwas für mich im Sinn?«

Er teilte ihr in ein paar kurzen, wohlformulierten Sätzen seine Idee mit. Er wußte, wie man eine Geschichte erzählt und wie man sie verkauft, mit dem Akzent auf der Figur, die er für sie im Sinn hatte. Die Idee gefiel ihr sofort, und das sagte sie auch. »Patsy, bring mir mein Scheckbuch.« Coller sprach ein stummes Dankgebet.

Estelle sagte: »Ach Gott, man sollte mir den Kopf abhacken.

Ich hab ganz vergessen, es dir zu erzählen, Tallulah.« Tallulah wartete. »Dein Freund, der Detective, will bei dir vorbeischauen. Es gibt wieder einen Mord.«

Tallulah sprang auf und tobte los. »Wie zum Teufel kannst du wieder einen Mord vergessen!«

»Ach, schrei mich doch nicht an, Tallulah. Du weißt, daß mir das auf die Nerven geht. Und ich hasse Morde und Mörder, und die Polizei macht mich nervös. Warum denkst du nicht mal an eine Affäre mit jemand, der ruhig und gelassen ist, einem Geistlichen etwa?«

»Estelle! Wer ist ermordet worden?«

»Der Kerl da, den du heute besucht hast«, kreischte Patsy, »dieser Oliver da.« Sie legte das Scheckbuch auf das Tischchen neben dem Sofa und reichte Tallulah einen Stift.

»Oliver Sholom ist ermordet worden?« Tallulah war entgeistert. Sie hörte jemand heftig Luft holen, und es dauerte ein paar Minuten, bis ihr klar wurde, daß das Joseph Coller gewesen war. Sie sah den Stift an, ging zu dem Tischchen, schrieb hastig kritzelnd einen Scheck aus, riß ihn aus dem Scheckbuch und reichte ihn Coller. Zu ihrer Verblüffung stellte sie fest, daß er kreidebleich im Gesicht war. Joseph Coller, der Dramatiker, der auf der schwarzen Liste stand und eben erst wieder mit von der Partie war. Ein Freund von Dottie, und auf der schwarzen Liste. Wie seltsam . . . Er faltete den Scheck zusammen und steckte ihn in seine Brusttasche, ohne auf die Summe zu sehen, die dort stand. Es waren großzügige fünfhundert Dollar. »Sie sehen so schockiert aus, Joseph, haben Sie Oliver gekannt?«

»Ja, er hat bei meinem Stück Regie geführt.« Er sprach leise. »Miss Bankhead, er ist auch der Grund, warum ich auf der schwarzen Liste stehe. Das ist nicht schwer herauszufinden.«

»Kannten Sie Lester Miroff?«

»Ich bin ihm einmal begegnet. Was immer Sie denken, Miss Bankhead, ich war's nicht. Aber ich wollte, ich wär's gewesen.« Er stand auf. »Danke für den Job. Ich werde mein allerbestes für Sie tun.«

Tallulah brachte ein Lächeln zustande, als sie die Hand nahm, die er ihr hinhielt. »Da bin ich mir ganz sicher, Dahling. Ach, habe ich Ihre Telefonnummer, falls ich mich mit Ihnen in Verbindung setzen muß?«

Er nahm eine Karte aus seiner Brieftasche und gab sie ihr. »Da erreicht man mich am besten. Ich arbeite da.«

Tallulah warf einen Blick auf die Karte und bemerkte: »Cinema memorabilia. Wie faszinierend.«

»Es ist ein Hobby, und Gott sei Dank kann ich jetzt davon leben. Auf Wiedersehen. Auf Wiedersehen, die Damen.« Nachdem er weg war, ging Tallulah tief in Gedanken ans Fenster und konnte es kaum erwarten, daß Singer eintraf. Neun Worte hallten in ihrem Kopf nach, wieder und wieder und wieder.

Ich war's nicht, aber ich wollte, ich wär's gewesen.

ZEHN

»Lewis Drefuss kommt gerade hoch«, verkündete Patsy. Tallulah rührte sich und ging vom Fenster weg. Eine rasante Revue lief bei ihr im Kopf ab, und die Choreographie war für ihren Geschmack viel zu schlampig. Da rangelten Opfer und meuchlerische Täter um den besten Platz im Scheinwerferlicht, doch Lester Miroff und Oliver Sholom machten ihnen heftig Konkurrenz. Über eine Prachttreppe, die Florenz Ziegfelds Beifall gefunden hätte, kamen Gabriel Darnoff, Joe Coller, David Carney, Barry Wren, Mitchell Zang herab sowie etliche andere, die wilde Vermutungen waren oder Zeitverschwendung. Das Dumme war, daß Tallulah nicht genau wußte, wen sie eliminieren konnte. Und dann wartete da noch diese lästige Gestalt hinter den Kulissen, die ohne Gesicht. Könnte sie nur das Gesicht gestalten. Noch etwas nagte in ihrem Hinterkopf. Etwas, das passiert war, etwas, das sie gehört hatte, etwas, das jemand getan hatte, etwas, das überhaupt nicht stimmte und nicht paßte, etwas, das für einen professionellen Detektiv ein todsicherer Hinweis gewesen wäre. Ach, hol's der Teufel. Die Profis machten ständig Fehler – warum zum Teufel konnte sie das nicht auch?

»Tallulah«, sagte Estelle, während sie beim Solitär schummelte, »du führst schon wieder Selbstgespräche.«

Tallulah mixte einen Martini. »Dahling, das ist die einzige Möglichkeit, daß ich mal eine intelligente Antwort bekomme.«

Patsy machte Lewis Drefuss die Tür auf. »Tut mir leid, daß ich einfach so bei dir reinplatze, Tallulah, aber es gibt ein paar Änderungen in der Show am Sonntag, und ich dachte, du solltest sie haben.«

»Ich bin immer entzückt, dich zu sehen, Dahling. Aber laß dich warnen, Jacob Singer wird jeden Moment hier sein, und ich hab so das Gefühl, dann bricht hier der Belagerungszustand aus. Was für *Änderungen*?«

»Meredith meint, es wär lustig, wenn du mit Ethel Merman ein Duett singst.«

»Ich und die Merman? Da werd ich schon beim zweiten Ton ausgezählt. Das ist, als ob man eine Pikkoloflöte gegen eine Wurlitzer antreten läßt. Welchen Song hat er ausgesucht?«

»›Bye Bye Blackbird.‹«

»›Bye Bye Blacklist‹ wäre mir lieber. Und was für erlesene Leckereien hast du mir noch mitgebracht?« Sie nahmen nebeneinander auf dem Sofa Platz. Sie setzte ihre Brille auf, während er in dem Text blätterte. Tallulahs Gedanken machten sich schon nach ein paar Sekunden selbständig, und Lewis merkte nicht, daß sie ihm keine Aufmerksamkeit mehr schenkte. Sie nickte jedesmal, wenn er eine Pause machte, was ihr auf der Bühne zur zweiten Natur geworden war, wenn sie ein Stück, das schon ewig lief, leid war und dank exzellenter Schulung immer wußte, wann ihr Stichwort kam. Helen Hayes hatte ihr einmal erzählt, daß sie bei einer Aufführung einen ganzen Akt lang das Menü für eine Party, die sie für ihre Kinder geben wollte, zusammengestellt und dabei weder die anderen Schauspieler gehört noch einen einzigen Einsatz verpaßt hatte. Sie war zutiefst erstaunt, als der Vorhang fiel und sie Bravorufe aus den ersten Reihen hörte. Sie meinte, die Damen der Matineevorstellung täten ihre Zustimmung zu dem Menü kund, für das sie sich schließlich entschieden hatte.

»Du hast wohl gehört, daß Oliver Sholom ermordet wurde?«

»Ich hab was, Dahling?« Lewis wiederholte den Satz. »Ach ja, Dahling, Singer hat es mir erzählt. Wie hast du es erfahren?«

»Es war in den Nachrichten.«

»Offenbar bin ich dem gleichen Schicksal nur um ein paar Augenblicke entgangen.«

»Wie meinst du das?«

»Ich war dort, Dahling. Ich war bei Sholom. Ich wollte mich als Detektivin betätigen.« Und zum Donnerwetter, Singer hatte schließlich widerstrebend zugegeben, daß sie Sholom dazu gebracht hatte, in seiner Hysterie ein paar wichtige Dinge auszuplaudern, aber das erzählte sie Lewis nicht. Das sparte sie sich auf, um es Singer an den Kopf zu schmeißen, falls es notwendig wäre.

Estelle machte sich bemerkbar: »Tallulah hat einen Todeswunsch, Lewis, wußtest du das nicht?«

»Ach, sei du still und schummel weiter, Estelle.«

»Ich bin nicht still. Tallulah hat so eine sonderbare masochistische Ader, sie leidet furchtbar gerne. Deshalb macht sie so viele Dummheiten. Nimm bloß mal John Emery . . .«

Tallulah hatte ein Bein über das andere geschlagen und wippte damit herum, ein sicheres Zeichen für eine bevorstehende Explosion für alle, die sie gut kannten. »Nimm du bloß John Emery, Dahling.« Die Worte wären tödlich gewesen, hätten sie jemanden getroffen. Zu Lewis sagte sie: »Das war mein einziger kurzer Trip zum Altar.«

Estelle piffpaffte ungerührt weiter. »Wir haben alle gesagt, wenn du dich unbedingt mit einem Schauspieler einlassen willst, dann auf eine Affäre, und die Sache hat sich. Aber nein, Tallulah beschließt, diesen mit einem kleinen, wenn auch nicht unangenehmen Talent begabten Menschen zu ehelichen und ihm den Rang eines Hauptdarstellers zu verleihen, ohne allzugroße Hoffnung, es mit den Lunts aufnehmen zu können.«

» *Welchen* Lunts?«

»Natürlich hat das nicht geklappt, denn Begabung allein ist nicht genug. Man muß eine magische Ausstrahlung haben, jene schwer faßliche Eigenschaft, die so wenige am Theater besitzen. Tallulah hat durchaus eine magische Ausstrahlung, doch eine magische Ausstrahlung braucht Verstärkung, besonders am Theater. Um wirklich in olympische Höhen aufzusteigen, muß eine magische Ausstrahlung sich mit einer anderen verbinden wie bei Lynn und Alfred, aber nein, nicht bei unserem Mädel, das hier sitzt und das Bein gegen mich schwingt und laß das, Tallulah, mir wird ganz schwindelig davon!«

»Davon nicht, Dahling.«

Estelle richtete ihr Mundwerk wieder an Lewis. Patsy las ein

Taschenbuch, auch wenn nicht viel hängenblieb. »Unser Mädel hier verbindet sich mit einem Profil. Also, das hat John Emery ja nun Alfred Lunt voraus. John hat ein Profil.«

»Ich hielt ihn für unwiderstehlich«, sagte Tallulah zu Lewis.

»Du hältst auch Victor McLaglen für unwiderstehlich«, schnappte Patsy.

Tallulahs Augen verengten sich kurz zu Schlitzen, aber sie sagte nichts. Patsy konnte sagen, was sie wollte, es ging regelmäßig etwas bei der Übersetzung verloren. Tallulah wünschte sich bisweilen, Patsys Reden würden durch Untertitel ergänzt.

Estelle fuhr fort: »Aber von einem Profil hat man bald genug, und so mußte Mr. Emery seine Sachen packen.«

»Im Film macht er seine Sache verdammt gut, Dahling.«

»Aber sicher, meine Liebe. Da gehört ein Profil ja auch hin.«

»Ja Menschenskind, was kann ich dafür, wenn ich auf eine prächtige Seitenansicht hereinfalle?« Zu Lewis sagte sie: »Ich war hilflos wie ein kleines Kind, als John Barrymore mich in seinem Zimmer im Algonquin vergewaltigen wollte. Ich mußte ihn zwischen die Beine treten, um zu entkommen. Der arme Schatz, er war ein Genie, mußt du wissen. Ein wahres Genie. Aber der arme Schatz hat fast nie gebadet. Er hat Wasser und Seife gefürchtet wie der Teufel das Weihwasser. Wie seine Ehefrauen das ausgehalten haben, werd ich nie begreifen.«

»Noch mehr Masochistinnen«, stellte Estelle trocken fest und schielte verbotenerweise auf eine versteckte Karte. »Leute mit Todeswunsch sollten einen Verein gründen, wie die Anonymen Alkoholiker.«

Tallulah beschloß, ihre Freundin zu ignorieren, und sagte zu Lewis: »Na egal, Dahling, ich war also in der schmuddeligen kleinen Wohnung von diesem armen Schwein da und hab am Ende erreicht, daß er einen Wutanfall kriegt, wie du noch keinen gesehen hast. Ich meine, wirklich, Dahling, ich hab ja selbst schon prachtvolle Wutanfälle hingelegt, aber Mr. Sholom hat mich bestimmt um Längen geschlagen. Trotzdem, das war doch kein Grund, ihn zu erschlagen.« Sie war aufgesprungen und wanderte durchs Zimmer. »Übrigens, warum zum Teufel *wurde* er eigentlich ermordet?«

Auf das Stichwort hin pochte Jacob Singer heftig an die Tür.

»Wenn das kein Wink mit dem Zaunpfahl ist. Patsy, laß den guten alten ›O düstres Ungemach‹ seinen Auftritt machen.« Zu Lewis sagte sie: »Bleib da, Dahling. Ich finde deinen Anblick tröstlich. Übrigens, findest du mich überhaupt nicht sexy?«

Lewis fiel die Kinnlade herab, während Tallulah mit einer theatralischen Geste, die andere oft kopiert und doch selten den Bankhead-Effekt erreicht hatten, die Arme weit ausbreitete. »Dahling Jacob, warum so spät?« Er hatte keinerlei Chance zu antworten. Er war mitten in einer Bankhead-Offensive gefangen, ein Fleck im Auge eines Wirbelsturms. »Dahling, ich hatte erwartet, daß Sie macheteschwingend eintreten wie ein wilder Rebell, aber hier stehen Sie frisch rasiert und geschrubbt, und entdecke ich da den Duft von Yardley? Nein, es muß etwas anderes sein, eine dem exklusiven Gebrauch brillanter Gesetzeshüter vorbehaltene Komposition.« Über die Schulter sagte sie zu Lewis, der endlich den Mund wieder zugemacht hatte: »Jacob ist ein Genie und viel zu bescheiden. Jacob, eines Tages schreiben Sie bestimmt Ihr Buch, und das haut uns alle um. Wie bei Lewis Lawes mit seinem *Twenty Thousand Years in Sing Sing*. Sie haben doch schon von Lawes gehört, nicht wahr, Lewis Dahling?« Lewis hatte nicht. »Er war Wärter in Sing Sing. Ich hab da mal eine Sonntagabend-Veranstaltung gegeben, Dahling, und sie wollten mich gar nicht wieder weglassen!«

»War es so schlecht?« quäkte Patsy.

»Patsy«, ihre Stimme klang bedrohlich, »schenk uns was zu trinken ein. Was wollte ich gleich sagen . . .«

»Alles«, sagte Singer.

»Also, Jacob, wenn Sie ungemütlich und griesgrämig sein wollen, und das ist Lewis Drefuss, ohne den meine Sendung ein Fiasko wäre, ich weiß nicht genau, ob ihr euch schon kennt oder ob euch das allen beiden sowieso egal ist, und was wollt ihr trinken, Dahlings, sagt es Patsy, also Jacob, ich erwarte ja nicht gerade, daß Sie schnurren wie ein Kätzchen, aber ich erwarte auch nicht . . .«

Singer hatte die Hände erhoben, um so womöglich den Verkehrsstrom aus dem Bankhead-Mund aufzuhalten.

»Dahling, dies ist wohl kaum der Augenblick für eine Übung in . . .«

»Brrr, Lady, brrr!«

»Selber brrr, Dahling, wieso denn?« Sie schnappte nach Luft. »Erzählen Sie mir bloß nicht, es hat schon wieder einen Mord gegeben!«

»Es gibt ständig Morde, Tallulah. Bisher steht keiner davon mit diesem Fall in Zusammenhang.« Zu Lewis sagte er: »Sie wissen wohl, welchen Fall ich meine.« Lewis sagte, er wisse es, während Patsy dazwischenfuhr und nach ihren Getränkewünschen fragte. Als das erledigt war, bot Tallulah Singer einen Platz an und telefonierte dann, um Hors d'œuvres aufs Zimmer kommen zu lassen. Während der folgenden Unterhaltung brachte sie es fertig, ins Schlafzimmer zu gehen und sich ein Balenciaga-Hauskleid anzuziehen, ohne auch nur ein Wort oder ein Stichwort zu verpassen.

»Es ist Ihnen hoffentlich klar, daß Sie heute nachmittag gefährlich nahe dran waren, die zweite Hauptrolle neben Sholom zu spielen.«

»Das ist mir wirklich und wahrhaftig klar, und Sie müssen nicht laut werden. Ich kann Sie ganz deutlich hören. Haben Sie sich den Tatort angesehen?«

Er konnte nicht widerstehen. Genüßlich schilderte er den Zustand der Leiche und der Küche, während Tallulah ungerührt Patsy anschrie, sich mit ihrem Drink zu beeilen. Singer fragte sich, ob sich die Schauspielerin je geschlagen gab.

»Jacob, ich bete diesen entzückenden Mann an, den Sie zu meinem Schutz abgestellt haben. Ist er unten in der Halle? Holen wir ihn doch herauf. Hat er Ihnen erzählt, daß er mir heute das Leben gerettet hat? Ach Gott, ich glaub, das hab ich den Mädchen vergessen zu erzählen. Wenn doch, kann ich mich nicht mehr daran erinnern. Dieser Dramatiker ist im Zoo über mich hergefallen!«

»Welcher Dramatiker?« kreischte Patsy, als sie Tallulah ihren Martini brachte.

»Wie hieß er noch gleich?« überlegte Tallulah eine Sekunde lang.

»Wie soll *ich* das wissen? Er ist über dich hergefallen, nicht über mich.«

»Wirklich, Patsy, du bist mir überhaupt keine Hilfe. Carney. So heißt er. Art Carney.«

»Art Carney schreibt keine Dramen.«

»Wer ist Art Carney? Kenn ich den? Wann haben wir uns kennengelernt?«

Jacob stürzte seinen Scotch buchstäblich hinunter. Dann sagte er: »David Carney.«

»Das ist er. *David* Carney.« Sie rief Patsys entschwindender Gestalt nach: »Art Carney ist ein Scharlatan.«

»Ach, der schon wieder.« Für Estelle erläuterte sie: »Das Stück über die alternde Schauspielerin. Tallu hätte über *ihn* herfallen sollen.«

Tallulah hielt sich fünf Minuten bei ihrem Überfall und ihrer Rettung auf und war wieder bei den anderen, als der Kellner mit den Hors d'œuvres kam. Tallulah sah gut aus und wußte das auch. Sie zeichnete die Rechnung ab und dahlingte den Kellner dabei fast zu Tode (das Personal im Elysee war gegen die Bankhead-Affektiertheiten längst immun) und sah sich dann das Tablett genauer an. »Ach, gut, keine Anchovis. Ich *verabscheue* Anchovis.« Sie schob sich ein Hors d'œuvre in den Mund und kaute gefräßig. »Ich hab keinen blassen Schimmer, was ich hier esse, und wehe, jemand wagt eine Vermutung zu äußern. Es ist wirklich ganz gut. Patsy, biete doch auch den anderen davon an.«

Patsy ging genervt zu dem Tablett hinüber und hob es hoch. »Wann soll ich die Fenster putzen?«

»Patsy Dahling, komm erst mal aus dem Fettnäpfchen raus, ja?«

»Tallulah«, sagte Jacob, sich in eine hochwillkommene Pause stürzend, »Sie hätten ermordet werden können.«

»Dahling, ich sagte es bereits, und ich sage es noch einmal, der Tod hat nichts Beängstigendes für mich. Ich bin von der Hand der Kritiker schon viele Tode gestorben. Ihre Besorgnis weiß ich zu schätzen.«

»Es ist nicht gerade billig, ständig einen Mann für Sie abzustellen. Es wäre mir lieb, wenn Sie von jetzt an nicht mehr dazwischenfunken würden.«

Sie sagte zu Lewis: »O Gott, ist der Polizeijargon nicht entzückend?« Plötzlich brach sie in Gesang aus, ihr grauenvoller Bariton machte sich über Gershwins Melodie her: »O Gott rhythm, o Gott music, o Gott my man, who could ask for anything more?« Sie hätte liebend gern eine ganze Menge mehr gehabt, war aber zu stolz, darum zu bitten. Zu Jacob, der noch immer Zuckungen hatte von ihrem Gesinge, sagte sie: »Sie haben mir selbst erzählt, ich hätte Sholom ein paar Informationen entlocken können, die er erfolgreich zurückgehalten hat, als Sie ihn nach dem Mord an Miroff verhört haben.« Unvermittelt wandte sie sich an Lewis, dem ihr neuer Gedankengang galt. »Sie waren doch mit Abner Walsh befreundet. Dahling. Hat er je von seinem Sohn Leo gesprochen?«

»Ich wußte gar nicht, daß er einen Sohn hat.«

»Ach, das wußten Sie nicht, Dahling? Ich weiß auch nicht, warum mich das überrascht. Viele andere haben bei dem Thema auch ihre Unkenntnis zum Ausdruck gebracht.«

Lewis fragte Singer: »Was hat sein Sohn mit diesen Morden zu tun?«

Jacob rückte auf seinem Platz herum, nachdem er um einen neuen Drink gebeten hatte, mit dem ihn die unerschütterliche Patsy versorgte. »Tja, Leo ist einfach nur eine kühne Vermutung. Unterbrechen Sie mich, wenn ich anfange, Sie zu langweilen. Sehen Sie, bei den meisten Mordfällen ergibt sich früher oder später etwas zu Ihren Gunsten. Vielleicht eine Spur, vielleicht sagt jemand zufällig etwas, wodurch sich der Nebel lichtet. Manchmal taucht ein Spitzel auf und bietet uns ein Geschäft an. Aber bei diesen beiden Morden haben wir bisher nicht viel in der Hand. Dieser Kerl zum Beispiel, der Miroffs Leiche gefunden hat. Absolut keine Hilfe. Der Mörder hat ständig das Glück auf seiner Seite. Niemand sieht ihn in das Bad hineingehen oder herauskommen, weil er einfach verdammtes Schwein hat. Es war die richtige Tageszeit. Nicht viel los, da schieben die Angestellten eine ruhige Kugel. Die sind irgendwo im Hinterstübchen und kochen Kaffee oder holen sich gegenseitig einen runter oder was zum Teufel die Angestellten in einem schwulen Taubenschlag so treiben. Bei Sholom das gleiche.

Keiner sieht ihn in das Haus hineingehen oder herauskommen. Sholoms Onkel wohnt in dem Stockwerk darunter. Er ist Schneider, er arbeitet zu Hause. Er sagt, er ist schwerhörig, also hat er nichts gehört. Und wenn er an der Nähmaschine sitzt, ist es noch schlimmer, die ist nämlich alt und klappert. Einzig und allein an Tallulah kann er sich erinnern.«

»Also wirklich, Dahling, ich *bin* eben unvergeßlich.«

Singer beachtete sie nicht. Er war zu sehr von Lewis' ungeteilter Aufmerksamkeit eingenommen. Er mochte den Kerl. Wenn Lewis an etwas Interesse hatte, dann zeigte er es. Und bis jetzt hatte er noch nicht gegähnt. »Um noch einen Schritt weiter zu gehen, wir haben nicht mehr vorzuweisen als einen Taxifahrer, der noch weiß, daß er Tallulah aufgelesen und hierhergefahren hat.«

»Also gut, Dahling, ich gestehe. Ich hab sie umgebracht.«

»Machen Sie darüber keine Scherze, Lady. Vielleicht waren Sie's wirklich.« Von ihrem Lachen erzitterten die Wände. »Sie sehen also, Lewis . . . Sie haben doch nichts dagegen, wenn ich Sie Lewis nenne . . .« Lewis sagte, natürlich nicht, und Singer fuhr fort. »Sie sehen also . . . wir haben nicht mehr als eine lange Liste von möglichen Verdächtigen. Sie wissen schon, Leute, die er angeschwärzt hat, Verwandte von denen, die Selbstmord begangen haben oder an Herzanfällen und so gestorben sind, was womöglich durch den Streß der schwarzen Liste hervorgerufen wurde. Tut mir leid, wenn ich mich so kaltblütig anhöre, aber das ist nun mal das A und O bei der Untersuchung eines Mordes. Um also fortzufahren und eine lange Geschichte kurz zu machen . . .«

»Zu spät«, knurrte Tallulah. Sie wollte zurück ins Rampenlicht und würde schmollen, bis sie es erreicht hatte.

». . . damit sind wir bei den Nachkommen dieser Selbstmörder et cetera. Vielleicht war es einer von denen. Sie haben ein Motiv. Haß. Rache. Im Innern brodelt es, und dann bricht es plötzlich hervor. Manche Leute brüllen herum und schlagen mit den Fäusten an die Wand oder saufen sich die Hucke voll oder verprügeln ihre Frau. Aber es gibt immer einen, bei dem es sich mit Mord entlädt. Tja, wenn es den nicht gäbe, hätte ich wohl nichts mehr zu tun. Der einzige Nachkomme, der ein fehlendes Glied in der Kette bildet, ist also dieser Leo Walsh.«

Tallulah fragte dazwischen: »Dahling, haben Sie schon daran gedacht, daß er sich jetzt vielleicht anders nennt?«

»Daran habe ich in der Tat schon gedacht.« Für Lewis erläuterte er: »Unser einziger Anhaltspunkt ist, daß er diese häßliche Narbe auf der linken Wange hat.«

»Vielleicht hat er eine kosmetische Operation machen lassen«, gab Lewis zu bedenken.

Singer lächelte. »Dieser bedrückende Gedanke ist mir auch schon gekommen.«

Das Telefon klingelte, und Dorothy Parker war am Apparat. Tallulah sagte zu ihr: »Aber sicher, Dahling. Sei nicht traurig, und trage dich bitte nicht mit Selbstmordgedanken bis nach dem Abendessen, Dahling. Ich seh dich da in einer Stunde.« Sie legte auf und erklärte den anderen: »Das war Dottie Parker, und sie ist in Selbstmordstimmung, was«, erläuterte sie Lewis, »bei ihr chronisch ist. Ihr unglückseliger Pekinese ist vor ein paar Stunden in ihren Armen gestorben. Anscheinend ohne einen letzten Beller, mit dem er Dottie hätte trösten können. Hätten Sie Lust, mit uns zu Tony's zu gehen, Dahling?« fragte sie Singer.

»Tut mir leid, ich muß heute abend eine Menge Papierkram erledigen. Ich versuche, diesen Barry Wren aufzutreiben, aber sein Auftragsdienst sagt mir immer nur, er ist später wieder zu

Hause. Man sollte meinen, daß einer aus dem Showbusiness zumindest seine Nachrichten entgegennimmt.«

Lewis fragte: »Ich kenne Barry Wren. Steht er unter Verdacht?«

»Lewis«, sagte Singer, wobei er Tallulahs Angebot eines weiteren Drinks annahm, »im Augenblick steht jeder unter Verdacht. Ich könnte mir sogar überlegen, ob ich Sie nicht auch in den Verein aufnehme. Oder Patsy hier oder sogar Estelle.«

»Seien Sie nicht albern, Dahling. Estelle würgt doch höchstens den Lacher eines anderen Schauspielers ab.«

Estelle sagte nichts; den Spruch hatte sie in der Vergangenheit schon allzu oft gehört. Die Bankhead wiederholte sich ständig, zum Ergötzen der einen und zum Leidwesen der meisten.

»Was haben Sie heute abend vor, Lewis Dahling? Hätten Sie Lust mitzukommen? Natürlich wird es bestimmt etwas deprimierend, aber bei Tony's könnte es andererseits auch lustig sein, und vielleicht hat Mabel ihre Erkältung überwunden und singt. Haben Sie Mabel Mercer je singen hören, Jacob?« Er konnte keine Antwort dazwischenschieben; Tallulah ließ ihm keine Lücke dafür. »Sie ist absolut einmalig. So etwas wie ihre Phrasierung bekommen Sie nirgendwo anders zu hören, außer vielleicht bei Sinatra oder Sylvia Syms, die sie zugegebenermaßen verehren und nachmachen. Ich meine, Hut ab vor allen, die bei den Besten klauen, und natürlich, Dahlings, werde ich auch dutzendfach nachgemacht, bloß kriegt mich nie einer richtig hin, außer gelegentlich Miss Bette Davis, was ist eigentlich aus der geworden, aber andererseits ist die beste andere Tallulah im Showgeschäft natürlich T. C. Jones, und der ist ein Frauenimitator, Dahling, aber natürlich wirft man mir ständig vor, ein Frauenimitator zu sein, und natürlich gebe ich freimütig zu, daß ich Sachen von Ethel übernommen habe, Barrymore meine ich, nicht Merman oder Waters, was wollten Sie sagen, Lewis Dahling?«

»Ich schaff es nicht. Ich würd wahnsinnig gern. Aber ich kann nicht. Ich habe eine Verabredung Uptown.«

»Ach, Dahling, kommt Uptown jetzt wieder in Mode? Ich

nehm an, der Trend geht bald wieder nach Harlem zurück. Ich hab den Eindruck, da ist die Mordrate steigend, und warum tut Harry Truman nichts gegen die Rassenspannungen, statt sich mit der gräßlichen Stimme von Margaret abzugeben? Lewis, sitzt uns das Weiße Haus immer noch im Nacken, daß wir Margaret nehmen, der Herr sei uns gnädig.« Sie schnippte mit den Fingern. »Saaaag mal! Das ist die Lösung! Harry kann Margaret haben, und er schafft mir dafür das verdammte HUAC vom Hals. Vielleicht kann ich ein gutes Werk tun, und er kriegt Lillie Hellman gleich mit dazu, hab ich euch das erzählt, wir haben uns zu einem ganz entzückenden Drink getroffen und sozusagen das Kriegsbeil begraben, das heißt, bis ich ihr sagte, ich kann einfach nicht wieder mit den *Füchsen* auf Tournee gehen, die Regina Giddons steht mir bis hier, obwohl ich weiß Gott zu den wenigen alten Hasen im Showbusiness gehöre, die wahnsinnig gern auf Tournee gehen, das Tournee-Publikum ist so großzügig und beifallsfreudig, bloß in Detroit nicht, da sind sie samt und sonders zum Kotzen, was, wie ich stark vermute, etwas mit den Fließbändern zu tun hat, aber Jacob, ich dachte, Sie hätten Barry Wren nach dem Mord an Miroff gründlich verhört, ich hätte schwören können, Sie hätten mir das so erzählt!«

»Ich hatte da eine Unterredung mit Zero Mostel, was auch der Grund ist, weshalb ich nicht früher hier sein konnte . . .«

»Der arme Dahling Zero, wie kommt er denn über die Runden?«

»So grade eben. Ein reizender Kerl, allerdings ein wenig exzentrisch. Jedenfalls, ich hab in Sholoms Wohnung Notizen über ihn gefunden, deshalb hab ich ihn zu mir gebeten. Als er ins Revier kam, hat er freilich seinen Spazierstock geschwungen und ›SS! Faschisten!‹ gebrüllt, wodurch ihn niemand auf der Stelle liebgewonnen hat. Er hat faktisch angeboten, sich wegen der Morde vor Gericht stellen zu lassen, weil er die beiden Kerle haßte und die Reklame ihm zupaß gekommen wäre. Ehrlich gesagt hätte ich fast zugestimmt und ihm seinen Willen gelassen.« Er kicherte, als er an Mostel zurückdachte. »Na egal, Wren verabscheut er sogar noch mehr, meinte aber, Wren wüßte vielleicht, wo Leo Walsh steckt. Mostel denkt, er hätte damals draußen einen Film für die Metro gemacht, vor der schwarzen Liste natürlich, und Wren war auch da und hat versucht, einen Fuß in die Tür zu kriegen, weil die Metro ja bekanntlich die ganzen großen Musicals macht. Mostel erinnert sich nämlich noch, daß Abner Walsh damals draußen war und als Gast in so einem Zeichentrickfilm von Abbott und Costello auftrat, und natürlich waren sie alle noch dicke Freunde. Mostel ist sich ziemlich sicher, daß der Junge von den Walshes auch da war, er meint, er wollte es auch mal mit der Schauspielerei versuchen. Ihr seht also, vielleicht gibt es eine Chance, daß der Junge mit Wren in Kontakt geblieben ist, nachdem er am Broadway groß rausgekommen war. Mein Gott, weiß man's? Ich kann niemanden links liegenlassen. Wer weiß, wann ich einen Glückstreffer lande?«

»Armer Jacob«, Tallulah war voller Mitgefühl, »Sie hören sich so frustriert an.«

»Tallulah, ich will gerne zugeben, so frustriert wie jetzt war ich nicht mehr, seit Helen Morgan nicht mit mir schlafen wollte.«

Tallulah lächelte. »Tja, Dahling, vielleicht fand sie es leichter, ›My Bill‹ zu singen als ›My Jacob‹.« Sie versuchte es. »Sehen Sie, es geht nicht.«

»Nein, Tallulah?«

Die Anspielung umschlang sie ganz zart. Zum ersten Mal seit Jahren wurde Tallulah Bankhead rot.

Barry Wren hatte sein Stadthaus in den Siebziger Straßen Ost zu einer Zeit gekauft, als die Grundstücke in dieser Gegend an Wert verloren und Stadthäuser hier billig zu haben waren. Da hatte er wieder mal Glück gehabt, denn jetzt ging es mit der East Side wieder aufwärts, und er bewohnte eine sehr wertvolle Immobilie, eine Immobilie, von der er sich, wie er wohl wußte, zu einem Spottpreis hätte trennen müssen, hätte er nicht mit der Inquisition zusammengearbeitet. Ach hol's der Teufel, J. Edgar

Hoover persönlich hatte Barry zu einer geheimen Unterredung bestellt und davon überzeugt, daß es so richtig war. Und daß es Barry nervös gemacht hatte, daß der FBI-Chef schamlos dasaß und mit dem Mann Händchen hielt, mit dem er zusammenlebte – na und?

Es war schon nach neun, als Barry die Haustür aufschloß und dann Kette und Riegel vorlegte. Er hatte Angst. Er hatte Angst gehabt, als Lester Miroff ermordet wurde. Der brutale Mord an Oliver Sholom hatte Barrys Furcht nur noch mehr angefacht. Er meldete sich bei seinem Auftragsdienst, nachdem er unten alle Lichter eingeschaltet hatte, und da war schon wieder eine Nachricht von Jacob Singer. Er setzte sich und ließ sich den Gedanken durch den Kopf gehen, Singer am nächsten Morgen aufzusuchen und ihm Zusammenarbeit gegen Schutz anzubieten. Für das Zusammenarbeiten war er wahrlich begabt, und es gab keinen Grund, Singer nicht eine Kostprobe zu geben. Es zog im Zimmer. Das verfluchte Weib, womit er seine Haushälterin meinte. Ich hab ihr extra gesagt, sie soll alle Fenster sorgfältig schließen, wenn sie geht. Er fand das Küchenfenster hinten am Haus offen. Er schlug es krachend zu und wollte es verriegeln. Der Riegel war kaputt.

Verdammt.

Er dachte einen Moment nach. Was tun, um einen eventuellen Eindringling abzuschrecken? Er reihte mehrere leere Flaschen auf dem Fensterbrett auf und war stolz auf seine Kreativität, als er das erledigt hatte. Das würde genügend Radau machen, falls jemand einbrechen wollte. Er löschte das Licht und ging nach oben, um sich ein Bad einzulassen. Knochen, Kopf und Gewissen waren gleichermaßen erschöpft.

Außerdem war er einsam. Er war erschreckend einsam. Vor ein paar Monaten hätte sein Auftragsdienst ein Dutzend Nachrichten für ihn gehabt. Heute abend bloß Jacob Singer, das hartnäckige Schwein. Barry machte alle Lichter im oberen Stock an, wo vorne das Gästezimmer und das Bad lagen und hinten sein eigenes Mammutschlafzimmer und sein Bad. Er warf den Rucksack auf das Bett, sein Markenzeichen, in dem seine Probenschuhe waren, das Trikot, verschiedene Kleinigkeiten und seine Schachtel Oreokekse. Er ging in das Bad, das Elsie de Wolfe eigens für ihn entworfen hatte, die berühmte Lady Mendl, die auf Parties immer auf dem Kopf stand und zwischendurch mit Innenausstattungen ein Vermögen verdiente. Er ging verschwenderisch mit dem Badesalz um, das eigens aus Paris importiert wurde, und kehrte dann in das Schlafzimmer zurück, wo er den Fernseher auf volle Lautstärke drehte, damit er ihn in der Badewanne gut hören konnte. Ab und zu kam ihm der Gedanke, ihn so hinzustellen, daß er ihn von der Wanne aus sehen konnte. Das tat er jetzt. Er zog sich splitternackt aus und legte sich dann auf den Fußboden, wo er ein paar Minuten seine Beine bewegte. Er hörte einen Komikerwitz und lachte, nicht weil er ihn witzig fand, sondern weil er sich heutzutage, wenn er alleine war, ab und zu ganz gerne ins Gedächtnis rief, daß er nicht stumm geworden war. Jetzt kam Werbung, er konnte steptanzende Bierdosen nicht ausstehen und ging daher ins Bad. Er prüfte das Wasser und fand die Temperatur angenehm. Er drehte die Hähne zu und ließ sich langsam ins Wasser sinken. Als er ausgestreckt war, lag er still da, das Wasser und das Badesalz taten ihm gut.

Er hatte die Augen geschlossen. Auf seinem kahlen Kopf bildeten sich kleine Schweißperlen. Er streichelte seine Genitalien, um sich zu vergewissern, daß sie noch da waren. Er hörte, wie eine seiner Lieblingssängerinnen ein Wunderwerk machte aus »I'll Be Seeing You«. Für Barry Wren gab es nichts mehr zu sehen. Starke Hände drückten ihn nieder und hielten ihn gewaltsam unter Wasser. Jeder einzelne Nerv in seinem Körper schrie und bettelte um Hilfe. Die Beine strampelten, und die Hände wollten diese starken Hände wegzerren, doch er war seinem Killer nicht gewachsen.

Der Killer hoffte, man würde es für einen Unfalltod durch Ertrinken halten, weshalb er vor dem Gehen das Bad aufräumte und es durch das hintere Fenster verließ, durch das er eingestiegen war, nachdem er das Schloß mit dem Brecheisen aufgehebelt hatte. Es war kinderleicht, über den Hinterhofzaun auf den Hof des Wohnhauses daneben zu klettern. Dann überlegte er, wo er essen gehen sollte.

Wenn er Menschen umbrachte, bekam er einen unbändigen Hunger.

ELF

Die Hände tief in die Hosentaschen vergraben, spazierte Gabriel Darnoff in das Foyer des Belasco Theaters. Es war fast elf Uhr abends, und bald sollte nach dem dritten Akt seines Stücks der Vorhang fallen. Er ging in das Theater und blieb im hinteren Teil, wo seine nervösen Produzenten hin und her tigerten. Die beiden Männer hatten schon seine ersten zwei Erfolge betreut und aus alter Treue auch Gabriels neues Werk übernommen. Derjenige, der als erster seinen mangelnden Glauben an das Manuskript zum Ausdruck brachte, hatte seinem Partner gegenüber bemerkt: »Alte Treue ist schlecht fürs Geschäft, Abe.« Gabriel war darauf gefaßt, daß die Kritiker ihn in Stücke reißen würden. Eine Aufführung mit großen Stars hätte es vielleicht retten können, doch die großen Stars hatten abgelehnt. Die Produzenten wollten es nicht mit seinem Vater in der Hauptrolle versuchen, denn nachdem Michael Darnoff auf der schwarzen Liste stand, war er in den darauffolgenden Monaten allmählich immer mehr heruntergekommen, hatte stark getrunken und in der Öffentlichkeit peinliche Auftritte verursacht. Zur Beruhigung seines eigenen Gewissens hatte Gabriel die Produzenten überredet, seinem Vater eine kleinere Rolle anzubieten, doch Darnoff der Ältere war ja nicht dumm. Er wußte, wenn ein Star seines Kalibers in einer Nebenrolle auftrat, würde das die Ausgewogenheit des Stücks stören, nicht daß da viel Ausgewogenheit zu stören gewesen wäre.

Abe flüsterte Gabriel zu: »Wo warst du? Warum bist du verschwunden, als der Vorhang hochging?«

»Wie läuft's denn?« fragte der Dramatiker.

»Es ist gelaufen«, erwiderte Abe düster. Der andere Partner, Webster mit Namen, zog hörbar schmatzend die Luft durch die Zähne, ein sicheres Zeichen, daß das Schiff am Untergehen war und jeder SOS-Ruf zwecklos.

Webster sagte zu Gabriel: »Deine Mutter liebt das Stück.«

Damit stand fest, daß es ein Fiasko war. Alles, was seine Mutter liebte, zerfiel zu Staub, besonders sein Vater. Hätte seine Mutter das Stück verabscheut, wäre er losgezogen und hätte sich eine neue Mätresse gegönnt. Langsam senkte sich der Vorhang. Es entstand eine peinliche Pause, und dann setzte endlich der Applaus ein.

»Sie klatschen«, sagte Webster.

»Vielleicht, weil ihnen die Hände eingeschlafen sind«, erwiderte Abe. »Na komm, Gabe«, sagte er zu Darnoff, »von einem Reinfall geht die Welt nicht unter. Du hast ein Recht darauf. Das ist das Dumme in diesem vermaledeiten Geschäft, man kann sich keinen Reinfall leisten. Auf der anderen Seite brennen sie darauf, einen Reinfall mitzuerleben, sie hassen es, wenn man Erfolg hat. Mein Gott, warum geh ich nicht wieder zu meinen Damenpyjamas zurück!«

Bella Darnoff kam den Gang herauf, sah ihren Sohn und winkte begeistert. Sie umarmte ihn stürmisch und rief: »Das ist dein bisher bestes Stück! Ich bin so aufgeregt und so stolz, deine Mutter zu sein! Ach, wenn doch dein Vater heute hier wäre, daß ihm dieser Triumph entgangen ist!« Triumph, dachte Gabriel, es ist schlimmer, als ich dachte. »Lächeln, Darling! Was ist denn los mit dir? Du siehst aus, als hättest du gerade jemand umgebracht!«

David Carney wusch sich wohl zum zehnten Mal an dem Abend die Hände. Die Polizei hatte ihn nur ein paar Stunden lang festgehalten und schließlich freigelassen, als die einzigen beiden Zeugen des Zwischenfalls im Zoo, die sich gemeldet hatten, schworen, wenn auch widerwillig, denn sie waren der festen Überzeugung, Carney sollte eigentlich Zwangsjacken spazierentragen, er habe Tallulah Bankhead überhaupt nicht angefaßt. Die Bankhead würde, wie Jacob Singer ihnen versicherte, nicht auf einer Anzeige bestehen. Carney wurde mit einem strengen

Verweis und einer Verwarnung freigelassen, und als er nach Hause kam, wusch er sich die Hände. Wieder und wieder seifte er sie ein und spülte sie ab und seifte sie dann erneut ein und spülte sie ab. Es war fast schon ein religiöses Ritual oder das Vorgehen eines Chirurgen, der sich auf eine Operation vorbereitet.

Ich könnte sie umbringen. Wie ich die anderen umgebracht habe, könnte ich sie auch umbringen.

Das Telefon klingelte. Es war seine Schwester Audrey. »Na, was für Scherereien hast du heute wieder gehabt?« Sie kannte ihren Bruder gut. Er erzählte ihr, wie er sich an die Bankhead herangemacht hatte. »*Tallulah* Bankhead?«

»Ja, Tallulah Scheißhead. Ich hätte das Weibsstück umbringen sollen, genau wie die anderen.«

»Fein, mein Süßer, geh nur und bring jemand um.« Mit der Hand über dem Hörer sagte sie zu ihrem Mann, einem berühmten Börsenhai: »Davey faßt wieder mal eine Mordtour ins Auge.«

»Ich wollte, du würdest darüber keine Witze machen«, sagte ihr Mann. »Diesem Deppen würde ich das durchaus zutrauen.«

»Was hast du gesagt, Daveylein?«

»Wenn ich töte, dann töte ich, um Ordnung zu schaffen. Es gibt so viel Ungerechtigkeit auf dieser Welt, so viel Korruption, ich meine, irgend jemand muß doch hingehen und Ordnung schaffen. Oder bist du anderer Meinung?«

Audrey sagte betulich: »Davey, sind wir nicht immer einer Meinung? Hat der *Boulevard der Dämmerung* uns nicht beiden gefallen?«

»Ja, aber das kommt daher, daß Gloria Swanson ihren betrügerischen Liebhaber zu Recht erschossen hat.«

»Aber sie war doch verrückt«, sagte Audrey, wobei sie sich das Wörtchen »auch« taktvollerweise verkniff.

»Ich muß auflegen, Audrey. Ich muß jetzt gehen. Heute abend muß ich noch jemand umbringen.«

»Na ja, es ist ein schöner Abend, mein Herzblatt. Und denk dran, dir etwas zu essen zu besorgen.«

»Ach, ich esse immer, wenn ich jemand umgebracht habe. Vom Umbringen krieg ich richtig Hunger.«

»Und Davey . . .«

»Was?«

»Bring keine netten Menschen um. Hast du den Scheck bekommen, den wir dir geschickt haben?«

»Ja, danke. Vielen herzlichen Dank.«

»Tja, ich hab Mama und Papa auf dem Sterbebett versprochen, daß ich immer für dich sorge.«

Er brach in Schluchzen aus. »Ich wollte sie nicht umbringen, Audrey, ehrlich, ich wollte es nicht.«

»Ich weiß ja, daß du es nicht wolltest, und sie wissen es bestimmt auch. Wo immer sie jetzt sein mögen, Davey, sie werden dir bestimmt verzeihen.« Zu ihrem Mann: »Stell das leiser, Herrgott noch mal!« Er fummelte an dem Knopf am Fernseher herum.

»Ich bin froh, daß du meinst, sie verzeihen mir. Die anderen werden mir nicht verzeihen. Der, den ich gestern umgebracht habe, und der, den ich vorgestern umgebracht habe, und der, den ich heute umbringen will . . .«

»Davey, tu uns beiden einen Gefallen. Geh nicht zur Polizei und leg ein Geständnis ab. Ich meine, nach dem Vorfall mit Tallulah könnten sie dich ein wenig rauh anfassen. Verstehst du, was ich meine? Vielleicht solltest du zu Hause bleiben und noch ein Stück schreiben.«

»Ich schreibe nie wieder ein Stück! Dreiundzwanzig nichtaufgeführte Stücke sind genug! Absagen, Absagen, Absagen! Großer Gott! Ich muß George Abbott umbringen und Joshua Logan und diese Trottel vom Theater Guild! Leb wohl, Audrey, und vergiß mich nie!«

Als Audrey das Amtszeichen hörte, legte sie den Hörer auf, schlang die Arme um ihren Körper und saß an ihrer Unterlippe nagend da.

»Warum rufst du ihn so oft an?« quengelte ihr Mann. »Er deprimiert dich doch immer.«

»Ich bin nicht deprimiert. Ich denke nach.«

»Das ist noch schlimmer.«

»Ich denke über die ganzen Morde nach, von denen er hartnäckig behauptet, er hätte sie begangen. Schatz . . .«

»Was ist?«

»Wenn er sie nun wirklich begangen hat?«

»Ach Scheiße, Aud, jetzt verschaffst du mir wieder Alpträume.«

Sie wandte sich wieder ihren Grübeleien zu, während er sich wieder dem Fernsehapparat zuwandte, und keiner von beiden war glücklich.

Joseph Coller saß hinten in einem Bus, der die Fifth Avenue zum Washington Square hinunterfuhr. Er sah auf die Armbanduhr. Elf Uhr. Er hatte ausgiebig zu Abend gegessen, ja, er hatte einen ungewohnten Heißhunger gehabt. Tallulahs Scheck war über eine größere Summe ausgestellt, als er zu hoffen gewagt hatte. Er würde ihn am Morgen einlösen und sich vielleicht ein neues Jackett und eine neue Hose und ein Paar neue Schuhe gönnen. In den meisten Warenhäusern gab es jetzt Frühjahrssonderangebote. Es war das erste Mal an dem Abend, daß er an sich selbst dachte.

Ihm waren Mordgedanken im Kopf herumgegangen. Mordgedanken, die sich um Tallulah drehten. Es war die Idee zu dem Theaterstück für sie, die ihn nach seinem Weggang von ihr innerlich beschäftigte. Er war einfach immer weitergelaufen und hatte sich nach nicht allzu langer Zeit an der Upper East Side wiedergefunden, wo er vor Barry Wrens Haus stand und Mord im Sinn hatte. Lester Miroff war tot, und Oliver Sholom war umgelegt worden, und warum nicht Barry Wren? Er war mit der Schlimmste von dem ganzen Pack. Er war reich, das wußte Joseph. Er besaß ein Reihenhaus in der Stadt und ein Haus auf Fire Island, und er bekam haufenweise Angebote.

Joseph hatte aus den Unannehmlichkeiten der letzten Zeit sehr wenig hinübergerettet. Vorher hatte er auch nicht allzuviel gehabt, aber es gab wenigstens Drehbuchaufträge fürs Fernsehen. Dottie Parker hatte ihn gedrängt, nach Hollywood zu kommen, und war felsenfest davon überzeugt, er würde es dort zu etwas bringen, doch das war jetzt nichts als ein Wolkenkuckucksheim für ihn, für sie, Dalton Trumbo, Albert Maltz und so viele andere hervorragende Talente, die durch frühere Freunde und Mitarbeiter zur Vergessenheit verdammt waren. Joseph wußte so gut wie ungefähr jeder andere, daß das FBI eine Liste von Informanten hatte, die ihnen Namen lieferten. Meistens Schauspieler und Schauspielerinnen und Schriftsteller und Regisseure, die nie groß herausgekommen oder nicht mehr gefragt waren und eifersüchtig auf die, die es geschafft hatten. Jeder wußte ganz genau, daß Ronald Reagan und diese erbärmliche Klatschspaltenziege Hedda Hopper mit dem FBI zusammenarbeiteten und Leute denunzierten. Hier in New York steckte eine Bande von rachgierigen abgetakelten Nullen hinter *Aware!* – einem Blättchen, das mutmaßliche Kommunisten beim Namen nannte. Es war eine Sünde und Schande, und es hatte zu Verrat und Betrug und Mord geführt.

Mord.

Ja, jetzt war sich Joseph ganz sicher, Barry Wren sollte das nächste Opfer sein. Und warum auch nicht? Im Showbusiness stirbt man immer zu dritt. Eins, Lester Miroff, zwei, Oliver Sholom, drei, Barry Wren.

Und jetzt, im Bus, satt und selbstzufrieden, konnte er es kaum erwarten, nach Hause zu kommen und seine Idee zu Papier zu bringen. Tallulah als Amateurdetektivin, die den Mord an drei Aasgeiern aufklärt. Er war überzeugt, das würde ihr gefallen.

Tallulah summte mit Mabel Mercer mit, die singend begehrte, man möge sie zum Mond fliegen. Es war ihre zweite Zugabe, und die betagte Sängerin brannte darauf, Schluß zu machen und zu ihrem Lebensgefährten nach Hause zu kommen. Ihre Stimme war nach jahrzehntelangem Singen im In- und Ausland ein wenig brüchig geworden. Die hohen Töne machten ihr Probleme, und am anderen Ende der Skala hatte sie eine Art melodisches Brummen zur Perfektion getrieben, mit dessen Hilfe sie über schwierige Passagen hinwegschlittern konnte. Doch sie war immer noch einsame Spitze, brillant im Stil. Merkwürdigerweise hatte sie sich jetzt, wo sie an Jahren wie in ihrer Karriere recht weit fortgeschritten war, auf Plattenalben für Kenner zum Bestseller entwickelt. Allmählich trat sogar ein gewisser Überlaufeffekt ein, ihre Alben tauchten nun außer in den Spezialgeschäften auch in anderen Läden auf. Heute abend stellte sie erfreut fest, daß eine Reihe von Berühmtheiten im Club waren. Es war gut für das weitere Geschäft, wenn sich herumsprach, daß Tallulah Bankhead und Dorothy Parker hier waren und George Baxt einige seiner besser bekannten Klienten wie Oscar Homolka und Signe Hasso hierhergebracht hatte. Verschiedene andere Agenten taten das auch, und Tony Soma freute sich, daß Mabel noch immer eine Goldgrube war. Tony's gehörte zu den wenigen Clubs in New York, die nun Homos und Heteros gleichermaßen anzogen, und alle kamen prächtig miteinander aus.

Mabel hatte ausgewünscht, zum Mond zu fliegen und unter den Sternen zu leben, und schritt majestätisch aus dem Scheinwerferlicht in ihre Garderobe hinter der Bar. Tallulah war aufgestanden und klatschte in die Hände und rief: »Bravo! Bravo! Zugabe, Dahling, nur noch eine Zugabe, Dahling. O Mabel, sing doch ›Run Into the Roundhouse, Nellie, He Can't Corner You There!‹« Tallulah warf für die wenigen Auserwählten, die sie wahrhaft bewunderte, stets großzügig mit Lob um sich. »Ist sie nicht hinreißend, Dottie? Dottie, leg das Messer weg!«

»Ich will mir doch nur Butter auf das Brötchen schmieren«, sagte Dottie, in der festen Überzeugung, bei dem allgemeinen Getöse würde ihre Stimme doch nicht durchdringen. Sie hörte Mabel Mercer gern singen, aber sie wünschte, sie würde gehen. Laß die Leute hungern, Mabel, eine Philosophie, die sie in ihren zahlreichen Affären anzuwenden gelernt hatte.

Mabel kam nicht wieder. Sie hing ebenfalls der Bloß-nicht-überfüttern-Schule an. Der Tumult im Club legte sich und wurde zu bloßem Getöse und schließlich zu einem Summen, und Tallulah und Mrs. Parker nahmen das Gespräch wieder auf, das sie unterbrochen hatten, als Miss Mercer auftrat und sang.

»Was ist mit Joseph Coller?« wollte Tallulah von Mrs. Parker wissen.

»Hast du ihn heute nicht gesehen?«

»Doch, natürlich. Und er gefällt mir sehr gut. Ich hab ihm einen Vorschuß gegeben, damit er mir ein Stück schreibt.«

»Also, Tallulah, das ist wirklich schön! Das ist wirklich, wirklich schön! Du hast ihm das Leben gerettet.«

»Mag sein, Dahling. Meinst du, er ist imstande, andere darum zu bringen?«

»Wie meinst du das? Hatte er sonderliche Rachegedanken wegen seiner Lage? Das würde mich wundern. Joe hat nie viel Aufhebens davon gemacht, wie dreckig es ihm geht. Er spricht nie darüber. Er behält alles für sich.«

»Das ist ganz und gar nicht bewundernswert, Dahling. Eines schönen Tages explodiert er, und dann heißt es aufgepaßt!«

»Kann sein. Wieso denkst du das?«

Sie erzählte Mrs. Parker von Collers Bemerkung, er habe Miroff und Sholom nicht umgebracht, es tue ihm aber leid, es nicht getan zu haben, oder, wie Tallulah meinte, etwa so in diesem Sinn.

»Also, wenn ich's recht bedenke, Tallulah, ich überlege in letzter Zeit des öfteren, den einen oder anderen Mord zu begehen. Zum Glück ist Moses heute nicht mehr da, sonst wäre der Ausschuß hinter ihm her, weil er das Rote Meer geteilt hat.«

»Hast du eigentlich mit Jacob Singer eine Affäre gehabt?« Der Pikkolo, gerade dabei, den Tisch abzuräumen, war von der Frage gefesselt. Er arbeitete ganz langsam, damit er möglichst viel von ihrer Unterhaltung mithören konnte. Er hoffte, eines Tages eine Enthüllungsgeschichte über berühmte Leute zu schreiben.

»Wieso?«

»Wieso nicht?«

»Er hat mich sexuell nie interessiert. Interessiert er dich?«

»Tja, Dahling«, erwiderte Tallulah mit spitzbübischem Lächeln, »heutzutage droht mir nicht mehr allzuviel Verkehr dieser Art.« Zu dem trödelnden Pikkolo sagte sie: »Wollen Sie sich zu uns setzen, Dahling, dann machen wir nämlich getrennte Rechnung.« Er entfernte sich eilig. »Ober! Dahling.« Der Ober kam. »Kaffee und Cognac. Ist das in Ordnung, Dottie?«

»Einen B & B für mich«, sagte sie.

»Dann nehm ich einen Cointreau, Dahling. Beides Doppelte, bitte. Herrgott, dieser entsetzliche Rauch überall«, sagte sie und zündete sich eine Craven A an. Dann: »Was hältst du von meiner Morddrohung?«

»Was hält Jacob denn von deiner Morddrohung?«

»Er hat mir einen Leibwächter zugeteilt.«

»Genau das halte *ich* auch von deiner Morddrohung.«

»In Wirklichkeit glaube ich, ich hab mehr als einen. Der, der mich im Zoo vor diesem verrückten Dingsbums Carney gerettet hat, ist anscheinend durch einen anderen ersetzt worden, der so aussieht wie Jack Oakie.«

Mrs. Parker war dabei, ihr Make-up aufzufrischen, und unterbrach das, um Tallulah zu fragen: »Carney? David Carney?«

»Du kennst ihn?«

»Ich kenn Geschichten über ihn.«

»Das klingt makaber. Gleich erzählst du mir etwas, das ich bestimmt bedaure gehört zu haben. Erzähl's mir.«

»Es hat vor fünf oder sechs Jahren in allen Zeitungen gestanden.«

»Ich les kaum Zeitung, Dahling, das weißt du doch. Ich meine, ab und zu schau ich in den Sportteil, um zu sehen, wie meine Lieblingsmannschaft sich macht, und ich weigere mich weiß Gott, meine Rezensionen zu lesen, außer man sagt mir, sie sind überwältigend, erzähl mir von Carney.«

»Ich hab seine Mutter und seinen Vater gekannt, Elsa und Isaac. Das waren eingefleischte Kommunisten damals in der guten alten Zeit, als Kommunismus noch Jux und Tollerei war und niemandem weh tat außer den Kommunisten selbst. Sie hatten zwei Kinder. Das ältere, ein Mädchen, den Namen hab ich vergessen, hat jung geheiratet und sich nicht weiter hervorgetan. David ist der Jüngere. Er war brillant. Ein Genie. Er hat traumhaft geschrieben.«

»Jetzt nicht mehr, Patsy zufolge. Sie hat das Stück gelesen, das ich machen sollte, und sagt, es ist Mist.«

»Wie kannst du dich auf das Urteil eines Menschen verlassen, der in Hal-Roach-Komödien aufgetreten ist?«

»Glaub mir, Dottie, Patsy ist gar nicht so blöd, wie sie tut. Ihre stillen Wasser sind tief.«

»Ich wollte nicht darin herumwaten.« Der Ober brachte ihren Kaffee und die Drinks, und Tallulah winkte ihn ungeduldig fort. »Na egal, zurück zu David Carney. Er war so um die Zwanzig, da wurde er im *Esquire* abgedruckt.«

»Tatsache!«

»Danach wurde er überall abgedruckt. Hollywood war hinter ihm her. Elsa und Isaac waren gegen Hollywood, sie meinten, es würde ihn korrumpieren. David hing sehr an seinen Eltern. Er vergötterte Elsa. Dann hatte David irgendeinen Unfall, ich weiß nicht genau, was es war. Dadurch hat sich seine Persönlichkeit total verändert. Da war anscheinend vorher schon ein Unfall, bei dem er übel zugerichtet wurde, als er noch ein Kind war.« Sie hatte Tallulahs ungeteilte Aufmerksamkeit. »Kein Kommentar zu seiner Unfallanfälligkeit?«

»Nein, ich will den Rest hören. Wie war das mit der Persönlichkeitsveränderung? Ist er ein Jekyll und Hyde geworden?«

»Wer erzählt hier die Geschichte?« Es war ein seltener und teurer Moment, wo die Bankhead nichts sagte. »Er ist ein Jekyll und Hyde geworden. Er fing an, Dramen zu schreiben. Und Patsy hat recht, sie waren absolut grauenvoll. Keine Spur von seinem früheren Genie. Das war dahin. Dann war seine Schwester eines Tages wütend auf ihn, irgend so was, ich weiß es nicht genau. Sie hat ihm erzählt, er wäre adoptiert.« Tallulah hatte sich wie gebannt über den Tisch gebeugt, den Kopf in die Hände gestützt, von der Zigarette in ihrem Mund fiel Asche auf die Tischdecke. »Er ist durchgedreht.«

»Hat es gestimmt, oder war es pure Gemeinheit, wie sie nur Geschwister an sich haben, wie mein Schwesterherz Eugenia, die mich als Zielscheibe für ihre Darts-Übungen genommen hat?«

»Nein, es stimmte. Und damit nicht genug, sie hat ihm erzählt, beide Eltern hätten unheilbaren Krebs.«

»Nein, erzähl's mir nicht, erzähl's mir nicht. Ich weiß, was jetzt kommt. Ich ertrag es nicht. Na los, erzähl's mir!«

»Er hat sie umgebracht. Vergiftet. Er hat gesagt, sie hätten es selbst gewollt. Hast du das wirklich noch nicht gehört?«

»Ach Gott, Dahling, ich hör so viel, wie soll ich das alles behalten und gleichzeitig noch einen Liebhaber an der Nase herumführen und meinen Text lernen! Wieso wurde er nicht bestraft?«

»Wurde er ja. Man hat ihn für unzurechnungsfähig erklärt und eingesperrt.«

»Also, jetzt läuft er frei herum. Sag mal, einen Moment, weiß Jacob Singer das alles?«

»Ich würd es annehmen. Wieso?«

»Er hat mir gesagt, ich sollte nicht auf einer Anzeige bestehen. Dieser Idiot hätte mich umbringen können!«

»Er ist harmlos.«

Tallulah beugte sich vor und sagte mit Nachdruck: »Dahling, ich hab deinen harmlosen Mr. Carney rasen sehen, und ich will dir eins sagen, einen so unerfreulichen Anblick habe ich nicht mehr erlebt, seit ich gesehen hab, wie sich Kate Smith in ihrer Garderobe auszieht. Hmmm.«

»Was?«

»Ich weiß nicht, ich weiß einfach nicht. Adoptiert, sagst du? Es ist unwahrscheinlich, daß die Walshes ihren Sohn Leo irgendwann zur Adoption freigegeben haben, nicht wahr?«

»Nur, falls sie ihn unerfreulich fanden, würde ich meinen. Du hast sie besser gekannt als ich.«

»Ja, aber du findest mehr über Leute heraus als ich.«

»Jacob kann das viel besser als ich.«

»Na ja, das gehört zu seinem Beruf, Dinge herauszufinden, die andere nicht herausfinden. Was hat er dir erzählt und mir nicht, na spuck's schon aus, wann hast du Jacob gesehen?«

»Heute nachmittag, bevor er bei dir vorbeigekommen ist.«

»Und das hat dich dann in Selbstmordstimmung versetzt?«

»Nein, meine Liebe, das war nur mein zweimonatlicher Trübsinnsanfall. Was hab ich aus meinem Leben gemacht, jetzt läßt sich da nichts mehr verbessern, hinter der nächsten Ecke lauert schon das Greisenalter mit lüsternem Blick . . .«

»Hör auf, Dottie, du deprimierst mich. Was hat Jacob dir erzählt und mir nicht und warum?«

»Weil er will, daß du mit diesem Amateurdetektivspielen aufhörst. Der Drohanruf hat ihm wirklich angst gemacht.«

»Wenn er so furchtbare Angst hat, warum sagt er dann nicht, ich soll zu Hause bleiben?«

»Weil er weiß, daß du dir sowieso nichts sagen läßt.«

»Mein Gott, warst du nicht auch in Gefahr, als du mit ihm an dieser Sache mit Lacey Dingsda gearbeitet hast?«

»O ja, einmal dachte ich, Lacey wollte mich aus seinem Privatflugzeug rauskippen. Aber Lacey kann mir gestohlen bleiben, der ist tot.«

»Das Theater auch.«

»Ich hätte schon Lust, mir in der Stadt was im Theater anzusehen. Was läuft denn Gutes?«

»Es soll eine recht gute Neuinszenierung von *Coriolanus* geben.«

»Ich hab Theater gesagt, nicht Shakespeare.«

»Dottie, du hast absichtlich das Thema gewechselt. Du hast von Jacob Singer etwas über die Walshes erfahren. Ober! Zwei Brandy-Cocktails! Und wir gehen heute abend nicht auseinander, bis ich alles bis aufs I-Tüpfelchen erfahren habe.«

Mrs. Parker seufzte den Seufzer, den sie sich für den Moment einer totalen Niederlage und widerwilligen Kapitulation aufsparte. »Was Jacob zutage gebracht hat, waren interessante Informationen über Martha Walsh und den Jungen.«

»Er arbeitet schnell, nicht wahr?« Tallulahs Bewunderung gefiel Mrs. Parker. Sie hatte großen Respekt vor Jacob Singer.

»Darum gehört er ja zur Elite. Tallulah, du weißt doch, daß Abner, kurz nachdem du die beiden auf dieser Mietengala kennengelernt hast, genügend Geld zusammengekratzt hatte, um nach Hollywood zu gehen und dort sein Glück beim Film zu versuchen. Durch den Erfolg von diesem plüschigen *Forty-Second Street* kamen Musicals wieder in Mode, und jeder, der so halbwegs singen oder ein paar Schritte hüpfen konnte, war gefragt. Abner hatte ziemliches Glück und ließ Martha und den Jungen nachkommen. Dann gab es dieses furchtbare Eisenbahnunglück. Martha ist irgendwie mit leichten Verletzungen davongekommen, aber der Junge ist fast dabei draufgegangen.« Der Ober brachte ihre Cocktails, und Mrs. Parker dankte ihrem Retter, ihre Kehle war ganz ausgetrocknet. Nach einem gesunden Schluck fuhr sie fort. Es geschah nicht oft, daß Tallulah Bankhead jemandem wie gebannt lauschte, und Mrs. Parker packte eine Gelegenheit immer fest beim Schopfe.

»Praktisch jeder Knochen in seinem armen kleinen Körper war gebrochen. Und sein Gesicht war völlig entstellt, wo er doch sowieso schon diese furchtbare Narbe hatte.«

»Der arme kleine Kerl.«

»Finanziell sitzt Abner jetzt natürlich in der Klemme, aber das Wunder geschieht, er bekommt einen Plattenvertrag. Dann eine Rundfunksendung, ein paar Gastauftritte beim Film, du weißt schon, die übliche Nummer in den Billigproduktionen, die Universal Pictures fast in den Ruin getrieben hätten. Abner und Martha bringen den Jungen in einem Rehabilitationszentrum in Arizona unter. Seine Knochen heilen, sein inzwischen sehr verwirrter Geist *will* heilen . . .

»Also, ich hab dir ja gesagt, er war furchtbar seltsam und in sich gekehrt, als ich ihn das erste Mal sah . . .«

». . . und er hat umfassende kosmetische Operationen gehabt.«

Tallulah schlug mit der Faust auf den Tisch. »Also ist diese verdammte Narbe womöglich weg!«

»Genau, meine Liebe. Egal, wo Leo Walsh heute steckt, er sieht makellos aus.«

»Und da läßt Jacob mich in dem Glauben, ich müsse einen Mann mit einer häßlichen Narbe finden, wie diesen Mitchell Zang da.«

»Oh, Mitchell Zang kenn ich. War das nicht Nances Freund?«

»Ja, den meine ich.«

»Über den hab ich nur Unangenehmes gehört.«

»Zum Beispiel?«

»Er nimmt Frauen Geld ab.«

»Das tut Macy's auch.«

»Er hat überhaupt keine Selbstbeherrschung. Ich hab gehört, er hätte Nance mehrfach verprügelt.«

»So ein Vieh! Wahrscheinlich stammt seine Narbe von einer Messerstecherei.«

»Nach der kosmetischen Operation.«

»Mein Gott, er ist doch nicht Leo Walsh, oder?«

Mrs. Parker zuckte die Achseln. »Warum sollen wir ihn nicht als Verdächtigen behalten? Die kosmetische Operation von Leo Walsh ist beinahe zwanzig Jahre her. Da kann in der Zwischenzeit eine Menge passiert sein. Bei Abner und Martha ist schließlich auch eine Menge passiert. Abner hat in New York Nanette kennengelernt, während Martha mit dem Jungen im Reha-Center war, und das hieß Leb wohl Martha und Leo, willkommen Nanette.«

»Ich frag mich, was sie weiß.«

»Nanette? Warum fragst du sie nicht?«

»Du weißt, wo man sie erreicht?«

»Wahrscheinlich ist sie in ihrem Atelier im Village. Sie wohnt und arbeitet in einer umgebauten Remise an der Duane Street. Sie steht im Telefonbuch.«

»Jacob war vermutlich schon bei ihr.«

»Nicht daß ich wüßte. Und außerdem, was heißt das schon, wenn er da war? Vielleicht kannst du etwas aus ihr herausholen, was ihm nicht gelungen ist. Sieh nur, wie gut du bei Oliver Sholom warst, wenn ich dir glauben darf.«

»Also wirklich, Dottie, wann hast du je erlebt, daß ich lüge? Ich meine, ich übertreibe gern und schmücke meine Geschichten aus, aber nur der Unterhaltung wegen. Ich werd mal bei Nanette Walsh vorbeischauen. Sie bildhauert, nicht wahr?«

»Wie ich höre, haut sie ganz schön um sich und bildet sich sogar noch was drauf ein.«

»Wie steht sie politisch?«

»Die Lady ist ganz leicht salonrosa angehaucht.«

Tallulah dachte einen Augenblick nach, während Mrs. Parker ein Gähnen unterdrückte und die Möglichkeit eines weiteren Cocktails erwog. »Dottie, verschwinden bei dir auch manchmal Sachen in der Versenkung?«

»O ja. Leute auch. Meistens Leute, und wenn ich Glück habe, bleiben sie auch da.«

»Das ist nicht ganz das, was ich meine, Dahling. Bei mir sitzt irgend etwas Unbestimmtes im Hinterkopf, etwas, das ich in den letzten Tagen gehört oder gesehen habe und von dem ich glaube, es könnte womöglich die Tür zur Aufklärung dieser Verbrechen aufschließen. Wie komme ich da ran?«

»Tallulah, wenn es gut schwimmen kann, muß es früher oder später unweigerlich von alleine hochkommen. Versuch mal, mit Jacob darüber zu reden.«

»Hab ich schon. Ich hab ihm natürlich von Joe Collers seltsamer Bemerkung erzählt, aber er ist nicht darauf eingegangen.«

»Tallulah, glaub mir, er hat das bei sich im Kopf registriert. Jacob hat ein Pokergesicht, das Buster Keatons Beifall fände.«

»Er wird wohl seine Gründe haben, daß er sich bei David Carney und Mitchell Zang nicht lange aufgehalten hat. Und bei Gabriel Darnoff eigentlich auch nicht.«

»Na, *der* ist nun sicher nicht Leo Walsh. Ich bin gespannt, wie sein Stück heute abend angekommen ist. Es soll ja hundsmiserabel sein.«

»Dottie, wenn wir Leo Walsh finden, heißt das nicht unbedingt, daß wir den Mörder von Miroff und Sholom haben. In ihrer unmittelbaren Umgebung gibt es bestimmt dutzendweise Leute mit einem einleuchtenden Motiv, sie umzubringen.«

»Und es besteht immer die Möglichkeit, daß der Mörder nie gefaßt wird. Bestellen wir noch eine Runde Cocktails, und alles übrige soll uns gestohlen bleiben.« Mrs. Parker winkte dem Ober, und der wünschte, sie würden nach Hause gehen. Tony's war jetzt beinahe menschenleer. An der Bar saßen noch ein paar Unentwegte, und sonst war nur noch ein Tisch mit einem jungen Pärchen besetzt, das händchenhaltend und schweigend dasaß und sich bloß gegenseitig versonnen in die Augen schaute. Mrs. Parker sah sie und bemerkte: »Die Jungs da haben sich wahrscheinlich schon vor Stunden kennengelernt und sind sich immer noch treu.«

»Dottie, noch mal zu Nanette Walsh.«

»Was ist mit ihr?«

»Sie hat Abner sitzenlassen, als er auf die schwarze Liste kam, nicht wahr?«

»Ganz so war es nicht. Das war schon ewig aus, bevor man ihn angeschwärzt hat. In Wirklichkeit hat sie das ganze Schlamassel mit ihm durchgestanden und ihn *danach* sitzenlassen.«

»Leo Walsh, egal, wo er ist, haßt sie bestimmt bis aufs Blut.«

»Egal, wo er ist«, sagte Mrs. Parker mit leuchtenden Augen beim Anblick der neuen Cocktails, die der Ober brachte. »Ich frag mich, ob er weiß, daß nach ihm gefahndet wird, und wenn ja, wie clever er seine Spuren verwischt.«

»Ehrlich gesagt, Dahling, ich frag mich, warum er sich nicht gemeldet hat. Warum ist er nicht aufgetaucht, als Abner und Martha tot waren?« Sie nahm einen Schluck von ihrem Drink. »Ein solches Benehmen legt die Vermutung nahe, daß er der Täter ist.«

»Es könnte auch heißen, daß er sich aus Gründen, die wir nicht kennen und womöglich nie erfahren werden, mit ihnen überworfen hat und es ihm einfach scheißegal ist. Oder er ist vielleicht auch tot.«

»Irgendwie glaube ich nicht, daß er tot ist. Und das hat meiner Meinung nach etwas mit dieser unbestimmten Information zu tun, die bei mir im Hinterkopf unter Verschluß liegt.« Sie hob ihr Glas. »Auf Leo Walsh. So langsam verliebe ich mich in ihn.«

ZWÖLF

Nanette Walsh war eine Frau, deren Schweigen Bände sprach. In aller Regel schonungslos direkt und unverblümt, wurde sie ehrfurchtgebietend in ihren Momenten stiller Selbstversenkung, wenn sie einen Menschen, einen Gedanken, einen Verdacht, eine Inspiration kritisch betrachtete oder eine Entscheidung traf. Jetzt, um zwei Uhr nachts, arbeitete sie noch an einer Büste von Abner Walsh, eine Arbeit, die sie vor etlichen Jahren begonnen hatte. Sie hatte sie abgebrochen, dann wiederaufgenommen, dann erneut abgebrochen, da ihre Inspiration den gleichen Schwankungen unterlag wie ihre emotionale Einstellung zu ihrem verstorbenen Gatten. Bei seinem Tod zog es sie wieder an die Arbeit zurück. Vielleicht aus schlechtem Gewissen, vielleicht aus Kummer, wer wollte das wissen. Nanette wußte es selber nicht. Sie hatte Abner auf ihre Art geliebt, wie sie auch andere geliebt hatte, als treue Freundin, als feurige und leidenschaftliche Sexpartnerin, und hatte sich doch nie vollständig hingeben können. Sie gestand es nur sich selber ein, und auch da nur widerstrebend, daß sie sich von Abner getrennt hatte, weil alles aufgebraucht war, was er ihr einmal hatte bieten können. Ein Wiederauffüllen des Reservoirs war ausgeschlossen, und selbst wenn, war Nanette an seinem Inhalt nicht interessiert. Sie hielt zu Abner, als er sie brauchte, fühlte sich aber schon lange nicht mehr als Teil von ihm.

Sie war auch kein Teil mehr von dem Lümmel, der sich da in einem Sessel fläzte und aus einer Flasche Bier schlürfte. Mitchell Zangs Bewußtseinsstrom ließ sich nicht aufhalten. Monate vor Nance Listons Selbstmord hatte er sich angewöhnt, ab und zu auf ein kleines sexuelles Appetithäppchen in Nanettes Remise vorbeizuschauen. Nanette mußte zugeben, daß er ein erstklassiger Schlafzimmerakrobat war, und was war schon dabei, wenn sie ihm dafür hin und wieder etwas zustecken mußte? Sie war nicht der Typ, der jemanden in einer Single-Bar auflas. Aber wie bei allem und allen anderen in ihrem Leben auch, ging es Nanette jetzt, da Mitchell Zang seinen Zweck erfüllt hatte, nur noch darum, ihn wieder loszuwerden.

»Ich sage dir, Nannie, es gibt keine Gerechtigkeit.« Ihr Griff um den Holzhammer, mit dem sie arbeitete, wurde fester, wenn auch nur ganz sacht. Sie war gerade an Abners Nase, und seine Nase hatte sie immer sacht behandelt. »Wie zum Teufel Arlen Stayne es dahin gebracht hat, wo er heute ist, werd ich nie verstehen.« Sie kannte Arlen Stayne, einen schlechten Schauspieler, der sich erfolgreich auf den Posten eines Besetzungschefs hochgeschmeichelt und danach einen bekannten Fernsehproduzenten gestürzt hatte und nun an seiner Stelle herrschte. »Ich meine, ich kenne ihn seit alten Zeiten, und heute kann ich nicht mal mehr zu ihm vordringen. Wie zum Teufel macht er das bloß?«

Nun sagte Nanette endlich etwas: »Er war nie furchtbar wählerisch, in welchen Hintern er kriecht.«

»Gehen wir ins Bett.«

»Geh nach Hause. Es ist schon nach zwei.«

»Ich will hierbleiben.«

»Du bleibst nicht hier.«

»Na komm, sei keine fischblütige Zicke. Ich hab eine harte Nacht gehabt.«

Sie hörte auf zu arbeiten und drehte sich zu ihm um. »Mitchell, um ganz offen zu sein, wenn du jetzt nach Hause gehst, möchte ich, daß du da bleibst.«

Er richtete sich auf. »Und was zum Teufel soll *das* wieder heißen?»

»Das soll heißen, daß es ab heute nacht aus ist. Das wird nichts mit uns beiden, und es ist höchste Zeit, einen Schlußstrich zu ziehen.«

Er sprang auf. Aus der harmlosen Bierflasche drohte eine gefährliche Waffe zu werden. »Das wollen wir erst mal sehen.«

Ihr Gesicht wurde häßlich. »Ich treff meine Entscheidungen selbst, mein Junge. Du gehst jetzt nach Hause, und ab morgen kannst du auf die Pirsch gehen und dir eine neue Geldquelle suchen.«

»Du kannst mich nicht wegschmeißen wie einen Sack Müll.« Sie unterließ es taktvollerweise, den Vergleich weiterzuführen. »Ich hätte große Lust, dir eins in die Fresse zu geben.«

»Versuch's doch!« Sie hob den Holzhammer und hielt ihn mit beiden Händen fest. »Versuch's nur! Dann hast du auch einen Zickzack-Schädel, passend zu der Narbe da!«

Mit einem gräßlichen Schrei stürzte er sich auf sie. Sie ließ den Holzhammer heruntersausen, schlug aber am Schädel vorbei und streifte ihn an der Schulter. Seine Faust traf ihr Gesicht, und sie fiel hintenüber gegen einen Schrank. Sie versuchte mühsam, das Gleichgewicht zu halten, während er sich im Kreis herum bewegte, um noch einmal zuzuschlagen. Wieder hob sie den Holzhammer, und dieses Mal hatte sie Erfolg. »Ha!« brüllte sie, als sie ihn mit aller Macht auf seinen Kopf krachen ließ. Er sank auf die Knie, während sie zur Tür rannte, sich aus der Remise auf die Straße flüchtete und Gott dankte, daß er ihr einen Streifenwagen der Polizei entgegenschickte.

Tallulah Bankhead und Dorothy Parker fühlten keinen Schmerz. Nicht, daß ihnen irgendein Schmerz angetan wurde, doch waren sie durch eine Reihe von Cocktails praktisch bewegungsunfähig geworden. Die beiden jungen Männer vom Nebentisch setzten sich zu ihnen, und sie stellten fest, daß das überhaupt kein Liebespaar war. Einer der jungen Männer, Mervyn, behauptete, telepathische Fähigkeiten zu haben, und hatte seinen Begleiter, der Lorenzo hieß, »gedeutet«.

»Lorenzo?« zweifelte Tallulah, während sie den jungen Mann musterte, der ihr eher wie ein Ronald oder William vorkam, doch nie und nimmer wie ein Lorenzo. »Wie wundervoll klassisch. Lorenzo!«

»Ich heiße nach einem Kater«, sagte Lorenzo. »Er war das Lieblingstier meiner Mutter, als sie ein Kind war, falls sie je ein Kind war.«

»Mögen Sie Ihre Mutter nicht, Dahling?«

»Ich muß wohl. Sie ist mein Rollenvorbild.«

Mrs. Parker versuchte sich zu erinnern, in welchem Land sie war, und schwieg. Tallulah wandte sich an Mervyn. »Sie haben also telepathische Fähigkeiten.«

»Ja. Ich kann Ihnen viel über sich erzählen, Miss Bankhead.«

»Seien Sie nicht anmaßend, junger Mann, wenn Sie sich dann nicht als amüsant erweisen.«

»Ich kann Sie in einem anderen Leben sehen.«

»Ich habe viele Leben geführt, Dahling, und nicht alle waren meine.«

»Vor vielen hundert Jahren waren Sie eine sehr mächtige ägyptische Königin. Sie besaßen ausgedehnte Ländereien und waren unvorstellbar reich.«

»Tatsächlich? Und wo zum Teufel ist das ganze Geld hin?«

»Abgewertet.«

»Dottie, du hörst nicht zu.«

»Wo sind wir, meine Liebe?« fragte Mrs. Parker zuckersüß. »Und wer sind diese vier jungen Männer?«

»Es sind nur zwei, Dahling, und einer von ihnen ist gleich ein Engel und holt uns ein Taxi.« Lorenzo erbot sich dazu. »Und, Dahling, da draußen müßte ein Detective warten. Sagen Sie ihm, wir können alle zusammen mit dem Taxi fahren!« Sie lächelte Mervyn zu. »Ich muß Sie mal einladen, wenn ich eine Party gebe ... ähm ... wie heißen Sie noch gleich, mein Lieber?«

»Mervyn.«

»Ja, natürlich. Ober! Zahlen!«

Der Ober erklärte ihr höflich, sie habe bereits gezahlt.

»Ach, wirklich, Dahling? Mervyn, würden Sie mir helfen, Mrs. Parker hier rauszubringen? Dottie, jetzt geht's ab in die Heia!«

»Ja, meine Liebe, aber wo?«

Während andere Leute am nächsten Morgen an ihrem Kater herumlaborierten und wieder andere Mordfälle aufzuklären versuchten, während Nanette Walsh sich kalte Kompressen auf einen Bluterguß an der Wange drückte und Mitchell Zang, der in Nance Listons Wohnung im Bett lag, alle Frauen und Besetzungschefs verfluchte, schloß sich ein kolossales Weib von fast zwei Zentnern die Tür zu Barry Wrens Stadthaus auf. Annabel Forsythe, der es freigestellt worden war, ob sie im Hause oder außerhalb wohnen wollte, hatte sich für außerhalb entschieden, damit sie ein bißchen mit dem ihr in wilder Ehe verbundenen Mann und ihren vier Kindern zusammensein konnte, bei denen sie von zweien ganz sicher wußte, daß sie von ihm waren.

Annabel war an diesem Morgen ganz besonders gut aufgelegt. Heute mußte sich ihr Freund Ike zum letzten Mal bei seinem Bewährungshelfer melden (tätliche Beleidigung, Bagatelldiebstahl und Betrug), und danach stand es ihm frei, wieder in seine alten schlechten Gewohnheiten zu verfallen, die bisweilen einen hübschen Profit abwarfen. Ihren Lieblings-Spiritual »Ezekiel Saw the Wheel« summend, ging sie in die Küche, um nachzuschauen, ob da etwas vom Vorabend aufzuräumen war. Mr. Wren war ein untadeliger Choreograph und Tänzer und ein ausgemachter Schmutzfink. Annabel war sich sicher, daß der Kammerjäger bei Barry Wren genug einnahm, um seinen Sohn aufs College schicken zu können.

Es war kein schmutziges Geschirr da, keine Töpfe mit angebrannten Resten unten drin, nichts auf dem Fußboden Verschüttetes. Annabel runzelte die Stirn, als sie merkte, daß der Backofen noch an war. Sie hatte einen Schmortopf für Barry Wren hineingestellt. Sie sah im Backofen nach. Er hatte nichts davon gegessen, und das Essen war so gut wie verkocht. Annabel dachte an die hungernden Kinder in Indien und kam dann zu dem Schluß »Die können mich mal«, soll doch jedes Kind für sich selber sorgen. Sie stellte den Ofen ab, nahm Topflappen, um den Schmortopf in den Ausguß zu befördern, und ließ ihn dann dort in heißem Wasser und Seifenlauge einweichen.

Im Flur hörte sie den voll aufgedrehten Fernseher in Barrys Schlafzimmer. Also ist er auf, gut. Vielleicht geht er früh aus dem Haus, und ich kann mir dieses Zimmer mal gründlich vornehmen. Annabel schwärmte für Hausarbeit. Besen und Scheuerlappen waren für sie, was Pinsel und Farbe für Michelangelo gewesen waren. Sie fegte und schrubbte exquisit, ein Juwel unter lauter Halbedelsteinen. Nur mit Mühe hätte man sie als eines der langgliedrigen kaffeebraunen Showgirls erkannt, die einst im alten Cotton Club herumstolziert waren.

Sie betrat das Schlafzimmer, wo keine Spur von Barry war. Vielleicht auf dem Klo. Sie ging zu dem dröhnenden Fernseher hinüber und stellte ihn leiser. Wenn Mr. Wren, der es immer gern laut hatte, sich darüber ärgerte, würde er brüllen, das wußte sie, aber aus dem Badezimmer kam kein Laut. Der alte Western auf dem Bildschirm fesselte sie. Da wurde ein verwittertes altes Fort von Indianerhorden belagert. Ein Armeeoffizier brüllte wie toll: »Da sind Sioux und Chippewa und Iowa, mein Gott, alle Indianernationen sind hier versammelt und greifen uns an!« Es war ein Tonfilm der ersten Stunde, und die Stimme kiekste. »Seht doch! Da sind Arapaho und Dakota und Saginaw . . .«

Sein Untergebener sagte: »Da muß auch ein Pawnee sein.«

Annabel verlor das Interesse. Sie ging und wollte das Bett machen. Es brauchte nicht gemacht zu werden. Es hatte niemand drin geschlafen. Sie sah nur Wrens Rucksack. Komisch, dachte sie, sehr komisch. Vielleicht hatte er im Gästezimmer geschlafen. Die Tür zum Bad stand offen, und jetzt fiel ihr auf, daß Barry den Fernseher so gestellt hatte, daß er den Bildschirm von der Wanne aus sehen konnte. Die Hände in die Hüften gestemmt und immer noch summend, ging sie ins Bad.

Sie schrie nicht auf. Sie bückte sich und versuchte, Barry aus der Wanne zu heben. Sie wußte sofort, daß er tot war, sie hatte den Tod oft genug gesehen. Er war zu schwer. Der Körper rutschte in die Wanne zurück. Während sie zum Telefon eilte, dachte Annabel, Scheieiei-ße, jetzt muß ich mich um eine neue Stelle kümmern, und so einen ruhigen Posten wie den hier finde ich womöglich nie wieder. Scheieiei-ße, er hat nie gemerkt, wie ich die Haushaltsabrechnungen frisiert hab. Das Haushaltsgeld. Es wurde in einer Dose in einem Küchenschrank aufbewahrt.

Sobald sie die Polizei angerufen hatte, würde sie gleich die Küche aufräumen.

Wie zum Teufel ertrinkt man bloß in einer Badewanne? überlegte sie. Na egal, laß das die Bullen selber austüfteln.

Detective Oscar Delaney, der die Leiche von Oliver Sholom gefunden hatte, begleitete Jacob Singer und die anderen Polizisten zu Barry Wrens Haus. Er war noch nie in einem Stadthaus gewesen. Er hatte davon gehört und davon gelesen, und im Film waren sie meist von Katharine Hepburn und Ronald Colman bewohnt, aber er hatte sich nie träumen lassen, daß er mal selbst eins betreten würde. Jacob Singer schien das sehr überheblich zu nehmen, aber Jacob Singer war ja auch ein Mann von Welt, zumindest mußte Delaney das annehmen bei den Kreisen, in denen er zum Teil verkehrte. Tallulah Bankhead. Dorothy Parker, wer immer das sein mochte, Delaney war auf dem Gebiet der amerikanischen Literatur nicht ganz auf dem laufenden. Der Berg von einer Frau, der ihnen aufmachte, führte sie nach oben ins Bad. Delaney staunte, wie jemand ihres Ausmaßes die Treppen hochhopsen konnte wie ein von Gipfel zu Gipfel hüpfender Steinbock. Jacob Singer hatte »Volltreffer!« gesagt, als er erfuhr, daß man Barry Wrens Leiche gefunden hatte. Tallulah hatte behauptet, daß die immer zu dritt sterben, und Donnerwetter, hier war der dritte.

Jacob war ziemlich zufrieden mit sich. Er hatte sich ausgerechnet, der aussichtsreichste Kandidat für das dritte Opfer sei Barry Wren, obwohl man nie ausschließen konnte, daß noch ein Außenseiter ins Spiel kam. Delaney überlegte, warum Singer lächelte. Da wartete eine Leiche auf sie; wie konnte er so kaltblütig sein? Singer staunte, daß der Leichenbeschauer schon vor ihnen da war und sich bereits an der Leiche zu schaffen machte.

»Wie sind Sie so schnell hierhergekommen?« fragte Jacob.

»Nicht viel los heute morgen.«

»Also, was haben wir hier?«

»Einen toten Tänzer. Ertrunken.«

»Ein Unfall?« Singer war sich bewußt, daß das eine blödsinnige Frage war, aber er folgte bei Leichenbeschauern immer dem gleichen Schema. Es war wie bei Abbott und Costello mit ihrem »Wer kommt zuerst?« – abgedroschen, vertraut, aber erwartet.

»Er hat Blutergüsse an den Schultern, und wenn er nicht den Untermann in einem Akrobatenteam gespielt hat, wurde er unter Wasser gedrückt, bis er tot war.«

Von der Tür her berichtete Annabel, daß sie den Riegel an einem Küchenfenster aufgebrochen gefunden hatte, als sie da unten aufräumte. »Sieht mir sehr nach Brecheisen aus«, sagte Annabel mit Kennermiene. Mit aufgebrochenen Fenstern kannte sie sich aus. Singer schickte einen Polizisten in die Küche, um sich das anzuschauen.

Singer führte Annabel ins Schlafzimmer zurück. »Wie heißen Sie?«

»Annabel Forsythe.« Sie lächelte, während sie sich auf das Bett setzte. »Wir sind die Forsythes aus North Carolina.«

Singer mochte sie sofort. »Wann haben Sie Mr. Wren zuletzt lebend gesehen?«

»Gestern früh, als er zu seinem Kurs gegangen ist. Er ist Ballettlehrer und . . .«

Singer erklärte, er sei sich über Barry Wrens Berühmtheit sehr wohl im klaren.

Annabel sagte: »Er wollte gestern abend zu Hause bleiben, und ob ich ihm was zum Abendbrot machen und es in den Backofen stellen könnte, was ich auch getan hab. Ich hab ihm meinen Schmortopf Annabel gemacht, ein Rezept, das ich von einer alten Verehrerin habe, meiner Großmutter. Ich hab genug für zwei gemacht, für den Fall, daß er jemand zum Essen mitgebracht hätte, er ist . . . war . . . ein sehr einsamer Mensch. Ich glaub, er hat überhaupt keine Freunde mehr gehabt, also wenigstens nicht, seit er bei den Feds gesungen hat. Sie wissen schon, was ich meine.«

»Ich weiß.«

»Das Essen war nicht angerührt. Der Backofen war an, als ich kam, das Essen mitsamt dem Topf eine einzige Sauerei. Ich hab den Topf gerade in der Spüle zum Einweichen, obwohl's jetzt wahrscheinlich gar nicht mehr lohnt.«

»Hat er Familie?«

»Ich weiß, daß er eine Mutter hat in der Bronx. Ich hab ihn nie von jemand anders reden hören. Sie finden sie in seinem Telefonbüchlein in dem Schreibtisch da.«

Singer fand das Telefonbüchlein, aber sonst nur wenig von Wert oder Interesse. Singer sagte Delaney, er solle versuchen, die Mutter aufzutreiben und es ihr beibringen, bevor sie es aus den Medien erfuhr. Auf dem Bürgersteig wimmelte es schon von Reportern und Fotografen, die hereinkommen wollten, was sie erst durften, nachdem der Polizeifotograf und die anderen ihre Arbeit getan hatten. »Annabel, war er mit irgendwem liiert? Freund, Freundin?«

»Nein Sir, er war auf dem freien Markt, aber da war in letzter Zeit auch nicht viel los. Mr. Wren war ein verschrecktes Huhn. Die Schlösser und Riegel an der Haustür sind brandneu. Und er hat mir eingeschärft, ich soll mich vergewissern, daß jedes Fenster fest verschlossen ist, bevor ich gehe. Ich glaub, er hat gewußt, daß er bei jemand auf der Liste steht.« Sie zuckte die Achseln. »Ich hab gehört, was der Mann da zu Ihnen gesagt hat. Ermordet. Na, ich konnte nicht klagen. Er war immer gut zu mir.« Sie guckte, als erwarte sie noch weitere Fragen, statt dessen ging Singer jedoch zum Telefon.

Tallulah hatte ihr übliches Katerfrühstück verdrückt, nämlich einen halben Liter Vanilleeis und einen Krug Vichysoisse, die sie aus dem »21« kommen ließ, dem Club an der Zweiundfünfzigsten Straße West. Lewis Drefuss war bei ihr, er war mit dem Kellner aus dem Club zusammen angekommen und machte sich daher damit nützlich, das Eis und die kalte Suppe zu servieren.

»Wirklich, Dahling, ich weiß nicht, wie Dottie das überlebt. Ich meine, Dahling, was diese Frau *trinken* kann!« Lewis gelang es mit Mühe, ernst zu bleiben. »Ich meine, ich hab's aufgegeben, die Jack Roses zu zählen, und dann ist sie zu Brandy übergegangen und dann zu Cocktails, mein Lieber, Cocktails, ich meine, was könnte mörderischer sein als Cocktails, mein Gott, tut diese Vichysoisse jetzt gut, und dieser Hellseher, der mir erzählt hat, daß ich vor langer Zeit mal irgendwer in Ägypten war, wie alt würdest du eigentlich Mabel Mercer schätzen?«

Das Telefon rettete Lewis. Mit der Hand über dem Hörer fragte er Tallulah: »Willst du mit Jacob Singer sprechen?«

»Sind das heute morgen alles Frühaufsteher? Du weißt ja, daß ich nie mehr als ein paar Stunden schlafen kann, aber ich meine, du bist zu dieser frühen Stunde schon da, und wo nimmst du nur die Energie her, obwohl, in deinem Alter ist das wohl kein besonderer Trick, und jetzt fallen bestimmt jeden Moment die Bobbsey Twins bei mir ein, und wenn du wissen willst, warum Patsy so viel kreischt, das muß Veranlagung sein, guten Morgen, Jacob Dahling, so in aller Herrgottsfrühe, wie komme ich zu der Ehre?« Sie lauschte. »O mein Gott, nein! Mein Gott, nein! In der eigenen Badewanne ertrunken. Sozusagen im eigenen Saft geschmort. Sind Sie sicher, daß es Mord war? Ich möchte wetten, der Mörder hat gehofft, daß es wie ein Unfall aussieht. Vielleicht in der Badewanne ausgerutscht, auf den Kopf gefallen, ohnmächtig geworden und dann ertrunken.« Sie ließ Jacob kurz zu Wort kommen. »Ha-ha-ha-ha-ha! Was? O Dahling, wie klug, daß Sie daran gedacht haben!« Zu Lewis sagte sie: »Im Showbusiness stirbt man immer zu dritt, und ich hab prophezeit, daß es noch einen dritten gibt, und weiß Gott, da ist er, wie aufmerksam von Barry Wren, der Schuft wird jetzt hoffentlich in der Hölle braten. Was, Dahling? Ich rede mit Lewis Drefuss. Er ist schon früh gekommen, um mich zu schikanieren. Genauer gesagt, wir nehmen heute nachmittag die Sendung für Sonntag auf, so daß ich jetzt Sonntag frei habe, was ein Segen ist. Nein, Dahling, ich gehe nie in die Kirche, ich laß sie mir kommen, ha-ha-ha-ha-ha. Was?« Sie lauschte, während sie etwas Vichysoisse löffelte. »Ich würde meinen, wer ihn da unter Wasser gehalten hat, der muß ziemlich viel Kraft haben.« Sie drückte neckisch Lewis' Arm. Er widerstand dem Verlangen, den Arm wegzuziehen. »Das schließt wohl alle weiblichen Verdächtigen aus, wenn er nicht gerade von Ceryl Crawford umgelegt wurde. Was? Nein, ich will nicht noch mehr Leibwächter. Mir reichen die, die ich habe. Ich hab noch mehr Schutz so nötig, wie Eleanor Powell noch mehr Zähne nötig hat. Ja, Dahling, gehen Sie unbedingt wieder zu Ihrer Schnüffelei zurück. Ich muß sofort Dottie anrufen und ihr das erzählen. Was, Dahling?« Sie war ganz gespannte Aufmerksamkeit. »Sie machen Witze! Ist Zang noch eingelocht? Das arme Schwein, ich bin froh, daß sie ihn laufen ließen, er ist ein ewiger Verlierer. Aber, Jacob, ich hab gehört, er ist ein notorischer Frauenschänder. Ich kenn Nanette Walsh ja nicht« – fast hätte sie gesagt »noch nicht« –, »aber sie hat mein ganzes Mitgefühl. Danke, daß Sie mir das erzählt haben, Dahling, und, o Dahling, warten Sie . . . warten Sie . . . wann ungefähr wurde Barry Wren ermordet?« Sie lauschte. »Na schön, Dahling, dann sollten Sie jetzt wohl mal die Alibis überprüfen. Tschüs, Dahling.«

Sie reichte Lewis den Hörer, der ihn auf die Gabel legte, und verputzte den Rest der kalten Suppe.

Nach ein paar Sekunden der Meditation sagte sie: »Diese Unterhaltung mit Mr. Singer hat sich für dich wohl etwas kaltblütig angehört.«

»Ich denke nichts dergleichen. Es ist ein Schock für mich, daß schon wieder ein Mord passiert ist und daß es Barry Wren ist. Ich wußte gar nicht, daß du Leibwächter hast. Warum solltest du in Gefahr sein?«

»Nein, Dahling? Ich dachte, du wüßtest es. Ich dachte, das hättest du dir gestern zusammengereimt, als ich . . . ach, zum Teufel damit, ist ja auch egal. Ich bin in Gefahr, weil ich angeblich etwas weiß, und der Teufel soll mich holen, wenn ich mich erinnern kann, was ich da angeblich wissen soll. Das ist doch wie bei einem chinesischen Puzzle, nicht wahr, Dahling, du bist noch nicht so alt, daß du mich in einem meiner Paramount-Fiaskos gesehen hättest, *The Cheat*, wo ich die Geliebte eines chinesischen Sadisten spielte, der mich mit einem glühenden Eisen brandmarkt, und das war Sessue Hayakawa, ein Japaner, typisch Hollywood, und er und seine Frau waren so süß, ich hoffe, sie haben Hiroshima überlebt, obwohl, weiß der Himmel, was sie in Hiroshima zu suchen gehabt hätten, und Dottie, ach Gott, ich muß ja Dottie anrufen, sei so lieb, Lewis, und sag dem Telefonfräulein, sie soll Dottie in ihrem Hotel anklingeln, sie kennt die Nummer, sie hat sie oft genug gewählt, wann ist denn die Durchlaufprobe vor der Aufnahme, und mein Gott, dieses Duett mit der Merman werd ich nie überstehen . . .«

Drei Stunden später, als Tallulah zur Probe und Durchlaufprobe im Studio war, gab der Mord an Barry Wren vom Atlantik bis zum Pazifik den Aufmacher für die Nachrichten ab. Im Golden Cinema Memorabilia Shop hörte Joseph Coller die Nachrichten im Radio, als er gerade einem Kunden half, den Ordner Marjorie Weaver zu finden, und ihm wurde schwindelig. Er überlegte, ob ihn am Vorabend jemand bei Barry Wrens Haus gesehen hatte. Der Nachrichtensprecher sagte nicht, wann Wren ermordet worden war, nur daß er in der vergangenen Nacht ermordet wurde. Vielleicht würde sich jemand an ihn erinnern, der gestern abend in dem Fifth Avenue Bus gewesen war. Eine Teilzeitangestellte, eine junge Frau namens Lorena Duncan, die an der New York University Abendkurse in Filmographie besuchte und zwanzig Jahre später ein großes Hollywood-Studio leiten sollte, fragte, ob er krank sei.

»Was? Was? Sehe ich krank aus?«

»Sie sind leichenblaß geworden.«

»Ich hab gestern nacht nicht viel geschlafen. Ich arbeite an einem neuen Stück.« Er erzählte ihr von dem Auftrag von der Bankhead, und sie freute sich über seine guten Neuigkeiten und gratulierte ihm.

»Hören Sie, Joe, es ist gerade nicht viel los. Gehen Sie doch nach hinten, und legen Sie sich ein Weilchen auf das Klappbett.«

»Nein, nein, es ist nichts. Es ist nichts.« Er starrte auf ein großformatiges Hochglanzfoto von Henry Armetta, von dem er nicht wußte, wieso er es in der Hand hielt. Mir geht's blendend. Gestern abend hab ich im stillen prophezeit, daß Barry Wren das nächste Mordopfer ist. Mir geht's blendend.

Gabriel Darnoff hatte einen ganz und gar entsetzlichen Tag. Er wußte nicht, was schlimmer war, das einhellige Urteil der Zeitungskritiker, sein neues Stück sei absolut grauenvoll, oder die Nachricht von Barry Wrens Ermordung. So früh am Nachmittag, noch im Bademantel, noch unrasiert und ungebadet, wurde er, während er seine siebte Tasse ungesüßten Kaffee trank, in einem Ohrensessel saß und einen Zigarillo paffte, von der Erinnerung heimgesucht, daß er am Vorabend bei Barry Wrens Haus gewesen war. Er hatte das Theater verlassen, als der Vorhang hochging, und war erst zurückgekommen, als er eben wieder fallen sollte. Würde ihm jemand abnehmen, daß er in diesen drei Stunden einfach nur spazierengegangen war? Natürlich nicht. Ach Paps, mußtest du denn Selbstmord begehen? Deinetwegen steh ich jetzt unter Mordverdacht. Mordverdacht.

Er wanderte durchs Zimmer. Mordverdacht. Durch Umstände, auf die er keinen Einfluß hat, steht ein Mann plötzlich unter Mordverdacht, und zudem weist alles darauf hin, daß er der Täter war. Hallo, das ist gar keine schlechte Idee. Moment mal. Vielleicht sollte es eine Frau sein. Womöglich genau das Richtige für Tallulah. Wen stört's, daß sie etwas in die Jahre kommt, sie ist immer noch ein Zugpferd und könnte dringend einen Erfolg gebrauchen. Alle könnten dringend einen Erfolg gebrauchen. Gabriel Darnoff könnte einen Erfolg gebrauchen ...

Seine Mutter war am Telefon. »Alle Kritiker sollen dreimal verflucht sein! Sie sollten wie die Zwiebeln mit dem Kopf in der Erde wachsen. Aber wenigstens gibt es immer einen Silberstreif am Horizont, mein Herzblatt. Barry Wren ist ermordet worden! So ein Massel! Jetzt wird dein Vater bestimmt im Himmel tanzen!«

Gabriel lächelte. »Mama, ich hoffe um deinetwillen, daß es ein Leben nach dem Tode gibt, damit du wieder mit Paps zusammen sein kannst.«

»Gabriel Darling, wenn es ein Leben nach dem Tode gibt, dann hat er wieder geheiratet.«

Mitchell Zang schleuderte eine Vase, und sie zerschellte an einer Wand und zersprang in gefährlich wirkende Stücke. Was soll das für ein Leben sein? Wie lange soll das noch so weitergehen? Nebenrollen, Statistenpartys, Absage auf Absage, keine Freunde, keine Frau, die mir die Rechnungen zahlt, und jetzt muß diese Wanze Wren sich noch ermorden lassen. Ich möcht wissen, ob er ermordet wurde, als sie mich da auf dem Revier festgehalten haben, oder als ich bei Nanette war – diese verdammte Hure; mit der bin ich noch nicht fertig. Noch lange nicht. Mein Gott, wie mich diese Bullen gepackt und mir die Arme auf dem Rücken verdreht haben, ich könnte für den Rest des Lebens ein Krüppel sein. Ich hätte ihr die Nase einschlagen sollen. Ich hätte auf ihr rumtrampeln und ihr die Rippen brechen sollen. Verdammt! Warum hab ich nicht die Büste von Abner Walsh zertrümmert, die sie in Arbeit hat, das wäre ihr recht geschehen. Er streifte suchend durch das Zimmer, auf der Suche nach etwas, das er noch versetzen könnte. Bei der Pfandleihe am Broadway war ein ganzes Fenster mit versetzbaren Sachen von Nance Liston vollgestopft; da konnte unmöglich noch etwas in der Wohnung sein. Vielleicht konnte er die Möbel verkaufen, aber das würde ihm womöglich eine Menge Ärger einbringen, den er gar nicht brauchen konnte. Vielleicht ...

Vielleicht gab es ja doch einen Weg, Tallulah Bankhead für sich zu interessieren. Er hatte gehört, daß sie auf jüngere Männer stand. Sie hatte Geld. Sie lud immer alle ein. Nance hatte ihm erzählt, daß sie ständig Freunden Geld gab. Vielleicht ruf ich sie mal an, dachte er, ich sag ihr, Nance hätte ihr etwas zugedacht, und ob ich es vorbeibringen könnte, und dann trinken wir vielleicht was zusammen, und dann essen wir vielleicht zusammen, und später dann ein kleines Trallala, nach dem sie kaum wieder zu sich kommt, so sensationell bin ich, und dann ... Er hielt inne. Ob sich wohl jemand traut, Tallulah Bankhead eins überzubraten?

Das Telefon unterbrach seine Phantasien. Es war George Baxt, der Agent.

Baxt hatte den Abscheu in seiner Stimme noch nie sehr gut überspielen können, daher machte er es kurz. »Marion Dougherty hat eine kleine Rolle in der Kraft-Fernsehshow nächsten

Mittwoch, einen Hafenarbeiter – ob du es glaubst oder nicht, es sind mehr als fünf Zeilen Text, zweihundertfünfundzwanzig. Sie brauchen dich nur an den zwei Tagen vor der Sendung. Bist du da frei?« Ob er frei ist? Das Biest sollte im Bronx Zoo oder in einem Glas in einem Labor ausgestellt sein.

Zangs Herz jauchzte. Rettung nahte. Er schmeichelte Baxt einen Vorschuß von fünfzig Dollar ab. Er würde in einer Stunde bei ihm im Büro sein und ihn abholen.

»Wissen Sie, was ich Mitchell Zang gern besorgen würde?« Baxt sagte es seiner Sekretärin. »Ein verseuchtes Strichmädchen.«

David Carney betrachtete sich im Spiegel in seinem Schlafzimmer. Es lag Stolz in seiner Stimme, als er zu seinem Spiegelbild sagte: »Du bist ein As, Kleiner! Du bist ganz oben, bei den Besten! Barry Wren! Also, der ist nun *wirklich* ein großer Fisch. Oh, Lester Miroff und Oliver Sholom sind auch nicht zu verachten, sie waren nicht so berühmt, aber trotzdem ... du solltest nicht so bescheiden sein, Davey.«

»Du solltest nicht so bescheiden sein«, hatte Elsa Carney zu ihm gesagt, als er seine erste Short story verkaufte. »Das ist doch das A und O, nicht wahr, wenn man Talent hat? Erfolg, Geld, Verehrung ...«

Schöne Reden, hatte er damals gedacht, für eine Linke, die eine Philosophie der Güterteilung vertrat. Na, sie und Isaac hatten sich ganz bestimmt ihren Teil von seinen Gütern genommen. Ach, zum Teufel mit ihnen. Ständig sitzen sie mir im Nacken. Sie sind so verdammt penetrant. Warum haben sie, als ich klein war, nichts gegen meine furchtbare Akne getan, die mir diese häßlichen Pockennarben eingebracht hat? Warum hab ich die kosmetische Operation nicht bekommen, von der sie ständig geredet haben? Zum Teufel mit ihnen. Zum Teufel mit allen Leuten.

Laut an sein Spiegelbild gewandt, fragte er, während er sich in gieriger Erwartung die Hände rieb: »Also, wen bringe ich als nächsten um?«

DREIZEHN

Armbruster Pershing war kein Feld-Wald-und-Wiesen-Anwalt der Bühnenwelt. Zwar vertrat er einen guten Teil der großen Tiere des Showbusiness, doch hielt er sich selbst im Hintergrund, soweit die Berühmtheit das zuließ. Die Rettung Ted Valudnis vor der drohenden vorzeitigen Beendigung seiner Karriere war eine Sache von einem Anruf in Washington, D. C., mit anschließender Zustimmung zu einem Handel, der beide Seiten zufriedenstellte. Hier aber sah sich Armbruster Pershing einem verblüffenden Dilemma gegenüber. Wie, fragte ihn Ted Valudni, wie bringe ich einen Killer davon ab, mich als Zielscheibe zu benutzen? Wen soll ich um Schutz bitten? Am Nachmittag von Tallulahs Aufnahme rief er Pershing von der Wohnung an, aus der er sich zwei Tage lang nicht herausgetraut hatte. Die Angst hatte ihn gelähmt. Er kam nicht nur als Opfer in Frage, nach Jacob Singers Liste kam er auch als Täter in Frage. Seine abtrünnige Ehefrau Beth war ihm absolut keine Stütze. Um das Maß der Kränkung vollzumachen, hatte sie zwei Tage nach ihrem Auszug bereits Arbeit und machte einen Sketch mit Tallulah. Nach Jahren der Zurückgezogenheit geht sie auf und davon und setzt sich durch. Teufel auch, Beth hatte immer das Glück auf ihrer Seite. Es war ihr Glück, daß sie Ted geheiratet und an seinem Erfolg und seinem Reichtum und seiner Stellung teilgehabt hatte, statt diesen Romanautor zu heiraten, mit dem sie verlobt war, als Ted sie kennenlernte. Das war so ein Schriftsteller, der zärtliche kleine Geschichten schrieb über die Kinderzeit im Tiefen Süden, wo es eine wunderbare Mami gab, die ihn »mein Bubili« nannte, und einen Opapa, der mit ihm Fischli fangen ging (barfuß, natürlich), und einen Onkel Jizzum, der trank so was, das ganz arg brennt, und die Figuren hatten Namen wie Jenny Bess und Cora Belle und Bobby Jack, und natürlich war da ein Hund, der Yeller hieß. Der Schriftsteller hatte eine kleine, aber treue Anhängerschaft und war ein beliebter Posten im modernen Antiquariat, aber er machte nie Geld, um das man ihn beneidet hätte.

»Beth«, sagte Ted zu ihr, als er sie während einer Pause im Studio aufgespürt hatte, »wie kannst du nur zwanzig Ehejahre so aus dem Fenster schmeißen?«

»Das ist ganz leicht.«

»Was ist mit dir los?« schrie er. »Seit wann bist du so hartherzig? Mein Leben ist in Gefahr, und das rührt dich gar nicht?«

»Ist die Versicherung bezahlt?«

»Aha. Darauf läuft es also hinaus. Ich hätte mir nie träumen lassen, daß ich eines Tages niemand mehr habe, auf den ich mich verlassen kann.«

»Oder den du verpfeifen kannst.«

»Reicht es nicht, daß du mir einen tödlichen Dolchstoß versetzt hast, mußt du jetzt auch noch in der Wunde herumrühren?«

»Teddy, was sollen denn die Mätzchen? Meinst du, ich hätte von deinen ganzen Affären nichts gewußt?« Er starrte voller Abscheu auf das Telefon. Selbst das Telefon war gegen ihn. »Meinst du, ich wüßte nichts von den geheimen Konten in Martinique und Montenegro?« Sie sah Tallulah in ein Gespräch mit Lewis Drefuss vertieft und fragte sich, was da wohl los war. Jetzt hatte Tallulah wieder einmal einen Hustenanfall par excellence. Ethel Merman probte aus vollem Halse; ihr Klavierbegleiter hatte Ohrenschützer und ein engelsgleiches Lächeln aufgesetzt. Beth sagte in den Hörer hinein: »Seitdem du in Hollywood groß herausgekommen bist, war unsere Ehe jahrelang ein einseitiges Geheimnis, über das du verfügt hast. Teddy, Darling, ich bin keine Marionette mehr. Ich war bei meinem Anwalt, und der wird sich mit Pershing in Verbindung setzen. Und, Ted« – diesen Tonfall kannte er, und der war gefährlich: da konnte er bitten und betteln, wie er wollte, es gab keine Hoffnung, sie zu beschwichtigen –, »sei ja nicht knickerig.«

Nachdem sie aufgelegt hatte, ging sie den Becher Kaffee suchen, den sie auf irgendeinem Arbeitstisch abgestellt hatte. Tallulah zündete sich beim Husten eine Craven A an und winkte Beth zu sich herüber. »Wer war da am Telefon? Du siehst aus, als hätte man dich zu einer Beerdigung eingeladen.«

»Das war Ted.«

»Das sagt alles, Dahling.«

»Vermutlich sollte er mir leid tun. Er hat Angst.«

»Aus gutem Grund, Dahling. Ich staune, daß er noch unter den Lebenden weilt, so wie die Sterblichkeitsrate bei seinesgleichen hochgeht. Womöglich hat er wieder mal Glück, und dem Mörder wird das ganze Treiben allmählich langweilig. Vielleicht haben wir da nur den plötzlichen Ausbruch einer Schilddrüsenüberfunktion miterlebt. Dabei fällt mir ein, wo ist eigentlich mein Wachhund? Ach, da ist er ja, Dahling, ist das nicht ein attraktiver Mann, da drüben beim Trinkwasserspeicher, der Große, der gerade gähnt.«

Beth fand Adam Todd auch attraktiv. Dann traf sie Tallulahs nächste Frage völlig unvorbereitet.

»Beth, ganz unter uns Pfarrerstöchtern, du kennst Ted doch am allerbesten. Könnte er dieser Mörder sein?«

»Aber, Tallulah, er hat die Wohnung in eine Festung verwandelt. Seit diese Morde angefangen haben, hat er sie nicht mehr verlassen.«

»Woher weißt du das?«

»Er hat es mir erzählt.«

»Er könnte dir alles mögliche erzählen. Nimmst du ihm das immer ab?«

»Glaub mir, Tallulah, Ted hat Angst. Er war nie ein guter Schauspieler.«

»Ich kenne eine Menge Schauspieler, die nie sehr gut waren, und dann legen sie auf einmal aus heiterem Himmel eine Meisterleistung hin. Na ja, Jacob Singer sagt, das Hauspersonal hat ihn in den letzten achtundvierzig Stunden nicht kommen und gehen sehen. Er könnte natürlich wissen, wie man rein und raus kommt, ohne sich erwischen zu lassen.«

»Wieso bist du so sicher, daß der Mörder ein Mann ist?«

Die Merman machte ihre Stimmübungen, und sie hörten ein Glas zerspringen.

»Dahling, das hätte eine sehr starke Frau sein müssen, die Barry Wren unter Wasser hält und Oliver Sholom den Kopf zu Brei schlägt. Ich kenne niemand, der für diese Rolle in Frage käme, du vielleicht?«

»Hope Emerson.«

»Ach Gott, Dahling, du bist einfach göttlich! Ha-ha-ha! Hope Emerson! War sie nicht göttlich als Wärterin in *Frauengefängnis*? Dieser phantastische Moment, wenn sie ihren Freund anruft und verführerisch sagt« – hier machte sie die Stimme der Emerson hinreißend nach – »›Hallooooo, Thornnnntonnn . . .« Sie fuhr sich mit den Fingern durch die dicke Haarmähne. »O Gott, wann nehmen wir endlich diese verfluchte Show auf? Lewis, sollen deine Zeichen mir gelten?«

»Mrs. Parker ist am Apparat.«

»Entschuldige mich, Beth.« Sie ging zu Lewis und nahm den Hörer. »Dottie, Dahling, erzähl mir nicht, daß du gerade erst aufstehst.«

»Tallulah, meine Liebe, ich hab nachgedacht, und ich meine, du solltest mal was gegen deinen Alkoholkonsum unternehmen.«

Armbruster Pershing nahm den vierten Telefonanruf des Tages von Ted Valudni entgegen. Er hörte sich den aufgelösten Mann an und riet ihm dann: »Sie können die Stadt nicht verlassen, Ted. Nicht ohne polizeiliche Genehmigung.«

»Ach, scheiß doch auf die Polizei!« Valudni war berühmt für seine Bösartigkeit und seine zügellosen Wutausbrüche, und jetzt war er auf Hochtouren. »Die können mich nicht zwingen, hier zu bleiben! Die haben nichts gegen mich in der Hand! Ich muß nach Hollywood zu Besprechungen . . .«

»Das ist noch einen Monat hin.«

»Dann fahr ich eben etwas früher! Ich muß doch schließlich eine Wohnung finden, oder?«

»Abhauen könnte als Schuldbekenntnis ausgelegt werden.«

»Auf welcher Seite stehen Sie eigentlich?«

Pershing war die Geduld in Person. »Sie bezahlen mich, damit ich Sie berate, und jetzt berate ich Sie. Verlassen Sie die Stadt nicht. Denken Sie nicht mal im Traum daran. Ich könnte so gegen halb sieben auf einen Drink vorbeikommen, wenn Ihnen das recht ist? Ich bespreche so etwas lieber von Angesicht zu Angesicht.«

Ted schmollte. »Na gut, das wäre nett. Macht es Ihnen etwas aus, wenn Sie vorher bei Gristede vorbeischauen und mir ein paar Lammkoteletts mitbringen, eine Packung Milch, eine Pakkung Orangensaft, ein Roggenbrot, ein paar Dosen weißen Bumble-Bee-Thunfisch und eine Schachtel Ebingers Vollkornkrapfen mit Schokoladenglasur . . .«

Pershing hörte sich das an und sah dabei zum Fenster hinaus, die Backen aufgeblasen und mit wackelndem Kopf, nicht weil er den Schlagfluß hatte, sondern vor Ungläubigkeit. Warum, fragte er sich, warum hatte er nicht auf seinen Vater gehört und war in die Viehzucht gegangen?

In seinem Büro auf dem Revier las Jacob Singer noch einmal den Autopsiebericht über Barry Wren. Der Mörder hätte warten sollen, bis das Schicksal ihm die Arbeit abnahm. Wren hatte Dickdarmkrebs im fortgeschrittenen Stadium. Dem Leichenbeschauer zufolge hätte er bestenfalls noch eine Lebenserwartung von einem Jahr gehabt, plus minus einen Monat, also entging ihm eigentlich nicht viel dadurch, daß er letzte Nacht ermordet wurde. Oliver Delaney war beauftragt worden, die üblichen Verdächtigen zusammenzutrommeln, und als erster wurde Gabriel Darnoff gemeldet. Singer wußte, daß sein Stück ein Flop war, nachdem Dorothy Parker ihm genüßlich die Besprechung in der *New York Times* vorgelesen hatte: »Seine früheren Stücke waren aus einer funkelnden Feder geflossen. Was uns gestern abend geboten wurde, kann nur das Werk eines schlappen Spaghettifadens sein.«

»Ich hab kein Alibi«, sagte Darnoff freimütig und unumwunden und handelte sich damit Singers Bewunderung ein.

»In meinen Augen, Mr. Darnoff, gewinnen Sie dadurch nur. Kein langes Getue und Gewese, keine Blicke zum Fliegendreck an der Decke, keine Feindseligkeit – nicht mal Ihren Anwalt haben Sie mitgebracht.«

»Er ist ein Langweiler.«

»Sie waren gestern abend nicht im Theater?«

»Nein. Bin ich nicht ein Glückspilz?«

»Dem Publikum ging es anders.«

»Das ist ein Punkt für Sie.«

»Dorothy Parker hat mir die Besprechungen vorgelesen.«

»Mir auch.«

Singer lächelte. »Und was wollen Sie mir jetzt erzählen?»

»Ich hab das Theater verlassen, als der Vorhang hochging, und ich kam zurück, als der Vorhang fiel, und dazwischen bin ich meilen- und meilen- und meilenweit gelaufen. Ich bin quer durch New York City gewandert. Ich bin in keine Bar gegangen, um was zu trinken, ich hab auf keiner Parkbank gesessen, und irgendwann war ich in der Nähe von Barry Wrens Haus, aber ich kann mich nicht erinnern, ihn ermordet zu haben. Jedenfalls hab ich gelesen, wie er umgebracht wurde, und wenn ich das getan hätte, wäre ich vom Badewasser naß gewesen bis auf die Haut, das kann ich Ihnen versichern, ich bin nämlich ein sehr schlampiger Mensch, und meine Kleider wären sehr feucht gewesen, als ich ins Theater zurückkam.«

»Der Mörder hätte seine Kleider vor dem Mord ausziehen und sie dann wieder anziehen können, nachdem die Sache erledigt war.«

»Mein Gott, ich wünschte, ich hätte ein Alibi.«

»Ich auch. Ich finde, Dramatiker sollten nicht noch morden. Sie haben auch so schon genug Zores am Hals.«

»Sie kennen meine Mutter.«

»Wie nimmt sie es denn?«

»Der Selbstmord von Paps war ein Schlag für sie, aber sie stammt aus einer robusten Bauernfamilie. Sie wird wieder heiraten.«

»Sie standen Ihrem Vater sehr nahe.«

»Ich habe ihn vergöttert.«

»Er war ein brillanter Schauspieler. Seinen *Lear* werde ich nie vergessen.«

»Darum hab ich ihn nicht vergöttert.« Singer sah den Dramatiker an und merkte, daß er mit den Tränen kämpfte. Singer ließ ihm Zeit. »Es ist komisch, Mr. Singer, ich kann Gefühle zu Papier bringen, aber wenn ich sie aussprechen soll, habe ich Hemmungen. Ich kann nicht erklären, was ich für meinen Vater empfunden habe. Ich kann nur sagen, daß er mir nie seine Hilfe versagt hat, daß er mich nie klein beigeben ließ, daß er mir beigebracht hat, freundlich zu sein gegenüber meinen Mitmenschen wie auch gegenüber miserablen Schauspielern, die man aus der Stadt herauskatapultieren muß. Er hat mir beigebracht, nicht mit Stöcken nach Hunden zu werfen, und weniger glückliche Kreaturen wie etwa Theaterkritiker und Leute, die ihre Freunde denunzieren, um die eigene Haut zu retten, mit einem philosophischen ›Es hätte auch mich treffen können‹ zu betrachten. Er hat mich nie in Selbstmitleid schwelgen lassen, und auf seinem Grabstein sollte stehen ›Hoffentlich bin ich nicht zu früh dran.‹« Er lehnte sich auf seinem Stuhl zurück und zündete sich mit einem Streichholz ein Zigarillo an. »Ich werde den Räubern nie verzeihen, die ihn mir gestohlen haben. Das wäre dann alles, was ich Ihnen zu sagen habe. Ich hätte das auch am Telefon erledigen können.«

»Ich finde mehr heraus, wenn ich Sie beim Sprechen anschaue. Sagen Sie, Mr. Darnoff, waren Sie je Schauspieler?«

Fünf Minuten später wurde Gabriel Darnoff von Joseph Coller abgelöst, der ständig die Finger ineinander und dann wieder auseinanderflocht. Singer sagte zu ihm: »Da haben gestern abend eine Menge Leute lange Spaziergänge gemacht.«

»Ich hab keine Ursache, Sie anzulügen, Mr. Singer. Genau das habe ich getan. Ich mußte über eine Menge nachdenken, und ich kann am besten nachdenken, wenn ich auf den Beinen bin. Sehen Sie, eine sehr nette Dame hat mir gestern etwas Hoffnung gegeben.« Er erzählte ihm von Tallulahs Auftrag, ein Stück zu schreiben.

Singer sagte: »Das war eine sehr nette Tat einer sehr netten Dame. Im Grunde schlägt das dem Ausschuß direkt ins Gesicht. Sie wissen wahrscheinlich, daß die ihr was anhängen wollen.«

»Das weiß jeder.« Er lachte.

»Sie heuert also einen Autor von der schwarzen Liste an, damit der ihr ein Stück schreibt. Haben Sie schon eine Idee?«

»Ja, Gott sei Dank. Fragen Sie mich bitte nicht, was. Ich glaube, es bringt Unglück, wenn man über eine laufende Arbeit spricht.«

»Es ist auch ein Unglück, wenn man in der Badewanne ermordet wird. Ich nehme nicht an, daß Sie irgendwann in der Nähe von Wrens Stadthaus waren.«

»Leider doch.«

»Wann ungefähr?«

»Ich weiß nicht. Leider sind wir hier nicht in London. Da hätte ich vielleicht Big Ben schlagen hören.«

Singer hoffte, daß er für Tallulah bessere Witze schreiben würde.

»Ich hab den Fifth Avenue Bus nach Hause genommen, wenn Ihnen das eine Hilfe ist.«

»Die Hilfe brauchen Sie, Mr. Coller. Vermutlich können Sie sich auch nicht erinnern, wann das war.«

»Na ja, es war schon ziemlich spät.«

»Schon ziemlich wie spät?«

»Etwa nach zehn vielleicht.«

»Wissen Sie noch, welche Buslinie Sie genommen haben?«

»Ich wohne im Village, also muß es wohl eine der beiden gewesen sein, die zur Achten Straße runterfahren.«

»Meinen Sie, daß sich vielleicht jemand daran erinnert, Sie in dem Bus gesehen zu haben?«

»Das bezweifle ich. Ich führe mich in der Öffentlichkeit immer gut auf.«

Joseph Coller machte freudig David Carney Platz. »Waren Sie brav, David?« fragte Singer und sah zu, wie Carney dasaß und sich mit den Handflächen die Schenkel auf und ab rieb.

»Brav wie immer. Ein Mord hier, ein Mord da.«

»Wen haben Sie gestern nacht ermordet?«

»Das muß ich Ihnen doch nicht sagen, das wissen Sie doch. Ich hab Barry Wren umgebracht.«

»Wie haben Sie ihn umgebracht?«

»Das steht in der Zeitung. Lesen Sie keine Zeitung? Da war ein sehr hübsches Bild von Ihnen im *Mirror*. Sie sehen aus wie John Wayne. Wer war denn die große schwarze Lady da bei Ihnen?

»Meine Mätresse. David, ich würde gern von Ihnen hören, wie Sie Barry Wren ermordet haben.«

»Sind Sie sicher, daß Sie das nicht anödet?«

»Kein bißchen. Ich hab auch Grieg gehört und es überlebt.«

»Nie wieder Grieg!«

»Wir sind hier auf einem Polizeirevier, David, nicht in der New School for Social Research. Erzählen Sie mir, wie Sie Barry Wren ermordet haben.«

Carney kam langsam in Erregung. »Ich hab ihn ertränkt, verdammt noch mal.«

»Wie haben Sie ihn ertränkt?«

»Mit den Händen, wie sonst?«

»Sie brauchen nicht zu schreien.«

»Sie brauchen nicht so vernagelt zu sein!«

Singer hob die Hände. »Freundschaft, David, Freundschaft.«

»Allerdings. Freundschaft, oder es setzt was.«

»Sie dürfen mir nicht drohen, David.«

»Ich drohe nicht, ich handle.«

Volltreffer, dachte Singer. Er droht nicht, er handelt. »Dann waren das nicht Sie mit diesen Drohanrufen für Lester Miroff und Miss Bankhead?«

»Die! Der würde ich am liebsten den Hals umdrehen. Die würde ich am liebsten an einen Pfahl binden und mit Pfeilen durchbohren! Das ist eine gemeine, miese, widerliche Lügnerin.« Er musterte einen Fingernagel. »Die ist eine tragische Figur. Sie hat Angst vor dem Alter. Darum will sie mein Stück nicht machen, das sie ganz bestimmt nie gelesen hat. Eine alte Schauspielerin macht nicht gern ein Stück über eine alte Schauspielerin.«

»Warum schreiben Sie dann eins?«

Carney richtete sich hochmütig auf. »Ein Künstler muß dem Diktat seiner Muse folgen. Und ich schreib sowieso keine Stücke mehr.«

»Was machen Sie dann?«

»Ich bringe Leute um, Sie Blödmann, kapieren Sie denn *überhaupt* nichts?

»Keine Beleidigungen, David.«

»Sehen Sie sich nur vor, Mister. Sie wollen doch nicht auf meine Liste kommen.«

»Wer steht denn als nächster auf Ihrer Liste, David?«

Die Hände in die Hüften gestemmt, sagte er: »Das werde ich schön für mich behalten!«

»Bitte-bitte?«

»Sie können mich mal mit Ihrem Bitte-bitte!«

Als Carney weg war, kam Oscar Delaney, der das Ganze mitgehört hatte, mit einem nicht zu beschreibenden Ausdruck im Gesicht in das Büro und fragte Singer: »Läßt du diesen Bekloppten etwa laufen? Du willst ihn nicht in eine Zwangsjacke stecken und in Bellevue in eine Zelle werfen und praktischerweise den Schlüssel verlieren?«

Singer saß mit dem Kopf in den Händen da, erschöpft. »Oscar, es gibt keine legale Möglichkeit, ihn einzubuchten. Gestern hätten wir ihn festhalten können, als er im Zoo die Bankhead überfallen hat, aber er hat sie ja gar nicht angerührt. Es gab Augenzeugen. Und mach keinen Quatsch, ich bin zu müde, um darüber nachzudenken. Oscar?«

»Was ist?«

»Warum heißt du eigentlich Oscar?«

»Da war ein Schauspieler namens Oscar Apfel, den meine Mutter bewunderte, und . . .«

»Das reicht, Oscar. Wer wartet da noch?«

»Die Starattraktion von gestern abend tritt auf vielfachen Wunsch noch einmal auf. Ich wünschte, er würde sich eine neue Mütze kaufen.«

Mitchell Zang kam ins Zimmer geplatzt. »Mensch, ich hab was Tolles erfahren!«

»Ich wünschte, ich auch«, sagte Singer.

»Ich spiele in ein paar Wochen die Hauptrolle in einer Kraft-Fernsehshow. Ein Wahnsinnsstück. Und die Nebenrollen sind großartig besetzt. John Newland, John Baragrey, John Fiedler . . .«

»Das sind ja massenweise Johns.«

». . . und Reba Tassell.«

»Das fällt jetzt aber stark ab. Okay, Zang, Sie wissen, warum Sie hier sind. Wo waren Sie gestern abend?«

»Na hier! Sie haben mich selbst gesehen!«

»Das war in den frühen Morgenstunden. Wo waren Sie, bevor Sie Mrs. Walsh mit den Fäusten bearbeitet haben?«

»Wann ungefähr?«

»Ungefähr dann, als Barry Wren die Schönheit im Bade spielte.«

»Wann war das denn?«

Mitchell Zang war großgewachsen und gut und gerne zwanzig Jahre jünger als Singer, aber der Detective wußte, er hätte den Scheißkerl mit einem gutgezielten Schlag im rechten Augenblick zu Boden strecken können. Er widerstand der Versuchung, gab sich aber das Versprechen, eines Tages, und zwar sehr bald, würde er einen Grund finden, sich von Mitchell Zang provozieren zu lassen.

»Das war irgendwann zwischen neun und zehn.«

»Da hab ich in der Circus Bar was getrunken.«

Zu schnell, dachte Singer. Er sagte: »Das ist so eine Schauspielerkneipe in der Fünfundvierzigsten West, stimmt's?«

»Ungefähr Höhe Achte, vor dem Imperial Theater.«

Und die Renaissance liegt weit zurück. »Zeugen?«

»Tja, mein Gott, ich weiß nicht. Es war so voll da.«

Jacob fixierte ihn mit einem vernichtenden Blick. »Mitchell, in der Circus Bar ist vor elf überhaupt nichts los, bevor die Schauspieler mit Engagement und fußkranke Zigeuner, die sich ein Bier leisten können, da eintrudeln. Also kommen Sie mir nicht mit diesem Blödsinn. Seien Sie ehrlich, dann glaube ich Ihnen auch, daß Sie in einer Fernsehshow die Hauptrolle spielen.«

Das Interview dauerte noch eine weitere Viertelstunde. Zang mochte ein Idiot sein, aber in doppeldeutigem Gerede war er ein Genie. Das Ganze lief darauf hinaus, daß er kein Alibi hatte. Singer drohte ihm die Deportation an.

»Aber ich bin Bürger dieses Landes!« protestierte Zang.

»Ich find schon ein Schlupfloch.«

Zang ging, ein geistiges Wrack. Herein kam Ted Valudni mit Armbruster Pershing. Oscar Delaney mußte noch einen Stuhl bringen. Als die beiden Platz genommen hatten, dachte er, falls Singer noch einen vierten in das Büro quetschen wollte, würde er Vaseline brauchen. Valudni trug einen Trilbyhut und um den Hals einen langen, wehenden Schal, der seine untere Gesichtshälfte zum Teil verdeckte.

»Endlich lernen wir uns kennen, Mr. Valudni«, sagte Singer. »Ich hoffe, Sie haben die Erkältung überwunden, die Sie die letzten beiden Male geltend machten, als man Sie um Ihr Erscheinen bat.«

»Ich lasse mich nicht schikanieren! Gewaltmaßnahmen der Polizei nehme ich nicht hin! Sie wissen, daß ich mich in Lebensgefahr begebe, indem ich hier erscheine! Das ist mein Anwalt, Armbruster Pershing. Sagen Sie es ihm, Armbruster!«

»Was soll ich ihm sagen?«

»Wofür bezahle ich Sie denn!«

»Meine Herren«, sagte Singer, »Frieden. Sie waren bei Mr. Valudni, Mr. Pershing, als ich den Beamten schickte, um ihn zu holen?«

»Ja, war das nicht praktisch?«

Singer staunte, daß er ein so ehrliches Gesicht hatte; das war bei Juristen eine Rarität.

»Warum bekomme ich keinen Polizeischutz?«

Singer verabscheute Valudni. Er haßte sich sogar selbst, weil er ein paar Filme von Valudni gemocht hatte. Schlimmer noch, er haßte sich, daß er bezahlt hatte, um sie zu sehen.

»Mr. Valudni«, sagte Singer mit übertriebener Geduld, »wenn jeder in dieser Stadt, der glaubt, er brauche Polizeischutz, auch Polizeischutz bekäme, wäre die Stadt pleite, noch ehe die Woche um ist. Ich weiß es zu schätzen, daß Sie so tapfer waren, hierherzukommen. Wo waren Sie gestern abend zwischen neun und zehn?«

»Ich war zu Hause und habe mich vor Angst gewunden.«

»Warum? Haben Sie eine Maus gesehen?«

»Drei meiner Freunde sind ermordet worden . . .«

»Woher wußten Sie denn von dem dritten?«

»Wußte ich ja gar nicht! Na, Sie wissen doch, was ich meine!«

»Nein, aber sagen Sie's mir.«

»Na, diese Morde haben mich völlig kopflos gemacht. Ich bin kein tapferer Mensch, das kann ich mir nicht leisten.«

»Ich weiß. Ich habe Ihre Aussage gelesen.«

Jetzt saß Valudni da wie ein Häufchen Elend. Pershing sagte zu Singer: »Mein Klient fühlt sich bedroht, und ich bin sicher, Sie verstehen das. Diese Morde folgen einem Schema, in das er hineinpassen würde, und daher hat er Angst, aus dem Haus zu gehen.«

»In der Öffentlichkeit wäre er sicherer. Barry Wren hatte Schlösser und Riegel, und das hat ihm ja auch prächtig genützt. Mr. Valudni, haben Sie einen Hintereingang?«

»Natürlich habe ich einen Hintereingang, für Lieferanten, für Leute, die man vorne nicht reinlassen würde.«

»Und Sie waren Kommunist?«

»Das ist Schikane! Armbruster, muß ich mir das gefallen lassen?«

Pershing sagte: »Sagen Sie dem Mann, was Sie getan haben, und dann wird er Sie wohl nach Hause gehen lassen.«

»Wieso reitet er auf Sachen wie meiner Hintertür herum?«

»Ich sitze direkt vor Ihnen, Valudni, Sie müssen nicht ständig in der dritten Person von mir reden! Sie sind hier nicht bei der Fox im Außenatelier und geben Marlon Brando Anweisungen!«

Valudni fragte sanft: »Was ist mit meiner Hintertür?«

»Man kann sie leicht aufbrechen und dann bei Ihnen eindringen, und Sie könnten im Wohnzimmer ermordet werden, und so wie Sie sich verbarrikadiert haben, würde keiner merken, daß Sie tot sind, bis irgendein Nachbar den Verwesungsgestank riecht. War gestern abend jemand bei Ihnen?«

»Nein, ich war alleine. Aber ich habe die Wohnung keinen Moment verlassen. Das kann ich beweisen! Fragen Sie den Nachtdienst! Den Portier.«

»Wie viele Portiers haben Sie?«

»Wie viele brauchen wir denn? Es gibt nur eine Tür.«

»Also gibt es nur einen Portier. Hat der hinten auch Augen?«

»Ich hab ihn mir noch nie von hinten angeschaut.«

»Er müßte hinten Augen haben, wenn er sehen will, was so passiert, wenn er jemandem in ein Taxi oder aus einem Taxi heraushilft, nicht wahr? Dann könnte man an ihm vorbeischleichen, nicht wahr?«

»Bin ich aber nicht!«

»Was haben Sie denn gemacht?«

»Hab ich Ihnen doch schon gesagt. Ich bin zu Hause geblieben, völlig verängstigt. Also, ich hab mir allerdings einen Film angeschaut, den ich vor langer Zeit gemacht hab, als ich Schauspieler war, mit . . .«

»Ach, lassen Sie doch den Quatsch, Valudni. Sie hatten allen Grund, diese drei Burschen zu ermorden. Jeder einzelne davon hat Ihnen die Hölle heiß gemacht, sogar ich muß zugeben, daß das Notwehr ist. Also los, Valudni, gestehen Sie.« Pershing wollte lachen, traute sich aber nicht. »Wenn Sie gestehen, kann ich mit Tallulah Bankhead essen gehen, statt hier mit Ihnen zusammenzusein, was mir wahrlich nicht gefällt.«

Zu Pershing sagte er: »Nehmen Sie's mir nicht übel.«

»Schon gut.«

»So wünsch ich Ihnen denn gute Nacht, Gentlemen«, sagte er, wobei er Valudni wütend anfunkelte, »und ich gebrauche den Ausdruck Gentlemen mit Bedacht.«

Tallulah Bankhead studierte die Zahlen an Nanette Walshs Remise. Die Aufzeichnung ihrer Sonntagssendung war glatt gelaufen, was ein Segen war, und sie war früher als erwartet frei. Sie fand die Remise entzückend. Hier bildhauert also eine Bildhauerin und läßt sich auch von einem Teilzeitliebhaber ins Gesicht schlagen. *Jedem Tierchen* usw. Sie ging zur Tür und legte die Hand auf den Klopfer.

Hier bin ich, Dahling, Tallulah Bankhead, genau wie Cäsar im Begriff, den Rubikon zu überschreiten.

VIERZEHN

Von drinnen hörte sie den Nachhall des Klopfers, während bei ihr im Kopf ein ganz privates Grammophon die Quaalude in Cis-Dur spielte. Sie hatte den Tag über genügend Beruhigungspillen geschluckt, um ein ganzes Footballteam zu betäuben. Wieder machte sie sich über den Klopfer her. Nanette Walsh war es recht gewesen, daß sie um sechs kam, und es war sechs, und Tallulah war pünktlich, wofür man eine historische Plakette an dem Haus hätte anbringen müssen. Aus dem rechten Augenwinkel nahm sie eine feine Bewegung am Fenster wahr, und dann fiel eine Vorhangecke wieder herunter. Tallulah klopfte noch einmal. Komm schon, Dahling, laß die Effekthascherei, hier pocht nicht das Schicksal an die Tür, hier pocht Tallulah.

Die Tür ging auf. Die hübsche Frau mit den schlecht verborgenen blauen Flecken im Gesicht lächelte, ohne dabei den Mund aufzumachen.

»Tja, Tallulah, so sehen wir uns wieder.«

Tallulah stieß die Tür beiseite und fegte an Nanette vorbei in das eindrucksvoll überdimensionale Zimmer. »Kennen wir uns denn, Dahling? Du mußt mir verzeihen, ich hab ein Gedächtnis wie ein Sieb. Wann haben wir uns kennengelernt?«

Nanette machte die Tür zu und legte den Riegel vor. Riegel sind wohl jetzt groß in Mode, dachte Tallulah, das haben wir so ein paar Bekloppten zu verdanken. »Mit Abner auf ein paar Feten, das ist lange her.«

»Dahling, in meinem Leben ist heute morgen schon lange her.«

»Kann ich dir was zu trinken anbieten?«

»Keine Minute zu früh. Einen sehr trockenen Wodka Martini mit ganz viel Eis.«

»Zitronenschale? Olive? Zwiebeln?«

»Kein Obst und Gemüse, Dahling. Zuviel Säure drin.« Nanette ging an die Hausbar, und Tallulah unterzog das Zimmer einer mikroskopischen Musterung ihrer eigenen Marke Spezial. Die Einrichtung ihres Hauses in Bedford Village, das ein ehrgeiziger junger Mann ausgestattet hatte, der ihr zu Füßen lag, bezeichnete sie als frühes Akolyth. Den Stil von Nanettes Atelier würde sie als Bohème passé bezeichnen. Es war ein Greenwich Village Dekor von der Art, die Tallulah im Jahre 1920 bewundert hätte, als sie noch jung und leicht zu beeindrucken war. Von einer Galerie hingen Samtvorhänge herab, und es hätte nur noch gefehlt, daß Douglas Fairbanks d. Ä. daraus hervorstürzte, einen Säbel schwingend und seine Elfenbeinzähne blitzen lassend, während er mit tolldreister Unbekümmertheit lachte, eine freundlicherweise von seinem Film *Der schwarze Pirat* zur Verfügung gestellte Remineszenz. Die Motive der an der Wand verstreut hängenden Gemälde zeugten von vielerlei Qualen. Frauen vom Schlag einer Käthe Kollwitz und Kinder mit offenem Mund, vermutlich mitten im Geheul erwischt, und sie hatte den Verdacht, mindestens eins davon könnte ein authentisches Bild der Kollwitz sein, eine Hinterlassenschaft von Abner Walsh. Die Kollwitz wäre nach seinem Geschmack gewesen.

Es war sogar ein Flügel da, der Herr erbarme sich, und darüber war ein einigermaßen hübscher spanischer Schal geworfen. Auf dem Flügel standen mehrere signierte Fotografien von Freunden und berühmten Persönlichkeiten. Darunter waren George Gershwin, Igor Strawinsky, Max Ernst, Salvador Dalí, Jacob Epstein und Zelma O'Neil. Die Möbel waren groß und zu dick gepolstert und hätten mal gereinigt werden sollen. Eindrucksvoll fand Tallulah das großartige Dachfenster zwei Etagen höher, und mitten darunter stand Nanettes laufende Arbeit, die Büste von Abner Walsh. Die war wirklich gut, und Tallulah sagte das auch. Nanette dankte ihr mit angemessener Bescheidenheit, während sie ihr den Martini reichte. Tallulah nahm einen Schluck und machte Nanette noch ein Kompliment, woraufhin Nanette sich wiederum in aufgesetzt liebenswürdigem Ton bedankte, so daß Tallulah sich ins Gedächtnis rief, daß es von Liebenswürdigkeit zu Affektiertheit nur ein kleiner Schritt ist.

»Also, Tallulah«, sagte Nanette, indem sie sich auf eine Ottomane fallen ließ und die Beine übereinanderschlug, wobei sie ihre ansehnlichen Fesseln entblößte, auf die sie mit Recht stolz war, »schleichen wir nicht mehr um den heißen Brei herum, ja?«

»Aber sicher, Dahling.« Sie nahm auf dem Sofa Platz, den Martini in der Linken, die glühende Craven A in der Rechten. »Es ist so ausschweifend, lange Umschweife zu machen.«

»Du willst Informationen zu den Morden haben.«

»Dahling, du bist wirklich clever, so helle und hellsichtig.«

»Ich habe nichts damit zu tun.«

»Das hatte ich auch nicht angenommen, es sei denn indirekt.« Sie wies mit einer sanften Handbewegung auf Nanettes übel zugerichtetes Gesicht. »Ich vermute, das ist das Vermächtnis, das Mr. Zang dir hinterlassen hat. Dahling, du solltest lieber Max Factor Eight nehmen. Es wirkt Wunder bei blauen Flecken und Veilchen am Auge. Den Tip hab ich von Mayo Methoc.« Beiseite fügte sie erläuternd hinzu: »Bogarts vorletzter Frau.«

Nanette, die sich selbst keinen Drink eingeschenkt hatte, überlegte es sich anders. Sie ging an die Bar und mixte sich einen Whisky mit Ginger Ale, ein Gebräu von der Art, die bei Tallulah schon Ohnmachtsanfälle ausgelöst hatte, so widerlich fand sie das. »Die Polizei kann dir mehr über dieses Spitzelschwein Zang erzählen als ich.«

»Sei nicht so bescheiden, Dahling. Mich interessiert nur Leo Walsh.«

»Das hätte er sicher gern gehört. Er hat, außer bei seinen Eltern, nie bei einem Menschen großes Interesse ausgelöst.«

»Dann weißt du also, wo er sich aufhält?«

»Ich weiß, daß er in New York ist.«

Tallulah beugte sich vor. »Bist du sicher?«

»Willst du einen mit Blut bekräftigten Eid?«

»Nein, Dahling, es ist in letzter Zeit schon genug Blut vergossen worden. Wo finde ich Leo?«

»Ich hab keinen blassen Schimmer. Meine Verbundenheit mit

dem Namen Walsh hat mit Abner angefangen und mit Abner aufgehört. Ich habe seine erste Frau und den Jungen nie kennengelernt, weil ich das nicht wollte und nie gewollt habe, und nein, ich war nie neugierig auf sie. Als Abner sie meinetwegen verlassen hat, waren sie weit weg in Arizona, und das ist zwanzig Jahre her. Du weißt wohl, was es mit Arizona auf sich hatte.«

»Mehr oder weniger.«

»Das war, zugegeben, eine Horrorstory.«

Großer Gott, dachte Tallulah, ein Schimmer von Mitgefühl.

Nanette interpretierte Tallulahs Gesichtsausdruck richtig. »Ich bin kein kaltblütiger Mensch, Tallulah. Ich bin nicht die durchtriebene andere, die Martha ihren Abner weggenommen hat, während sie fort war, um ihren schwerverletzten Sohn zu pflegen. Du stellst dir doch bestimmt nicht vor, daß ich als Loreley auf einem Felsen sitze und mein wallendes blondes Haar kämme, während ich die Schiffer mit meinem Gesang ins Verderben locke.«

»Wohl kaum, Dahling, diese Rolle paßt besser zu Carol Channing.«

»Abner war der aktive Teil. Er ist mir nachgelaufen. Ich war jung, ich stand noch ganz am Anfang, ich hatte mein erstes Werk für fünfzig Dollar verkauft und hielt mich für eine Millionärin. Ich hab Abner bei einer Vernissage kennengelernt . . .«

»Verna wie, Dahling? Ich meine, ich kann mich vage an eine Filmschauspielerin namens Verna Hillie erinnern . . .«

»Eine Vernissage ist die Eröffnung einer Kunstausstellung. Sag mal, jetzt staune ich aber, Tallulah, du bist doch so eine Frau von Welt.«

»Nur von dieser Welt, Darling. Jetzt unterbrechen wir uns aber nicht mehr.«

»Abner war auf dem Weg nach oben. Er hatte Platten und eine Rundfunksendung und Angebote aus Hollywood, und seine Aufmerksamkeiten sind mir zu Kopf gestiegen. Ich hatte keine Ahnung von Martha und Leo, bis ich Abner so gründlich verfallen, so bis über beide Ohren in ihn verliebt war, daß mich das überhaupt nicht gejuckt hat, als er es mir schließlich erzählte. Ich wollte Abner, und ich hab ihn auch gekriegt.«

»Bravo, Dahling. Die Männer sind solche Narren, und wir Mädels halten sie liebend gern zum Narren, wie ich mir immer wieder sage. Hat Abner sich gleich von Martha scheiden lassen?«

»Nicht so schnell, wie ich es gern gehabt hätte. Er ist nach Arizona gefahren, um es Martha beizubringen, und als er den Jungen gesehen hat, den Körper in Gips, das Gesicht mit Verbänden umwickelt« – sie ging langsam auf den Flügel zu und lehnte sich in dramatischer Pose dagegen, was Tallulah an Helen Gahagan in *Tonight or Never* erinnerte –, »da hätte er die Scheidung beinahe abgeblasen.«

»Das höre ich gerne. Ich hätte nicht gern geglaubt, daß er ein totaler Scheißer war.«

»Du gehörst auch zu denen, die meinen, Abner hätte den Stand der Heiligkeit verdient. Ich will dir eins sagen, Tallulah, Abner hatte seinen Heiligenschein ziemlich verwegen aufgesetzt.«

»Ich weiß, Dahling, ich weiß. Er hat sie aber verlassen, das ist geschichtlich verbürgt.«

»Martha hat es ihm nicht leicht gemacht. Sie hat ihn mit Schuldgefühlen überhäuft und auch sonst alles benutzt, was sich als Waffe verwenden ließ.«

»Vor allem Leo.«

»Leo hat mich bis aufs Blut gehaßt. Haßt mich noch bis aufs Blut.«

»Bist du sicher? Er ist jetzt älter, vielleicht auch klüger . . .« Vielleicht auch ein mordgieriger Irrer, also sieh dich vor, Nanette.

»Du hast Martha doch gekannt, nicht wahr?«

»Sie hat ihren Abschiedsbrief mir persönlich zustellen lassen.«

»Mochtest du sie?«

»Wenn sie sich nicht über die Vergangenheit ausließ. Anderer Leute vergangene Zeiten langweilen mich. Nach der Scheidung habe ich sie nicht mehr oft gesehen. Sie ist anscheinend in Armut versunken.«

»Mit dieser Armut kannst du mich am Arsch lecken!« Tallulah meinte, sie hätte klugerweise auf einen weniger spektakulären Teil ihrer Anatomie Bezug nehmen sollen. »Abner hat ihr jeden Monat pünktlich auf die Minute einen Scheck geschickt, einen sehr großzügigen Betrag. Als sie von der Westküste zurückkam, hat sie dann ihre Aschenputtel-Nummer abgezogen und ist zur Begleitmusik von ›Heart and Flowers‹ in diese Souterrainwohnung da gezogen.«

»Leo ist mit ihr zurückgekommen?« Irgend etwas nagte an Tallulah, etwas, das mit dieser verborgenen Information zu tun hatte, die sie nicht aus ihrem Gedächtnisspeicher herausbekam.

»Nein, Leo ist nach Los Angeles gegangen. Das ist jetzt ungefähr zehn Jahre her. Er war zwanzig, hat Abner, glaub ich, gesagt, ich kann mir Daten nie so genau merken.« Glücklicherweise hatte sie sich über die Walshes einiges genau merken können. »Sie waren sehr lange in Arizona, während Leo in ambulanter Behandlung war. Er mußte sich jahrelang behandeln lassen, bis er wieder voll hergestellt war, zahlreiche kosmetische Operationen.«

»Was bedeutet, er hatte die Hölle auf Erden.« Der arme kleine Teufel, dachte Tallulah, solche Erfahrungen können jeden durcheinanderbringen.

Nanette seufzte und mixte dann neue Drinks. Sie war froh, daß Tallulah da war. Sie fürchtete sich, allein im Haus zu sein. Sie hatte Angst vor Mitchell Zang, obwohl die Polizei ihm dringend geraten hatte, sich von ihr fernzuhalten, sie fürchtete sich vor dem Mörder und schlimmer noch, sie fürchtete sich vor ihrer eigenen Gesellschaft. »Seltsamerweise hegte Leo keinerlei Feindschaft gegen seinen Vater. Sie schrieben sich regelmäßig. Leo schickte Gedichte und Kurzgeschichten. Es waren jugendliche Gedichte, jugendliche Geschichten, aber sie waren von Liebe und Hoffnung erfüllt. Er legte immer einen Zettel bei: ›Dies Brieflein spricht, vergiß mich nicht.‹«

»Ich kann ja verstehen, daß er nicht vergessen werden

wollte.« Zur Zeit ist er wahrlich unvergessen. »Abner hat dir sicher erzählt, was Leo in Los Angeles vorhatte.«

»O ja, er wollte sich dort in der Schauspielerei versuchen.«

»Tatsächlich!«

»Abner hat ihn zu Barry Wren geschickt, und zu diesem Regisseur, wie heißt er noch gleich . . .«

»Oliver Sholom?«

»Oliver Sholom. Er hat ihn auch einigen anderen empfohlen. Lester Miroff . . . laß mich nachdenken . . . Eddie Dmytryk . . . Albert Dekker . . . Gustav von Seyffertitz . . .«

»Ist das ein Name oder ein Zustand?«

»Leo hatte da nicht allzuviel Glück als Schauspieler. Ich glaube, er hat viele dieser Kontakte ungenutzt gelassen. Abner sagte, er sei schüchtern, er habe sich verhalten, als hätten die kosmetischen Operationen sein Aussehen gar nicht wieder vollständig hergestellt. Abner hatte so ein Bild von ihm . . .«

Tallulah war aufgesprungen. »Wo ist es? Wo ist dieses Bild?«

Nanette fürchtete, Tallulah würde sich auf sie stürzen. »Ich . . . ich . . . ich . . .«, stammelte sie, »ich habe es mit Abners anderen Sachen zusammen eingelagert.«

»Du mußt mir dieses Bild besorgen!«

»Aber es ist eingelagert!«

»Na, da kommst du doch ran, oder nicht? Du kannst die Leute von der Lagerfirma anrufen und ihnen sagen, daß du es brauchst. Die sind bestimmt ganz hilfsbereit! Nanette, wir müssen dieses Foto unbedingt für die Polizei auftreiben.« Sie gab ihrer Stimme eine dramatische Färbung, um die Dringlichkeit für Nanette zu unterstreichen. »Dahling, vielleicht ist Leo Walsh der Mörder.« Nanettes Hand flog an ihre Kehle, was Tallulah an Elissa Landi in *The Yellow Ticket* erinnerte. »Du sagst, er ist hier, hier in New York, und wir müssen ihn finden. Vielleicht ist er in diesem Moment der große Unsichtbare und läuft unter uns herum und bringt die Leute um, die seinen Vater verraten haben. Leo hat Abner verloren, er hat Martha verloren, die beiden Menschen, die er in dieser schlechtesten aller möglichen Welten am meisten liebte.«

»Aber wie kannst du sicher sein, daß er der Killer ist? Hast du Beweise?«

Tallulahs Stimme fiel um einige Oktaven. »Dahling, sei kein Spielverderber. Denk doch mal so, Nanette. Wenn Leo tatsächlich der Mörder ist und du hast dieses Foto gesehen und kannst ihn identifizieren, dann, Dahling, bist du vielleicht als nächste dran.« Tallulah fuhr sich mit dem Finger über die Kehle.

»O Gott«, stieß Nanette hervor.

»Und jetzt geh zu dem Telefon da und ruf diese Lagerfirma an.«

»Es ist zu spät. Die haben bestimmt schon zu.«

»Verdammt, du hast recht. Gleich morgen früh! Hand aufs Herz und großes Pfadfinder-Ehrenwort. Das ist unbedingt notwendig, Nanette. Da mir gerade kein besseres Klischee einfällt: Es ist eine Sache von Leben und Tod.«

»Du gehst doch nicht etwa, nein?« Tallulah suchte ihre Handtasche und ihren Schal zusammen.

»Ich muß, Dahling. Ich bin zum Abendessen mit Jacob Singer verabredet, dem Detective, der diesen Fall bearbeitet, ein wirklich guter Freund, doch kaum ein närrisch-ungestümer Jüngling. Er findet es bestimmt spannend, was du mir erzählt hast, und dann noch mein unerhörter Triumph, das Foto von Leo Walsh. Ich werd Mr. Schlaumeier Singer beweisen, was ich für eine tolle Detektivin bin. Aber, Dahling, was ist denn?«

»Ich hab Angst.«

»Oh, Dahling, bitte verzeih mir. Vielleicht war ich ein bißchen zu heftig. Das passiert mir oft am Ende der Vorstellung. Das mit Leo hab ich nicht so gemeint. Er hat ganz bestimmt vergessen, daß er Abner das geschickt hat, es ist so lange her, ansonsten hätte er dieses süße kleine Häuschen längst belagert.« Sie hielt inne. «Ich hab das nicht so gemeint. Na komm, Nanette, du bist aus härterem Holz geschnitzt. Schau dir doch mal deine Hände an! Wie groß und stark die sind, wo sie jahrelang mit Hammer und Meißel umgegangen sind und mit dem Holzhammer und . . . und . . . sie sind doch *wirklich* stark, nicht wahr, Dahling.«

Nanette streckte die Hände aus und sah sie bewundernd an, die Angst vor dem Ermordetwerden war kurzfristig ad acta gelegt, während sie sich im Schein von Tallulahs Lobreden sonnte. »Abner hat gesagt, sie sehen aus, als könnte ich ein Pferd erdrosseln.«

»Und – hast du?«

Nanette lachte. »Was hältst du von dieser Büste von Abner, an der ich arbeite?« Tallulah war sicher, daß sie das erwartete Kompliment schon früher abgegeben hatte, aber als guter Kumpel und noch bessere Schauspielerin sprudelte sie die Worte hervor, von denen sie wußte, daß Nanette sie hören wollte. »Danke, Tallulah. Es ist nicht ganz leicht, so aus der Erinnerung zu arbeiten, aber wer kannte ihn schließlich besser als ich?«

»Martha.« Tallulah lächelte. »Immerhin, Dahling, war sie als erste da.«

»Nach dem, was du sagst, tut es mir leid, sie nicht gekannt zu haben.«

»Ich freue mich, daß du das gesagt hast. Also Dahling, ich muß mich wirklich sputen. Ich muß zurück und mich umziehen. Denk dran, gleich morgen früh, und dann rufst du mich im Elysee an.« Einem Impuls folgend, hauchte sie Nanette einen Kuß auf die Wange und ging. Draußen hörte sie, wie die Tür verriegelt wurde, und eilte dann auf der Suche nach einem Taxi davon.

In Tallulahs Apartment kreischte Patsy, während Tallulah sich für ihre Verabredung umzog: »Ich bin so absolut pleite, daß ich wohl bald auf die Straße gehen muß!«

»Dahling, wenn du auf die Straße gehst, kommt nichts weiter dabei raus, als daß du ein Paar gute Schuhe ruinierst.«

»Danke für das Vertrauensvotum!«

»Sag mal, Dahling, hast du je mit einem Mann geschlafen?«

»Ich hab mit meinem Vater geschlafen.«

»Patsy!«

»Da war ich sechs Monate alt, deshalb mußt du doch nicht

gleich einen Blutsturz kriegen. Hey, Estelle, was machst du denn da draußen, willst du Erinnerungen an deine Affäre mit Teddy Roosevelt wachwerden lassen?«

Estelle stand im Wohnzimmer vor einem Spiegel und steckte sich kleine Schleifchen in die Perücke. »Teddy Roosevelt bin ich nie begegnet«, schrie Estelle mit ihrer Krähenkrächzstimme zurück, »aber ich hab mal mit Sir Henry Irving Walzer getanzt.«

»Wer hat geführt?« Patsy war hereingekommen und auf dem Weg zur Bar, ein Hühnerhund im Apportiereinsatz.

»Warum machst du so ein Theater um mein Alter, Patsy? Ich leugne gar nicht, daß ich in den Siebzigern bin. Ich meine, es war absolut lachhaft, als ich in *Der Pirat* Lynn Fontannes Mutter spielte, sie war schließlich etwa fünf Jahre jünger als ich.«

»Yeah, aber sie hat sich besser liften lassen.«

»Sie hat sich nie liften lassen. Sie hat sich schälen lassen. Sie hat stundenlang unter einer Höhensonne gelegen, bis ihr Gesicht vollkommen geröstet war, und dann hat der Arzt die Schicht abgeschält, bis er an faltenfreie Haut kam, glatt und schön wie ein Babypopo.«

Tallulah kam herein. »Sprecht ihr von der Dietrich?« Sie sah auf die Uhr auf dem Schreibtisch. »Jacob verspätet sich, und ich hab ihm so viel zu erzählen.« Sie hatte ihre Handtasche aufgemacht. »Ihr Ladies werdet euch bei seinem Eintreffen natürlich rar machen.« Sie gab Patsy ein paar Banknoten.

»Ach nein«, protestierte Patsy, »das kann ich doch nicht annehmen.«

»Du mußt dich dazu zwingen.«

Estelle trat vom Spiegel weg und spazierte anmutig zur Bar, wo sie sich ihr Lieblingsgetränk einschenkte, einen trockenen Sherry. »Tallulah, meine Liebe. Ich geh morgen zu einer Geburtstagsfeier für einen sehr wohlhabenden Herrn. Was schenkt man einem Mann, der schon alles hat?«

»Eine Frau, die alles hat.«

»Unmöglich. Die sind schon verheiratet.«

»Tallulah«, sagte Patsy, »weißt du, was ich brauche?«

»Jemand, der dich in Schutzhaft nimmt.«

»Ich brauch einen wirklich guten Agenten. Was ist mit diesem Baxt-Knaben?«

»Gute Idee. Ruf ihn morgen früh an. Er schwärmt nur so für Namen, die beim Film zum alten Eisen gehören.«

»Sollndasheißen, zum alten Eisen!«

»Entschuldige, Dahling, ich meinte zu den alten Hasen.« Ihr Blick traf den von Estelle, und dann atmete sie erleichtert auf. »Wer mixt mir jetzt einen Wodka Martini?«

»Na, einer von deinen liebsten alten Hasen natürlich, Tallu, die gute alte Patsy, das von Gott vergessene Kind, ein altes Stück in tadellosem, wenn auch mittellosem Zustand.«

»Ich finde, dein Sarkasmus steht dir nicht, Patsy. Ich verspreche mich, seit ich sprechen kann. Ruf Baxt an, er hat schon bei manchen Leuten Wunder gewirkt, die lieblos vergessen oder verlegt waren. Er hat Wynne Gibson und Luella Gear und der guten Dorothy Peterson Arbeit verschafft, und er hat sogar die arme alte Janet Beecher für eine Lux-Fernsehshow aus der Versenkung geholt. Der arme Dahling mußte danach natürlich zwei Wochen lang Beruhigungsmittel und künstliche Beatmung bekommen, aber er läßt nicht locker.«

»Woher weißt du das alles, Menschenskind!«

»Lewis Drefuss hat es mir heute im Studio erzählt. Lewis hat ihn wahnsinnig gern. Ach, warum kommt Singer denn nicht!«

»Dorothy Peterson, äh?« sinnierte Patsy. »Deren Erfolge lassen sich an einem Finger abzählen.«

Das Telefon klingelte, und Jacob Singer wurde gemeldet. Tallulah inspizierte das Tablett mit Hors d'œuvres, das vor einer Weile geliefert worden war, und fixierte Patsy mit anklagendem Blick. »Wieviel hast du davon gegessen, Miss Kelly?«

»Bloß drei. Na, ihr könnt die doch nicht alle alleine essen!«

»Darum geht es überhaupt nicht! Du hast die Symmetrie kaputtgemacht! Du weißt genau, wie der Koch sich ins Zeug legt, damit ich Symmetrie bekomme!«

Estelle zog sich den Mantel an. »Tallulah, mußt du immer eine Krise verursachen um Kleinigkeiten? Machst du dir nie Gedanken um den Krieg in Korea?«

»In Korea hab ich nie gespielt!«

Estelle sagte: »Komm, Patsy, ich spendier dir ein wunderbares Abendessen.«

»O yeah? Gehen wir dann ins Roseland tanzen?«

Im Flur trafen sie Singer, der höflicherweise hoffte, sie würden nicht seinetwegen gehen, und Estelle sagte: »Nein, Tallulahs wegen.«

Tallulah begrüßte ihn mit einem Kuß, legte seinen Hut auf einen Tisch, schenkte ihm einen Scotch mit Wasser ein und mischte sich dann einen neuen Martini, während sie einfach ins Blaue hinein schwatzte, was eins ihrer größten Talente war. Singer sah ihr zu und überlegte, wie alt sie sein mochte – sie mußte irgendwo in den Fünfzigern sein (sie war genau fünfzig), obwohl er fand, daß sie jünger aussah.

Als Tallulah mit seinem Drink auf ihn zutrat, sagte sie: »Mein Gott, Jacob Singer, was haben Sie für einen lasziven Ausdruck im Gesicht!«

»Ich dachte gerade, was für ein Teufelsweib sie sind.«

»Selbst das wird sich noch steigern, wenn Sie hören, was ich Ihnen zu erzählen habe, Dahling.«

Sie machte einen Festschmaus aus ihrem Treffen mit Nanette Walsh. Sie beschrieb die Einrichtung des Häuschens exakt und auf ihre gewohnte humorvolle Art. Dann gab sie die Geschichte von Martha und Leo wieder, wobei sie sich die Existenz von Leos Foto für einen hervorragend gewählten Kulminationspunkt aufsparte. Singers Gedanken hatten nicht die leiseste Chance abzuschweifen. Ihre Erzählung hielt sie mit eisernem Griff gefangen, und Tallulah erkannte das schwache Lächeln auf seinem Gesicht als Reflex nicht von Zynismus, sondern von Bewunderung mit einem Unterton von Respekt. Dann beschrieb sie, nach einer dramatischen Pause, in der sie sich Zeit nahm, eine neue Runde Drinks zu mixen, die Sache mit Nanettes starken Händen, Jacob nahm sich insgeheim vor, Nanette Walsh zu einer weiteren Befragung vorzuladen, und hörte Tallulah sagen, Nanette könne vielleicht einen Leibwächter gebrauchen.

»Wie wär's mit dem reizenden jungen schwarzen Beamten, den Sie mir vorgestellt haben, als ich Sie auf dem Revier besuchte? Der, der mich Tallulah-Cat nannte.«

»Das war Pharaoh Love, aber den kann ich nicht entbehren. Er ist zu beschäftigt mit Fallenstellen. Darin ist er ein Genie.«

»Fallenstellen? Was verstehen Sie unter Fallenstellen?«

»Na ja, er geht in Teehäuser . . .«

»Teehäuser? Wo zum Teufel gibt es hier in New York Teehäuser?«

Singer hätte es lieber nicht erklären müssen, aber er tat es. »Teehäuser . . . öffentliche Bedürfnisanstalten . . . wir sagen Teehäuser dazu . . .«

»Furchtbar originell, Dahling, wenn auch furchtbar unpassend. Und was macht Mr. Love da in den Teehäusern?«

»Er baut sich als Zielscheibe für die Homos auf. Er steht an einem Pissoir und fummelt an seinem Dingdong rum, und wenn einer von den Jungs anbeißt . . .«

»Wie ordinär!«

». . . nimmt er sie wegen Aufforderung zur Unzucht fest.«

»Mein Gott, das ist ja absolut widerlich! Mein Gott, mein Gott, mein Gott noch mal, das ist gegen die Verfassung! So was Skandalöses hab ich mein Lebtag noch nicht gehört! Meine Güte! Sie meinen, ihr Dahlings von Gesetzeshütern schickt Beamte aus, um diese armen Unglückswürmer bewußt in die Falle zu locken . . .! Ich hätte nie . . . ich hätte mir einfach nie . . . ich ruf sofort den Präsidenten der Vereinigten Staaten an!«

»Setzen Sie sich, Tallulah, das geht schon seit Jahrzehnten so, und es wird noch Jahrzehnte so weitergehen, wenn wir schon längst nicht mehr sind.« Sie setzte sich, wobei sie noch immer schnaubte und tobte und ein Protestgegacker von sich gab wie eine Glucke, die ihre Brut nicht mehr findet. »Jedenfalls, Love steht nicht zur Verfügung, und ich kann niemand für Mrs. Walsh abstellen, weil ich eh schon zuwenig Leute habe, verflucht noch mal. Also, wie seid ihr dann verblieben?«

»Ich hab's doch gesagt! Sie setzt sich morgen früh mit der Lagergesellschaft in Verbindung und ruft mich an, wenn sie das

Foto in der Hand hat. Und ich zumindest kann es kaum erwarten, bis ich es sehe.« Sie war plötzlich ernüchtert. »O Gott, es wird bestimmt jemand sein, den weder Sie noch ich je gesehen haben, und dann haben wir wohl wieder eine harte Nuß zu knacken. Womöglich wohnt der weit draußen wie etwa in der Siebzigsten Straße West mit einer langzähnigen Frau und einem Haufen greinender Bälger und hat sich etwas so Tödliches wie Schummeln bei der Einkommensteuer zuschulden kommen lassen.«

»Wo würden Sie gern zum Essen hingehen?«

Tallulah überhörte die Frage. »Trotzdem, ich würd ihn gern kennenlernen. Ich wüßte gern, wie er ist. Er hat so viel durchgemacht, der arme Dahling. Denken Sie nur, Jacob, was der arme Kerl an Leid und Elend hinter sich hat. Es ist so ungerecht! Die Schmerzen, die Qualen, das Leiden . . .«

»Hören Sie auf, Tallulah, sonst heul ich noch in den Schnaps hinein.«

»Sie können mir überhaupt nichts vormachen, Jacob Singer. Unter der rauhen Schale schlägt das Herz eines Poeten.« Er wußte, daß er gerade mit Worten verführt wurde. »In Ihnen steckt ein kleiner Robert Browning, ein Hauch von Lord Byron, ein Körnchen Omar Khayyám . . . mit allzuviel Robert Service garniert. Aber trotzdem, eins will ich Ihnen sagen, Jacob Singer, wenn Leo Walsh sich als der Killer entpuppt, komm ich persönlich für seine Verteidigung auf.«

Singer stellte seinen Drink ab, nahm ihr das Glas aus der Hand und stellte es neben seinen Drink und nahm sie dann erstaunlich sanft in die Arme und verband seine Lippen fest mit den ihren. Als Tallulah auftauchte, um Luft zu holen, sah sie ihm in die Augen und sagte mit belegter Stimme: »Jacob Singer Dahling, das geschieht so selten.«

Sie aßen sehr spät zu Abend.

Am nächsten Morgen gluckste Tallulah am Telefon mit Dorothy Parker, während Lewis Drefuss wartete, um eine Liste möglicher Gäste für die nächste Rundfunksendung mir ihr zu besprechen, die die letzte der Reihe sein sollte. Er war gar nicht verlegen, eher amüsiert über Tallulahs anschauliche Beschreibung ihrer Eroberung von Jacob Singer. Mrs. Parker stellte Vergleiche mit dem Fall von Troja an, versagte sich aber jede lüsterne Anspielung auf das Trojanische Pferd, auch wenn es verlockend war.

»Meine liebe Tallulah«, sagte Mrs. Parker trocken zwischen kleinen Schlückchen von ihrem Morgenkaffee, »jetzt seh ich dich mit Zöpfchen und Zahnspange vor mir.«

»Dahling, ich führ mich doch nicht auf wie ein Schulmädchen, oder? Kann ich gar nicht, ich hab keinen blassen Schimmer, wie Schuldmädchen sich aufführen. Ich kann mich nicht erinnern, jemals eins gewesen zu sein. Ich meine, ich kann mich nicht mal besinnen, wie ich die ersten dreimal meine Jungfernschaft verlor. Lewis, du wirst ja ganz rot, o Dahling, das steht dir ausgesprochen gut. Lewis Drefuss, Dottie, du kennst ihn, er organisiert die Talente für meine Sendung. Obwohl, er ist praktisch der Produzent, glaub mir, ohne ihn wären wir schon längst tot, mein Gott, schau mal, wie spät es ist, schon Mittag vorbei, und Lewis und ich haben so viel zu tun! Vermittlung! Wie oft hab ich Ihnen schon gesagt, Sie sollen mich nie unterbrechen, es sei denn, es ist etwas Dringendes? Ach, mein Gott, das ist Nanette Walsh! Ich muß mit ihr reden! Dottie, ich ruf dich gleich zurück. Vermittlung, verbinden Sie mich mit Mrs. Walsh.« Zu Lewis sagte sie aufgeregt: »Ich glaube, das ist der Durchbruch, auf den wir gewartet haben! Nanette Dahling!« Sie lauschte, und ihr Gesicht rötete sich bei den Neuigkeiten, die sie da hörte. »Gut gemacht! Ich schick sofort jemand danach! Er heißt Lewis Drefuss, er sitzt direkt neben mir, und er ist umgehend da.« Sie legte auf.

»Lewis Dahling, das ist ein Notfall!« Sie erläuterte den Auftrag, und er erklärte sich mit seiner gewohnten Gutmütigkeit bereit, das für sie zu erledigen. Sie nötigte ihm zwei Zehndollarscheine für die Hin- und Rückfahrt mit dem Taxi auf, und wenn er das Geld auch zurückweisen wollte, blieb sie mit ihrer berühmten Durchsetzungskraft hartnäckig. »Beeil dich, Lewis

Dahling, beeil dich.« Er ging, und sie setzte sich auf das Sofa, jeder Nerv ihres Körpers prickelnd vor Spannung. Dann warf sie in einem quecksilbrigen Begeisterungsanfall die Arme in die Höhe und rief der Decke zu: »O Gott, Dahling, was hat Tallulah da vollbracht!«

FÜNFZEHN

Während sie auf Tallulahs Rückruf wartete, blätterte Mrs. Parker in einem Taschenbuch mit einer Sammlung neuer Stimmen in der Lyrik. Manche entsetzten sie, manche deprimierten sie, sehr viele empörten sie, und eine oder zwei fanden ihre widerwillige Bewunderung. Allzulange schon hatte sie kein Gedicht mehr komponiert, jetzt aber überkam sie eine jähe Inspiration. Sie schrieb auf das Vorsatzblatt:

Leck mich am Ath
mit Sylvia Plath.

Darunter setzte sie: »No future.« Das Telefon klingelte, und Tallulah war dran und schwatzte von der neuesten Wendung in dem Fall. Mrs. Parker bemerkte dazu: »Ich meine, du solltest das alles Jacob Singer mitteilen. Es ist sein Fall, meine Liebe.«

»Ich weiß, Dahling, aber ich kann mir nicht verkneifen, daraus eine Überraschung für ihn zu machen. Daß er meine Arbeit als Detektivin nicht ernst genommen hat, weiß ich, aber ich finde, ich habe mich verdammt gut geschlagen. Dummerweise ist es mit Jacob wie mit so vielen anderen Leuten, die ich kenne, sie überschätzen sich selbst und unterschätzen dabei mich.«

»Ich meine trotzdem, ein Polizeibeamter hätte das Foto abholen sollen.« Ihr fiel etwas ein. »Tallulah?«

»Ja, Dahling?«

»Mal angenommen, es ist ein Foto von einem pummeligen kleinen Leo-Baby auf einem Bärenfell.«

»Dann bring ich Nanette um.«

Nanette Walsh und Oliver Sholom hatten nie etwas gemeinsam gehabt, bis zu diesem Tag. Nanettes Schädel war eingeschlagen. Die Waffe, ein Holzhammer, lag neben ihr auf dem Boden, mit

Blut und Haut und Schädelsplittern verklebt. Der Mörder hatte vor der Weiblichkeit noch weniger Respekt als vor seinen männlichen Opfern. Nanette war aber noch zu erkennen. Sie war von hinten überfallen worden; ihr Gesicht hatte nichts abbekommen. Sie lag mit dem Gesicht nach unten auf dem Boden ausgestreckt und sah sehr finster und mißbilligend aus. Offenbar hatte sie der ihr bestimmten Art des Hinscheidens ganz und gar nichts abgewinnen können.

Lewis Drefuss zitterte. Er fand die Küche und trank ein Glas Wasser. Da war ein Telefon an der Wand, und er wählte die Nummer des Elysee. Bei Tallulah war besetzt, aber Lewis konnte das Telefonfräulein davon überzeugen, daß es sich um einen Notfall handelte. Wieder wurde Mrs. Parker mitten im schönsten Treiben schnöde unterbrochen, und Tallulah bellte: »Was ist denn los? Hast du das Foto?«

»Ich hab sie tot aufgefunden.«

»Was?«

»Sie ist ermordet worden.«

»Mein Gott! Wo ist das Foto?«

»Da ist keins. Was soll ich machen?«

»Ich komm sofort zu dir. Rühr nichts an.« Eine von Singers Lektionen über eine ordnungsgemäße polizeiliche Untersuchung würde Tallulah nie vergessen. »Der Tatort muß auf Fingerabdrücke überprüft werden.«

»Soll ich nicht die Polizei anrufen?«

»Die Polizei! Jacob! Natürlich, Dahling. Laß mich das lieber machen. Jacob Singer wird toben, aber ich werde schon mit ihm fertig. Herr du mein Gott! Nanette Walsh! Eine Außenseiterin, während ich die ganze Zeit auf Ted Valudni gesetzt hatte. Meine Güte, ich suche mir Mordopfer genauso aus wie die meisten meiner Stücke, nämlich sehr schlecht. Laß niemand rein, bis die Polizei oder ich da sind. Und, Dahling, wenn sie einen allzu schauerlichen Anblick bietet, dann deck sie mit diesem scheußlichen spanischen Schal zu, der über dem Flügel hängt. Nimm natürlich erst die Fotos weg, Verwüstungen bringen die Polizei nur durcheinander.«

Sie wählte die Nummer des Polizeireviers und erfuhr, Singer sei in einer Besprechung. Sie sagte dem Sergeant, er sollte Singer sagen, es hätte wieder einen Mord gegeben. Singer riß den Hörer an sich und schrie: »Ist dir was passiert?«

»Mir geht's blendend, Dahling, Nanette Walsh nicht.«

Sie erzählte ihm rasch, was an dem Morgen vorgefallen war. Er schrie sie an. Sie schrie zurück. »Wenn ich eine Knarre hätte, Jacob Singer, ich würde dich umlegen!«

»Du brauchst keine Knarre, du hast ja dein Mundwerk!« Er knallte den Hörer auf.

»Scheißkerl!« schrie Tallulah das Freizeichen an. Die Geschwindigkeit, mit der sie sich anzog, aus dem Apartment eilte, ein Taxi anhielt und in Nanette Walshs Remise eintraf, hätte im *Guinness-Buch der Rekorde* verzeichnet werden sollen. Jacob Singer stieg eben aus einem Streifenwagen, gefolgt von Oscar Delaney und drei anderen Kriminalbeamten. Hinter Tallulahs Taxi hielt kreischend ein zweites, und Adam Todd stieg aus, sehr wütend und sehr rot im Gesicht, als er nach seiner Brieftasche kramte, um den Fahrer zu bezahlen.

Tallulah sah ihn und sagte: »Oh, Dahling! Ich hab Sie ganz vergessen! Wir hätten uns ein Taxi hierher teilen können!«

»Was ist los?« fragte er, während er hinter ihr her lief.

»Es ist wieder ein Mord passiert, Dahling. Zur Abwechslung mal auf der weiblichen Seite.«

Nanette Walsh war mit einem Bettlaken bedeckt, das Lewis in einem Schrank gefunden hatte. Lewis saß auf der Klavierbank, die Hände im Schoß gefaltet, und sah krank und elend aus. Tallulah ging zu ihm und legte ihm die Arme um die Schultern.

»Oh, Dahling, hätte ich gewußt, daß der Auftrag ein so makabres Ende nehmen würde, hätte ich dich nie geschickt!«

»Woher hättest du das wissen sollen?«

»Stimmt. Möchtest du ein Glas Wasser?«

»Ich hab schon drei getrunken.«

»Trink noch eins. Das ist sehr gesund. Es spült den Organismus durch.«

Das Laken wurde aufgedeckt, und die meisten ließen daraufhin das Mittagessen ausfallen. Der Leichenbeschauer traf ein und machte sich mit einem Grunzen, das als Gruß durchgehen mochte, unverzüglich ans Werk. Singer ging zu Lewis und Tallulah.

Aus Tallulahs Augen blitzte eine Warnung von der Art, die jugendliche Naive dazu brachte, sich einen anderen Beruf zu suchen. Jacob schüttelte den Kopf und wandte seine Aufmerksamkeit dann Lewis zu: »Sie haben die Leiche gefunden, Lewis?«

»Ja.«

»Was haben Sie hier gemacht?«

»Ich hab ihn geschickt«, sagte Tallulah.

»Ich frage Lewis.«

»Also, wenn Sie nichts dagegen haben, Mr. Singer« – sie stürzte sich auf das *Mr.*, als würde sie mit dem Schuh eine Zigarette austreten –, »die Geschichte fängt mit mir an.« Und hoffentlich hört sie nicht mit mir auf.

»Na schön, hören wir sie uns an.«

»Also, Dahling, nachdem wir gestern die Sendung aufgenommen hatten, bin ich auf einen Drink mit Nanette hierhergekommen und . . .« Sie gab die Ereignisse rasch und – was bei Tallulah Bankhead erstaunlich war – verständlich wieder. Sie hatte schon immer gut Geschichten erzählen können und gab jetzt eine recht gute Vorstellung. Singer machte sich keine Notizen, während sie redete, Oscar Delaney aber wohl. Oscar war fast schon pingelig gewissenhaft. Er war nicht nur bis aufs I-Tüpfelchen genau, sondern ging auch sehr verschwenderisch mit Kommas, Klammern und Unterstreichungen um. Eines Tages sollte er ein sehr gutes Buch über polizeiliche Untersuchungsmethoden veröffentlichen und dann nie wieder von sich reden machen, wie ein Ex-Vizepräsident. Tallulah kam zum Schluß, wobei sie sich ihre fünfte Craven A anzündete: ». . . und darum, Dahling, hab ich Lewis hergeschickt, um das Foto zu holen.«

»Du hättest mich davon unterrichten sollen.« Singers Stimme klang nicht freundlich.

»Du hast ganz recht, Jacob, du hast sehr, sehr recht, und ich werde es mir nie verzeihen. Aber du schon, nicht wahr, Dahling?«

»Okay, Lewis. Jetzt sind Sie dran.« Tallulah ermahnte er: »Und daß du mir nicht soufflierst oder dich einmischst!«

Tallulah funkelte und stieß Rauch aus wie der Drache angesichts des heiligen St. Georg.

Lewis sprach langsam und bedächtig. Er wollte die Geschichte richtig darstellen und sie nur einmal erzählen müssen. Er wollte mordsdringend hier raus, an die frische Luft, fort von Tod und Gesetzeshütern und dem Polizeifotografen, der gekommen war, während Tallulah sprach, und überlegte, ob es einen passenden Moment geben würde, sie um ein Autogramm zu bitten.

»Als ich hier ankam, hab ich den Türklopfer betätigt. Aber die Tür stand offen.« Tallulah hörte aufmerksam zu, was sie bei ihren Auftritten brillant beherrschte, sonst allerdings nicht. Dies war eine Gelegenheit, wo sie wußte, daß es wichtig war, vollkommen konzentriert zuzuhören. »Als ich anklopfte, ging sie nur weiter auf. Ich rief Nanettes Namen. Nach einem Weilchen entschloß ich mich hineinzugehen. Die Beleuchtung war nicht sehr gut, es waren keine Lampen an, gar nichts war an, nur das bißchen Licht, das von dem Dachfenster kam. Ich hab immerzu ihren Namen gerufen, weil ich dachte, vielleicht ist sie oben oder in der Küche. Verdammt, ich weiß auch nicht, ich hatte wahnsinnige Angst. Ich hab gespürt, daß da was nicht stimmt. Und dann hab ich sie hier liegen sehen.«

»Der Holzhammer lag genau so, wie Sie ihn jetzt sehen?«

»Ja. Ich hab nichts angerührt. Ich war so erschüttert, der Anblick war so abscheulich, daß ich in die Küche gegangen bin, um mir ein Glas Wasser zu holen. Ach! Meine Fingerabdrücke!«

Singer sagte: »Und was haben Sie dann gemacht?«

»Ich hab Tallulah angerufen.«

»Warum haben Sie denn nicht die Polizei angerufen?!«

Tallulah meldete sich nun doch zu Wort. »Weil ich immer an erster Stelle komme, Dahling, und geh mir jetzt nicht gleich an die Gurgel. Es war richtig, daß er mich angerufen hat, weil ich ihn in dieses Schlamassel reingeritten habe, wenn auch unbeabsichtigt. Und ich war froh, daß er mich angerufen hat, weil ich wußte, ich würde es dir beibringen müssen und mir den Anpfiff abholen, daß ich dir nicht gleich von dem Foto erzählt hab! Einen Drink darf ich mir wohl nicht einschenken – sie hat eine sehr gute Hausbar.«

»Du rührst hier nichts an, verdammt noch mal.« Er wandte sich wieder Lewis zu. »War da irgendwas von dem Foto zu sehen?«

»Ach Gott, ich bin gar nicht auf die Idee gekommen nachzuschauen. Tut mir leid.«

»Schon gut.« Er beauftragte Adam Todd und zwei andere Beamte, das Bild von Leo Walsh zu suchen. Lewis fragte er: »Als Sie hier ankamen, war keins von den Fenstern unten auf, bloß die Tür?«

»Ich hab nicht drauf geachtet.«

»Nein, dazu hätten Sie ja auch keinen Grund gehabt.«

Tallulah drückte Lewis' Schulter, und er schenkte ihr einen dankbaren Blick. »Hoffentlich ist er nicht allzu wütend auf dich.«

»Mach dir darum keine Sorgen, Dahling. Ich hab nie furchtbar viel Respekt vor Autoritäten gehabt. Übrigens, Dahling, steckt da etwa ein Dolch in meinem Rücken?«

Jacob war von ihnen weggegangen und lief im Zimmer herum, die Hände in den Hosentaschen vergraben. Für ein ungeübtes Auge hätte er gelangweilt ausgesehen. Seine Mitarbeiter wußten, daß er gerade hart arbeitete. Seinen Augen entging nichts. Die Büste von Abner Walsh gefiel ihm nicht, aber das behielt er für sich. Er sah sich die Möbelstücke genau an und schaute unter die Stühle. Das hatten die anderen bereits erledigt, aber er prüfte gerne selbst noch einmal alles nach. Sie fanden nichts, was sich irgendwie als hilfreich erwiesen hätte. Das Foto fanden sie auch nicht. Er merkte, daß Tallulah ihn von der anderen Seite des Zimmers her ansah, und er verstand sie richtig. Sie mußte mit ihm alleine reden und nicht am Tatort. Er ging zu ihr und

Lewis. Er sprach zu Lewis. »Du mußt nicht unbedingt hierbleiben, Lewis.« Lewis machte eine Bewegung, und Jacob dachte, er wollte ihm vor Dankbarkeit die Hand küssen. Lewis stand auf.

Er fragte Tallulah: »Soll ich dich nach Uptown mitnehmen?«

»Nein danke, Dahling. Ich glaube, Detective Singer ist noch nicht fertig mit mir.« Und wenn doch, ist da noch dieser Dahling von Musiker, der am Wochenende immer im Famous Door Klavier spielt.

Singer sprach mit Lewis. »Wir brauchen Sie dann für die Unterschrift unter Ihre Aussage.« Lewis sagte ihm, wo er zu erreichen war, und ging. Singer besprach sich leise mit seinen Kollegen, dann nahm er Tallulah am Arm und führte sie auf die Straße hinaus.

»Ach, mein Gott, Dahling! Schau dir diese Meute an!« Die Nachricht von dem Mord und dem außerplanmäßigen Auftritt eines großen Stars hatte sich schneller in der Gegend verbreitet als eine Geschlechtskrankheit in einem Militärlager in Übersee. Die Medien waren mit Fernsehen, Radio und Zeitungen vertreten. Fotografen fielen über sie her wie ein Heuschreckenschwarm, und Mikrophone schoben sich ihnen vors Gesicht.

»Kein Kommentar!« schrie Jacob. »Kein Kommentar!«

»Dahlings, es ist so wunderbar, hier zu sein«, sagte Tallulah in die aufgereihten Mikrophone hinein, wobei sie aus alter Treue versuchte, dem von NBC den Vorrang zu geben.

»Miss Bankhead!« rief NBC. »In welcher Beziehung stehen Sie zu dem Mord?«

»Ich war mit dem armen unglückseligen Opfer vor Jahren mal zusammen in einem Rollschuhturnier. Dann haben wir uns jedes Jahr getroffen, um auf unsere toten Kameraden anzustoßen.«

»Na komm, Tallulah, sag's uns ehrlich. Wir sind doch immer gut zu dir!« rief CBS.

»Ach nein, Dahlings. Habt ihr mal meine Besprechungen zu *Antonius und Cleopatra* gelesen?«

»In welchem Zusammenhang steht der Mord an Mrs. Walsh zu den anderen drei Morden?«

»Dahling, dafür ist die Polizei zuständig. Ich bin schließlich Schauspielerin, Dahlings, und keine Detektivin.«

»Das hast du gesagt, nicht ich!«

Tallulah warf Singer einen wütenden Blick zu. Zehn Minuten später saßen sie in der Nische eines putzigen kleinen Cafés in Greenwich Village. Sie bestellten Sandwiches und Kaffee bei einem Kellner, der, wie Tallulah schließlich aufging, als Peter Pan verkleidet war.

»Sie sollen doch Peter Pan sein, nicht wahr, Dahling?«

»Stimmt, Miss Bankhead.« Sie blieb nie unerkannt. »Haben Sie den Namen nicht gesehen?« Durch ihre Brille spähte Tallulah nach dem Namen auf der Speisekarte. *J. M. Barrie's.*

»Ach, wie reizend«, sagte Tallulah. Eine vorbeigehende Kellnerin fragte sie: »Dahling, welche Figur von Barrie sind Sie denn?«

»Wendy Darling.«

»Wendy Darling! Sie sind ein Dahling, Dahling.« Zu dem Kellner sagte sie: »Beeilen Sie sich, Dahling, ich sterbe vor Hunger«, dankbar, daß sie sich die Leiche nicht angesehen hatte.

Singer sagte: »Ich sollte dir den Hals umdrehen.«

»Wieso, Dahling, sitzt er verkehrt rum?«

»Ist dir klar, daß Lewis Drefuss deinetwegen hätte umkommen können?«

Tallulah schaute ihn mit großen Augen an, dabei setzte sie ihre Brille ab, legte sie zur Seite und setzte ein Streichholz auf eine Craven A an. Als sie endlich sprach, war ihre Stimme leise und zerknirscht. »Wenn Lewis etwas passiert wäre, hätte ich mich umgebracht.«

»So siehst du aus.«

»Sei nicht so herzlos, Jacob. Warum kannst du nicht ab und zu etwas großzügiger sein?«

»Ich bin Detektiv, Tallulah, kein Philanthrop.«

»Ein Philanthrop bist du ganz sicher nicht. Ein Philanthrop ist jemand, der anderen hinten und vorne reinkriecht.«

Der Kellner brachte ihren Kaffee mit einem Sahnekännchen, das Tallulah mißtrauisch beäugte.

»Peter Pan, Dahling. Ist die Sahne hier frisch?«

»Miss Bankhead«, kam die Antwort mit übertriebener Geduld, »die war vor ein paar Stunden noch Gras.«

»Das wird wieder so ein Tag«, grummelte Tallulah, während sie sich Zucker in den Kaffee schüttete. »Okay, Jacob. Gib mir Saures. Ich bin bereit für das Erschießungskommando, und keine Augenbinde, danke sehr.«

Er zielte und schoß. »Du hättest umgebracht werden können, als du zu Oliver Sholom gegangen bist, und Lewis hätte deinetwegen umgebracht werden können, als du ihn zu dieser Mrs. Walsh da geschickt hast. Ich will, daß du dich von jetzt an *raus*hältst. Der Spaß ist vorbei.«

»Das war kein Spaß für mich, Jacob, es war mir todernst. Und eines Tages wirst du Manns genug sein zuzugeben, daß ich eine Menge erreicht habe, wenn auch auf meine eigene tolpatschige Art. Ich wüßte nur gerne, woher zum Teufel der Killer wußte, daß Nanette belastendes Material besaß! Wieso ist er der Polizei immer einen Schritt voraus? Ist er ein Genie, oder hat er einfach nur verdammtes Schwein?«

»Er ist ein Genie, und er hat einfach verdammtes Schwein. Außerdem hat er ein paar Fehler gemacht, und die werden ans Tageslicht kommen, sie kommen immer ans Tageslicht.«

Tallulah guckte die Sandwiches an, die Peter Pan gerade servierte. »Haben Sie keine eingelegten Gurken?«

»Miss Bankhead, wir sind hier nicht bei Lindy's«, sagte der Kellner.

Während er sich entfernte, sagte sie etwas Unfreundliches, das er nicht hörte.

»Diese Fehler«, sagte Tallulah, wobei sie die obere Scheibe Roggenbrot mit Senf bestrich, »was für Fehler sind das genau?«

»Wenn ich das wüßte, würde ich den Täter ins Loch stecken und den Fall als erledigt betrachten.«

»Jacob, sprich nicht so herablassend mit mir.«

»Menschenskind, Tallulah, ich spreche schlichtes Englisch. Wenn ich es wüßte, würde ich den Täter ins Loch stecken.«

»Mir kannst du überhaupt nichts vormachen. Du weißt es«,

sagte sie, und Jacob schaute von seinem fetten Corned beef auf Weißbrot hoch, »aber du hast kein Fitzelchen von Beweis. Du hast ganz und gar nichts in der Hand. Das weißt du, und Jacob«, – sie machte eine dramatische Pause –, »ich weiß es auch. Erinnerst du dich noch an das kleine Etwas, das bei mir im Hinterkopf versteckt war und auf das ich mich nicht besinnen konnte?«

»Da herrscht ein ziemliches Gedränge in der Gegend.«

»Jetzt weiß ich es wieder.«

»Was hat deinem Gedächtnis auf die Sprünge geholfen?«

»Der Mord an Nanette, Jacob« – sie sprach seinen Namen mit solchem Nachdruck aus, daß er aufhorchte –, »ich gebe eine Party. Nächsten Sonntag.«

»Das ist recht kurzfristig.«

»Sei nicht albern, Dahling. Sonntags haben die Leute nie sonderlich viel zu tun, außer zu Frühstückseinladungen oder ins Kino zu gehen. Meine Sendung ist aufgezeichnet, also hab ich Zeit. Ich garantiere dir, Jacob, es wird voll bis auf den letzten Stehplatz.«

»Und was ist der Zweck dieser Party, außer daß man damit wieder einen Sonntag rumkriegt?«

»Sei nicht so begriffsstutzig, Jacob.«

»Sei nicht so schwerfällig, Tallulah.«

»Ich werde den Mörder entlarven.«

Er legte das Sandwich hin, schluckte mühsam hinunter, was er im Mund hatte, nahm einen Schluck Kaffee und sagte dann: »Hatten wir nicht beschlossen, daß du dich von jetzt an raushältst?«

»Das hast du beschlossen, Dahling, ich nicht. Du hast es nötig, daß ich diese Party gebe, Jacob. Sonst kriegst du nie ein Fitzelchen von Beweis. Sonst kannst du nie, wie nennt man das noch, Dahling, ach ja, einen ins Loch stecken – wo diese umgangssprachlichen Wendungen herkommen, werd ich nie begreifen –, und selbst wenn du es wagst, einen ins Loch zu stekken, wirst du große Mühe haben, einen Schuldspruch zu bekommen. Du wirst große Mühe haben, den Killer vor die Schranken des Gerichts zu bringen. Und selbst wenn, kommen die Geschworenen nie zu einer Entscheidung bei dem, was im Moment gegen ihn vorliegt, und das ist absolut nichts. Du murmelst etwas in dich hinein, was ist denn?«

»Es ist dieses Sandwich. Es stammt von der Insel Nimmerland.«

»Ehrlich gesagt, ich begreife nicht, wie du Appetit haben kannst nach dem, was du eben gesehen hast. Gott sei Dank hab ich keinen Blick auf sie riskiert. War es sehr schlimm?«

»Sie würde keinen Schönheitswettbewerb gewinnen.«

Tallulah schob ihr Sandwich zur Seite und zündete sich eine Zigarette an. »Ich lade alle Verdächtigen ein, und natürlich dürfen sie jemand mitbringen. Schließlich, Dahling, wollen wir nicht den Eindruck erwecken, daß ich so einen krönenden Abschluß arrangiere, wie William Powell und Myrna Loy es in den Filmen vom *Dünnen Mann* so schön machen.«

»Du hast auch niemand, der das Drehbuch für dich schreibt.«

Tallulah lächelte. »Ich glaube, ich komme ganz gut mit dem aus, der hier vor mir sitzt. Jetzt laß mal sehen . . .« Die Gästeliste brach aus ihr hervor, wie die Music Hall Rockettes aus den Kulissen getanzt kommen. Einige Namen kannte Singer nicht, und Tallulah sagte ihm, um wen es sich handelte. »Ich finde, es ist eine gute Idee, die Party mit ein paar Leuten zu bevölkern, die mit dem Fall nichts zu tun haben. Das entwaffnet den Killer, meinst du nicht auch, Dahling?« Jacob bestellte mit einer Handbewegung Kaffee nach. »Und ein paar Männer von dir brauchen wir auch, Dahling. Adam Todd natürlich, weil er mich ja decken muß, Herrgott, was für ein entsetzlicher Ausdruck, und diesen netten Oscar Delaney und dann noch ein oder zwei, falls es zu Gewalttätigkeiten kommt.«

»Um Gewalttätigkeiten mach ich mir keine Sorgen, Tallulah, ich mach mir ein wenig Sorgen wegen einer Verleumdungsklage.«

»Was für eine Verleumdungsklage, Dahling? Hast du mir etwas verheimlicht?«

»Tallulah, wenn man jemanden einen Killer nennt und hat keinerlei Beweise in der Hand, kann man dafür verklagt werden.«

»Mr. Singer, die Bankhead kriegt immer ihren Mann. Oft muß sie es bereuen, aber sie kriegt ihn. Nur die Gewalttätigkeiten machen mir zu schaffen. Ich will nicht, daß jemand verletzt wird . . .«

»Oder umgebracht.«

»Ich hab eine wunderbare Idee!«

»Junge, Junge!«

»Ja, bitte?« fragte Peter Pan, der ihnen Kaffee nachschenkte.

»Das ist nur so ein Ausdruck«, sagte Singer. »Seien Sie nicht so knickerig, mein Sohn, machen Sie ganz voll.«

Peter Pan fragte sich, was Tallulah Bankhead an so einem Trottel nur fand. Nun ja, er hatte schon läuten hören, daß sie abartigen Neigungen frönte. Er hätte für sein Leben gern gewußt, ob sie wirklich Kokain nahm, und wenn ja, wie er den Namen von ihrem Dealer bekommen könnte.

»Was für eine wunderbare Idee?« Endlich war Peter Pan außer Hörweite.

»Deine Jungs sollen sich als Kellner und Barkeeper verkleiden. Ist das nicht eine gute Idee?«

»Einfach umwerfend.«

»Ich brauche jemand, der sich um die Frauen kümmert. Eine Polizistin vielleicht, sie sollte aber nicht zu rauhbeinig wirken.«

Jacob mußte an Annabel Forsythe denken. Er schlug sie Tallulah vor.

»Hört sich toll an. Ob du sie für mich anrufen kannst, Dahling, und sie für Sonntag um fünf in meine Suite bestellst? Du bist ein Schatz, Jacob.«

»Und wenn die Sache nun schiefgeht?«

»Sie darf nicht schiefgehen, und sie wird nicht schiefgehen. Ich dulde keinen Flop mehr, Jacob. Die Vorstellung muß einfach klappen, weil ich sie selbst inszeniere.« Sie sah auf ihre Armbanduhr. »Ich muß mich auf den Weg machen.« Fast hätte sie angeboten, ihn zu seinem Revier mitzunehmen, aber dann überlegte sie es sich anders. Sie wollte nicht, daß er Fragen stellte, was sie da auf der West Side zu erledigen hatte. Sie langte über den Tisch und packte ihn am Handgelenk. »Versprich mir, daß ich deine volle Unterstützung habe.«

»Tallulah, was bleibt mir anderes übrig?«

Zwanzig Minuten später saß Tallulah auf einem Stuhl und schaute Herbert Sholom an, der sich an seine Nähmaschine gesetzt hatte. Der Mann schien die letzten Tage über geschrumpft und geschrumpelt zu sein.

»Und wie kann ich Ihnen da helfen?« fragte er, während er eine Nadel einfädelte. Sie sagte es ihm. Er schwieg.

»Ich brauche Sie wirklich dafür, Mr. Sholom. Ich glaube, das ist die einzige Möglichkeit, den Mörder Ihres Neffen in die Falle zu locken.«

»Mein Neffe. Dieser Taugenichts. Sie hätten seinen Vater kennen sollen, meinen Bruder. Der war genauso schlimm. Als der sich von der Partei losgesagt hat, da hat er sich wahrhaftig *losgesagt.* Das war, als Hitler und Stalin ihren Pakt schlossen. Na, das war wohl ein Verrat, und was ich von Verrat halte, wissen Sie ja sicher, und genau das habe ich von meinem Neffen auch gehalten. Ich sehe, Sie schauen meine Porträts von Stalin und Lenin an. Ich werde Ihnen sagen, was sie für mich bedeuten, Miss Bankhead. Das hat mit Politik nichts zu tun. Ich war nie ein sehr guter Kommunist. Aber meine Frau, sie ruhe in Frieden, die war ein wahrer *Tummler.* Sie wissen, was das heißt? Das ist jemand, der gerne Aufruhr macht. Streiks liebte sie, und bei Friedensdemonstrationen blühte sie auf, und wenn sie Steine warf, dann traf sie immer genau. Meine Güte, sie fehlt mir. Wenn sie da wäre, würde es hier viel schöner aussehen. Ich würde wohl auch nicht mehr arbeiten. Wahrscheinlich würden wir in Miami Beach wohnen. Ich bin kein armer Mann, auch wenn es so aussieht.«

Tallulah schlug die Beine übereinander und zündete sich eine Zigarette an. Sie brauchte ihn. Sie ließ ihn reden. Es brachte sie schier um, aber sie ließ ihn reden.

»Mir gehört dieses Haus und dann noch ein paar Grundstücke draußen in Bensonhurst, und ob Sie's glauben oder nicht, auch wenn ich nichts von ihm gehalten habe, hätte Oliver alles bekommen. Jetzt bekommen es also seine anderen Cousins.« Er legte das Gesicht in knittrige Falten und fragte: »Sie glauben wirklich, ich kann das?«

»Ja, das glaube ich wirklich, Mr. Sholom.«

Er seufzte und bot ein Glas Tee an, doch Tallulah lehnte ab. Sie hatte es eilig. Die Zeit war kostbar; sie war so knapp. »Tja, Miss Bankhead, einmal ist immer das erste Mal. Gut, ich werde es tun.«

»Tausend Dank, Dahling.«

»Ich bin da, wenn Sie mich brauchen. Keine Angst, ich lasse Sie nicht im Stich. Verrat ist eine Sache, aber Mord, zum Donnerwetter! *Das* ist nun wirklich was!«

Als sie wieder in ihrer Suite war, wirbelte Tallulah vor Betriebsamkeit wie ein Tornado. Estelle Winwood schwärmte für Parties und stürzte sich mit Begeisterung in die Arbeit. Patsy, die unverzüglich mit zahlreichen Aufgaben betraut worden war, fing an zu kreischen. Tallulah hatte nie große Mühe, Patsy zu entschlüsseln. »Verdammt noch mal!« hatte sie gekreischt. »Soll ich vielleicht für den Rest meines Lebens den Chefkoch und Flaschenöffner für dich spielen?« Tallulah bat den Küchenchef des Hotels umgehend in ihre Suite und rief dann Mrs. Parker an, um ihr die Neuigkeiten zu erzählen.

»Ich bin seit Menschengedenken auf keiner Party mehr gewesen«, sagte Mrs. Parker. »Ich hab überhaupt nichts anzuziehen.«

»Häng dir einfach irgendeinen alten Fetzen auf den Leib, Dahling.«

»Mach ich. Davon hab ich genug. Ist Jacob mit diesem Quatsch wirklich einverstanden?«

»Das ist kein Quatsch, Dahling. Ich versprech dir ein Mordsspektakel!«

Patsy hatte das Radio auf der Hausbar angestellt, und sie hörten sich einen überhitzten Bericht von Nanette Walshs Ermordung an. Der Küchenchef kam mit Verbeugungen und Kratzfüßen ins Zimmer herein, und die Besprechung mit der Bankhead war kurz und bündig. Nachdem Estelle ihn hinausbegleitet hatte, zog Tallulah sich einen bequemen Hausmantel an, knotete ein Band um ihre üppige Mähne, entfackelte eine Craven A und machte es sich mit dem Telefon gemütlich.

Nach einer Stunde hatte sie etwa die Hälfte der Gästeliste erreicht und für die anderen Nachrichten hinterlassen. Bislang gab es keine Absagen oder Einwände wegen Einladungskollisionen. Es läutete an der Tür, und Patsy ließ einen Pagen ein, der ihr eine Blumenschachtel überreichte. Obwohl sie für Tallulah war, riß Patsy Band und Einwickelpapier herunter und warf den Deckel beiseite.

»Was ist es, Dahling?«

»Es ist eine einzelne langstielige Rose.«

Patsy hielt die Rose hoch, und Tallulah fand sie entzückend. »Keine Karte?«

»Yeah«, sagte Patsy und brachte sie ihr.

Tallulah las laut vor: »Dies Blümlein spricht, vergiß mich nicht.«

SECHZEHN

Es war so ein Morgen, wo die Nachrufe in der *New York Times* todlangweilig sind. Estelle Winwood legte die Zeitung weg und ging an ihre Frisierkommode. Ihre Lieblingsperücke ruhte auf ihrem Stock, nachdem sie am Abend zuvor gekämmt und gelockt worden war. Estelle hatte beschlossen, zu Tallulahs Party ein Blümchenmuster mit einem breitkrempigen Schlapphut und einer einreihigen Perlenkette zu tragen, und sie würde das flatternde bestickte Spitzentuch in der Hand halten, das der verstorbene Dichter Rupert Brooke ihr verehrt hatte, als die meisten Leute noch ein Wispern in ihrer Mutter Ohr waren. Sie dachte daran, auch eine Blume in der Hand zu halten, eine makellose einzelne Rose, wie Tallulah eine bekommen hatte. »Dies Blümlein spricht, vergiß mich nicht.« Keine Unterschrift. Tallulahs unergründliches Lächeln. Ihr Anruf bei Jacob Singer, um ihm von der geheimnisvollen Rose zu berichten.

Mord war etwas, das Estelle zur Kenntnis nahm, aber nicht verstand. Sie sah keinen Grund für Kriege, für Gewalttätigkeiten, für Waffen oder für die Theater Guild. Und die Party beunruhigte sie. Das war nicht so eine improvisierte Geselligkeit, wie Tallulah sie aus einer Laune heraus veranstaltete; sie verwandte so viel Konzentration und Planung darauf, wie sie einer Premiere angedeihen ließ. Oder der Eroberung eines potentiellen Liebhabers. Diese Art leidenschaftlichen Engagements war neu bei Tallulah, eine mysteriöse Art von Engagement, die Estelle nicht ganz durchschaute und bei der es als Kellner verkleidete Polizisten gab und Barkeeper, die versteckte Waffen trugen. Nun begriff Estelle, daß da Gefahr und, o Graus, vielleicht auch Schüsse drohten. Würde eine kugelsichere Weste zu dem Blümchenmuster passen? Wo konnte sie sonntags eine herkriegen? Für einen kurzen Moment dachte sie daran, unter dem Vorwand eines plötzlichen Anfalls von irgendwas auf die Party zu verzichten und Tallulahs Zorn tapfer zu ertragen. Doch Estelle schwärmte für Parties, und sie würde nie zu alt sein, ein Abenteuer zu genießen. Sie würde sich eine Tasse Tee brauen, einen Cadburykeks knabbern und das Stück lesen, das sie, wie versprochen, morgen mit einem jungen Theaterproduzenten durchgehen wollte. Dann würde sie eine passende Duftnote für den Abend wählen. Und auf der Party würde sie versuchen, in Tallulahs Nähe zu bleiben, um sie zu beschützen. Es wäre leichter, einen Wirbelsturm zu beschützen.

Patsy Kelly ließ Toast, Speck und Spiegeleier anbrennen. Sie verspeiste das mit Genuß, von drei Tassen bitteren Kaffees begleitet, las die Comic strips in den *Daily News* und ließ sich ein Bad ein. Während sie mit einem Bloody Mary zur Gesellschaft im Wasser weichte, entschloß sie sich, ein Angebot für eine Sommertournee anzunehmen, bei der das altgediente *Ladies Night in a Turkish Bath* wieder aus der Mottenkiste geholt werden sollte. Herrgott noch mal, das waren unter Garantie zehn Wochen zu je dreihundert Dollar. Hollywoodgeld war das nicht, aber es war Geld. Sie konnte nicht endlos weiter von guten Freunden leben, genauer gesagt von Tallulah. Und nach dem heutigen Abend wäre vielleicht bald gar keine Tallulah mehr da, von der sie leben gekonnt hätte. Selbst beim Denken hatte Patsy Schwierigkeiten mit dem Konjunktiv. Sie hatte die Nase voll von Parties. Thelma Todd war eine ihrer besten Freundinnen gewesen, sie hatten in einer Reihe erfolgreicher Kurzfilme für Hal Roach zusammen gespielt. Als Thelma tot aufgefunden wurde und es so etwas wie eine Untersuchung gab, hatte Patsy ständig ihren Anwalt angekläfft: »Ich laß mich nicht vor Gericht zirkulieren!« Vor Gericht zitiert wurde sie nie, jedoch endlos verhört. Mysteriöse Anrufer hatten ihr geraten, ja die Klappe zu halten. Die Klappe halten wovon? Thelmas Liebesgeschichten waren Gegenstand allgemeinen Klatsches. Als sie tot aufgefunden wurde, hatte sie mit Roland West in der Wohnung über dem Restaurant in Malibu Beach gewohnt, in dem sie Geschäftsführerin war. Geschäftsführerin, ha! Wohl eher ein weiblicher Strohmann. Ein Strohmann für die Mafia. Thelma war ständig pleite, genau wie Patsy. Wahrscheinlich hatte sie sie übers Ohr gehauen, und deshalb hatte man sie umgelegt.

Aber bei Tallulah war das etwas anderes. Tallulah gab für niemanden einen Strohmann ab. Und ob sie es nun wußte oder nicht, heute abend war sie die Zielscheibe. Ich werde in ihrer Nähe bleiben, dachte Patsy, ich beschütze sie. Ich hab noch nie einen Bullen getroffen, der richtig schießen konnte. Aber ein Verrückter vielleicht schon. Was zum Teufel ist mit ihr los? Eine Party für einen Killer? Was meine selige Mutter *davon* wohl halten würde!

George Baxt und Lewis Drefuss nahmen im Regent's Row an der Achtundfünfzigsten Straße Ost ein spätes Frühstück ein. Baxt wußte, er sollte lieber keinen dritten Bloody Mary bestellen, schlug jedoch alle guten Vorsätze in den Wind und bestellte ihn, wohl wissend, daß ihm noch ein vierter bevorstand, und sagte dann zu Lewis, er solle sich nicht unterkriegen lassen.

»Ich hab so schreckliche Alpträume«, erkärte Lewis.

»Wundert mich gar nicht, bei den schrecklichen Bildern von dir im *Mirror.*«

»Ich sehe ständig den eingeschlagenen Schädel vor mir, den Holzhammer, mit dem sie getötet wurde . . .«

»Warum hast du dann die Tomatensülze bestellt?«

»Hättest du Lust, mit mir auf die Party zu gehen?«

»Lust schon, aber ich kann nicht. Ich muß mir heute abend vier Vorstellungen ansehen. Drei von meinen Schützlingen sind in der Philco-Show, und sie machen mir das Leben zur Hölle, wenn ich gestehen muß, daß ich sie nicht gesehen habe. Geh doch mit jemand anders hin.«

»Ich geh allein.«

»Was hast du im Sommer vor?«

»Ich weiß noch nicht genau. Und du?«

»Der Herr sei mir gnädig, ich hab mit den Halls und Flora Roberts zusammen ein Haus am Ocean Beach. Könntest du vielleicht aufhören, auf den Tisch zu trommeln? Mein Kater hat einen Kater.«

»Vielleicht geh ich gar nicht auf die Party.«

»Du wirst schön hingehen. Und ich erwarte einen vollständigen Bericht, mit wörtlichen Zitaten.«

»Tallulah spinnt.«

»Sonst noch was Neues?«

»So eine Party zu geben. Ihr kann so leicht etwas passieren. Du hast doch von der Morddrohung gehört, die sie bekommen hat.«

»Das hat sich schon bis Tibet rumgesprochen. Übrigens, ist *The Big Show* jetzt endgültig abgesetzt?«

»Futschikato.« Er hob seinen Old-fashioned. »Auf Tallulah.«

»Wieso eigentlich nicht?« Er bestellte sich seinen vierten Bloody Mary.

Mitchell Zang stolzierte nackt in seinem Schlafzimmer herum wie ein gerupfter Pfau. Das Mädchen im Bett war angeödet von seinen Talenten, angeödet von Mitchell Zang, angeödet von Sex und angeödet von der Vorstellung, wieder heim nach Chillicothe zu gehen und sich die Karriere als Schauspielerin aus dem Kopf zu schlagen. »Tallulah Bankhead lädt mich zu einer Party ein! Kannst du dir das vorstellen?« Das Mädchen grunzte wie eine schlechtgelaunte Sau. »Mich! Mitchell Zang! Die Bankhead! Ich bin ein gemachter Mann! Diese Scheißkuh, als ich mit Nance Liston zusammen war, hat sie mich ständig behandelt, als wär ich Luft für sie, und jetzt lädt sie mich auf einmal zu einer Cocktailparty ein! Mich! Mitchell Zang!«

Das Mädchen sagte ins Kissen hinein: »Ihn ... Mitchell Zang ... nichts als gequirlte Scheiße.« Ihre Stimme war ein dumpfes Lallen, und er hörte nur sich selbst.

»Die quetsch ich aus wie eine Zitrone.« Er stand vor einem bodenlangen Spiegel, demselben, vor dem Nance Liston ihre Bewegungen zur Vollendung gebracht hatte. Er sonnte sich in seinem Glanz. Er stellte sich von vorn davor, dann von der Seite. Erst die linke, dann die rechte. »Da kommen ganz wichtige

Leute heute abend. Produzenten. Schriftsteller. Reiche Schnepfen, die alles wissen und jeden kennen, den man kennen muß. Das ist mein Glückstag, Baby!« Er sprang durch das Zimmer, landete auf ihr, und sie schrie auf.

»Willst du mich umbringen, du Arschloch? Runter da! Au, mein Rücken, o Gott, du hast mir den Rücken gebrochen.«

»Ach, halt's Maul und zieh dich an. Ich geb uns ein Frühstück aus.«

»Wie großzügig von dir.«

Ihr Entschluß stand fest. Sie ging wieder heim nach Chillicothe.

Joseph Coller starrte auf das Blatt Papier in seiner Schreibmaschine. Dann schaute er auf die Armbanduhr. Es waren noch Stunden bis zu Tallulahs Party. Er starrte auf das Blatt Papier. Es war immer noch leer. Er ging zum Kühlschrank und trank ein paar Schlucke Milch direkt aus der Tüte. Die Milch wurde langsam sauer. Er warf die Tüte in den Mülleimer in dem Schränkchen unter der Spüle. Er setzte sich wieder an die Schreibmaschine. Er starrte auf das leere Blatt Papier. Er ging ans Fenster und sah hinaus. Es war ein schöner Tag. Kinder spielten Baseball an einer Wand. Ein paar Leute, die zum Hundeausführen geboren waren, verglichen ihre Leinen, so sah es jedenfalls aus. Seine Wirtin saß auf dem Bürgersteig auf einem Stuhl und las die Sonntagszeitung. Ihr Mann saß auf dem Bürgersteig, rauchte seine widerliche Pfeife und schlürfte Bier aus der Dose. Joseph setzte sich wieder an die Schreibmaschine. Er starrte auf das Blatt Papier. Er ging zum Schrank und inspizierte das Sportjackett und die Hose, die er zu der Party anziehen wollte. Sie waren nicht verknittert. Sie waren auch nicht verknittert gewesen, als er sie die letzten sechs Male inspizierte. Er setzte sich wieder an die Schreibmaschine. Er starrte auf das Blatt Papier. Er ging zur Kommode und schaute in seine Brieftasche. Die achtzehn Dollar waren nicht zu einer größeren Summe gereift. Es waren dieselben achtzehn Dollar, die er das letzte Mal gezählt hatte. Er kratzte sich an der Brust. Er ging wieder ans Fenster. In einem Haus gegenüber trainierte ein Mann am Fenster mit Hanteln. Er sah aus, als könnte er ein Dressman sein. Joseph trieb nie Sport. Es war schon eine große Leistung, wenn er morgens aus dem Bett kam. Wieso jetzt auf einmal eine Einladung zu einer Party bei Tallulah? Ich schreibe ein Stück für sie, aber das ist doch nichts Weltbewegendes. Womöglich bittet sie mich, es nicht unter meinem eigenen Namen zu schreiben. Ach, Quatsch. Die Bankhead doch nicht. Zu so einem billigen Trick würde sie sich nie herablassen. Ich möchte wissen, ob Jacob Singer auch kommt. Er setzte sich wieder an die Schreibmaschine. Er starrte auf das ekelhafte Blatt Papier. Es machte sich über ihn lustig. Es widersetzte sich ihm. Er würde es nie überlisten können. Es widersetzte sich ihm schamlos. Wütend nahm er die Herausforderung an. Sein Zeigefingter tippte: *Die.* Er lächelte zufrieden. Nunmehr erschöpft, ging er zur Spüle, feuchtete ein Tuch mit kaltem Wasser an, legte sich das Tuch auf die Stirn und streckte sich auf der Couch aus.

Und da gibt es Leute, rief er sich in Erinnerung, die behaupten, sie sitzen täglich acht Stunden an der Schreibmaschine. Alles gelogen.

In Annabel Forsythes Schrank stapelten sich die Hüte. Hüte waren Annabels Lebenszweck. Sie warf nie einen weg. Sie besaß einen Kaiserin-Eugénie-Hut und einen Dreispitz, Hüte in Hülle und Fülle, Erbstücke von früheren Herrinnen, die sie rasch leid geworden waren. Sie besaß mehrere John Fredericks und mindestens drei Lilly Dachés und weiß Gott wie viele Florells. Sie trug Hüte zur Kirche und ins Kino und in den Park und auf die Toilette und zum Arbeitsamt, aber da nicht gar so ausgefallene.

Eben suchte sie den passenden Hut für Tallulah Bankheads Cocktailparty aus. Ja, sieh mal einer an! Miss Annabel Forsythe hat's geschafft! Sie geht zu einer Cocktailparty bei Miss Tallulah Bankhead, und dabei kommen wir beide aus dem Süden! Sicher, Miss Forsythe wird die Kanapees herumreichen und sich im Schlafzimmer um die Damen kümmern und Gläser spülen, aber Miss Bankhead hat gesagt: »Dahling, Sie kleiden sich wie ein Gast! Ich will, daß Sie sich ganz zu Hause fühlen!«

Bist ein guter Kerl, Tallulahschätzchen. Ich werd mich ganz wie zu Hause fühlen. Sie probierte zum zehnten Mal einen Daché an.

»Schätzchen!« brüllte sie. »Wie findest du den? Wie seh ich aus?«

Ike sagte hinter einer Nummer von *Confidential* hervor: »Damit wirkst du zu jüdisch.«

Ted Valudni schrie in den Hörer: »Beth, das ist doch albern! Was ist denn so Schreckliches dabei, wenn wir zusammen zu der Bankhead gehen?«

»Mitgegangen, mitgehangen.« Beth wedelte mit der linken Hand, um ihre frischlackierten Fingernägel zu trocknen.

»Hör endlich auf, verdammt noch mal!«

»Ted, wir sind kein Paar mehr. Wir sind rein gar nichts mehr. Wir sind auf ewig getrennt, wie Peter Ibbetson und sein Schatz. Wir werden uns nicht mal mehr im Traum begegnen. Du gehst für dich, und ich geh für mich. Wir sagen uns guten Tag, und dann mischen wir uns unters Volk. Ich für mich und du für dich.«

»Hast du mit ihr gesprochen?«

»Mit wem?«

»Mit Tallulah! Was soll diese ganze Party überhaupt?«

»Es ist eine Party. Muß denn alles ein Thema haben?«

»Du hast kein Wort über Nanette Walsh verloren.«

»Sie ist tot.«

»Sie ist tot!« äffte er sie nach. »Daß sie tot ist, weiß ich auch. Wie Sholom und Barry Wren und Lester Miroff. Die hatten wenigstens etwas gemeinsam. Sie waren freundliche Zeugen. Aber wie paßt Nanette da hinein?«

»Vielleicht hat der Mörder sie umgebracht, weil er Angst hatte, daß man ihm Diskriminierung von Frauen vorwirft.«

»Das ist ganz schön abgebrüht. Das bist nicht du, Beth. Das ist nicht die Beth, die ich gekannt habe.«

»Ted?«

»Was?«

»Hast du mich je gekannt?«

Er explodierte. »Herrgott noch mal, Beth, fangen wir nicht wieder so an! Ach, zum Teufel damit! Geh allein! Ich brauch dich nicht! Ich brauch überhaupt niemand!« Er knallte den Hörer auf. Er warf eine Vase kaputt. Er schmiß ein Kissen durchs Zimmer. Er zertrümmerte ein gerahmtes Foto von Beth. Er brach in Tränen aus.

Oscar Delaneys Frau war das Lieblingskind ihrer Mutter. Das kam daher, weil sie einen abstoßenden Wesenszug gemeinsam hatten – Argwohn. Mrs. Delaney war argwöhnisch gegenüber dem Hauswirt, dem Fleischer, dem Lebensmittelhändler, den Nachbarn, deren Kindern, völlig fremden Menschen und Oscar. Bisweilen argwöhnte sie, er sei gar nicht Detective. Bisweilen argwöhnte sie, er sei immer noch ein Schutzmann, der draußen in Brooklyn auf Streife ging und seine Kleider in seinem Schließfach aufbewahrte und sie nur anzog, um damit nach Hause zu kommen und so zu tun, als sei er ein Detective. Ja, es gab jetzt mehr Haushaltsgeld, aber das könnte er sich von seinem Vater leihen, denn Oscar war das Lieblingskind seines Vater. Oscar und sein Vater hatten einen gemeinsamen Wesenszug – Haß. Sie haßten ihre Frauen.

»Warum kann ich nicht mit dir auf die Party gehen?« Sie war friedlich mit ihren Haaren beschäftigt, doch die harmlose Haarbürste konnte sich jeden Moment in eine gefährliche Waffe verwandeln.

»Wie oft soll ich dir noch sagen, daß ich kein Gast bin, ich bin im Dienst? Ich soll mich um die Bar kümmern.«

»Kriegst du da Überstundengeld?«

»Klar krieg ich Überstundengeld.«

»Wieso ziehst du dann deinen besten Anzug zu der Party an, wenn du dich um die Bar kümmern sollst?«

»Wir probieren im Hotel Jacken an! Das Hotel stellt uns weiße Jacken zur Verfügung! Miss Bankhead hat alles arrangiert!«

»Wer ist *wir*?« Er erkannte das Gefährliche in ihrem Ton.
»Ich und die anderen Jungs. Sie geben sich als Kellner aus!«
»Und was ist mit der Rothaarigen in Coney Island?«
»Es gibt keine Rothaarige in Coney Island!«
»Lüg mich doch nicht an!«
»Komm mir nicht wieder so!«
»Es ist dieses spanische Weibsbild in der Delancey Street!«
»Es gibt kein spanisches Weibsbild in der Delancey Street!«
»Ich will die *Wahrheit* hören!« Die Bürste segelte an seinem Kopf vorbei und landete auf dem Fußboden.

»Du willst die Wahrheit hören? Du willst die Wahrheit hören?« brüllte er, während ein Kinnhaken sie gegen die Wand hinter ihr taumeln ließ. »Da hast du die Wahrheit! Ich vögle mit Eleanor Roosevelt!«

»Ich hab's gewußt«, keuchte sie.

Armbruster Pershing fand, seine Frau Eleanor sehe heute besonders hübsch aus, und sagte ihr das auch.

»Danke, Liebling. Miss Bankhead werde ich nie in den Schatten stellen, aber ich kann's ja mal versuchen.«

Er umarmte sie von hinten und küßte sie in den Nacken.

»Aber Armbruster, nun mach uns nicht Appetit, wenn wir keine Zeit haben, ihn zu stillen.«

»Wir könnten zu spät kommen, wie es jetzt Mode ist. Es ist eine Showbusiness-Party. Da ist keiner pünktlich.«

»Darum wollen wir ja pünktlich sein. Ich möchte mit ihr reden und sie kennenlernen und mit ihr lachen und dafür sorgen, daß meine Bridge-Damen vor Neid vergehen.«

»Hoffentlich bist du nicht enttäuscht. Ich hab mir sagen lassen, sie redet selbst wie ein Wasserfall, und sie kennenzulernen ist so aussichtslos wie ein Regierungsvorhaben.«

»Na, es kann ja nichts dabei sein, wenn ich mich nach Kräften bemühe. Die Frau hat mich schon immer fasziniert. Sie ist ein Original, so was gibt's nie wieder, und das ist mal eine Erfahrung, auf die ich mich wirklich freue. Hoffentlich wird das ein Mordsspektakel.«

»Wie ich Miss Bankhead kenne, bestimmt. Und ich glaube nicht, daß das so eine ganz gewöhnliche Showbusiness-Cocktailparty ist wie jeden Sonntag. Das ist eine getarnte Zeitbombe. Irgendwo da draußen läuft ein Mörder frei herum, und wir wissen, daß Miss Bankhead mit dem Fall zu tun hat. Sie hat etwas vor, und ich glaube, das wird lustiger, als wenn man zuguckt, wie ein Demokrat die Wahl verliert.«

Eleanor nahm sich ein Glas Sherry und trank davon. »Erzähl mir bloß nicht, daß das so eine Party ist, wo alle Verdächtigen in einem Zimmer versammelt werden, und dann soll der Killer entlarvt werden!«

»Sieht verdächtig danach aus.«

»Oh, Armbruster! Wie aufregend! Oh!«

»Was ist denn?«

»Wenn es nun dein entsetzlicher Mr. Valudni ist!«

»Wär das nicht wundervoll! Dann wär ich ihn ein für allemal los.«

»Darling, wenn du ihn so gar nicht leiden kannst, warum schaffst du ihn dir nicht genauso vom Hals wie deine ersten drei Frauen?«

»Aus dem einfachen Grund, daß seine Honorare für deren Unterhaltung . . . ich meine Unterhalt sorgen.«

»Egal was ist, Schatz, bring ihn nie gesellschaftlich hierher. Auch wenn ich die Kommunisten und die Linken und Krethi und Plethi dieser Art allesamt verabscheue« – sie stammte aus einer alten Bostoner Familie –, »verachte ich jeden, der einen Freund verrät, um die eigene Haut zu retten.« Sie nippte an dem Sherry. »Was ist aus der *beau geste* geworden? Du brauchst gar nicht das Gesicht zu verziehen. Es gab doch mal eine Zeit, wo man eine Sternstunde hatte. Du weißt schon, wie Winston Churchill und Calvin Coolidge. Wo ist das alles geblieben? Wenn eine Schlange wie Valudni das überlebt, was soll dann aus ihm werden?«

»Aaaachh, ich denke, heute in etwa dreißig Jahren, falls er so lange lebt, veranstaltet man ihm zu Ehren ein feudales Diner, das irgendeinem wohltätigen Zweck zugute kommt und wo

Ausschnitte aus seinen Filmen gezeigt werden, und zahlreiche Schauspieler und Schauspielerinnen, die mit ihm gearbeitet haben, erzählen Wunderdinge über ihn, während seine Unsternstunde und abgrundtief häßliche Geste bequemerweise übergangen werden. Vielleicht erklärt man ihn sogar zum Nationaldenkmal.«

»Wenn du mich aus irgendeinem perversen Grund deprimieren willst, dann hast du Erfolg.« Sie stellte das Glas auf der Hausbar ab und ging zu ihrem Mann. »Du bist so ein wunderbarer Mensch, Armbruster. Meinst du, ich bin die einzige, die das weiß? Hoffentlich nicht. Ich hoffe, deine nächste Frau wird das ebenso zu schätzen wissen.«

David Carneys Schwester Audrey fragte ihn am Telefon: »Ist dein Anzug auch schön gebügelt?«

»Ja.«

»Und dein Hemdkragen hat keinen Rand?«

»Nein.«

»Und du hast einen Schlips ohne Flecken um?«

»Ja.«

»Und du vergißt auch nicht, ein sauberes weißes Taschentuch mitzunehmen?«

»Nein.«

»Hast du daran gedacht, deine Schuhe zu putzen?«

»Ja.«

»Und du trägst die schönen sauberen Socken, die ich dir gekauft habe?«

»Ja.«

»Und du wirst ein vollendeter Gentleman sein und dich gut benehmen?«

»Ja.«

»Und wann bist du wieder in deiner Wohnung zurück?«

»Wenn ich Miss Bankhead umgebracht habe.«

Miss Tallulah Bankhead war eine Augenweide in einem selten getragenen Cocktailkleid von Elsa Schiaparelli. Sie trug ihren besten Schmuck und ihre elegantesten Schuhe. Ihr Make-up war gedämpft, ihr Elan jedoch nicht. Sie sprudelte wie eine Kaffeemaschine, als sie die Bar inspizierte. Die Bar war herrlich aufgebaut. Oscar Delaney sah fesch aus in seiner weißen Jacke mit blauem Besatz, der farblich genau zu dem blauen Fleck an seiner Stirn paßte, was sie taktvollerweise unerwähnt ließ. Adam Todd und die beiden anderen Detectives schienen sich in ihren weißen Jacken ebenfalls wohl zu fühlen, als seien sie zum Kellner geboren. Annabel Forsythe war eine überdimensionale Augenweide in einem rosalila Stück, das, wie Tallulah befand, von einem Couturier namens von und zu Fall entworfen worden war. Aber Herr du mein Gott, dieser Hut, na ja, Schwamm drüber, Tallulah. Jedem Tierchen usw. Sie nimmt ihn bestimmt ab, sobald die Gäste eintreffen. Wenn nicht, muß Patsy ihn ihr vom Kopf stoßen.

»Estelle, du siehst geradezu strahlend aus!«

»Danke, meine Liebe, was willst du von mir?«

»Ich will gar nichts, Menschenskind. Darf ich dir kein Kompliment machen?«

»Das tust du so selten, daß ich es beunruhigend finde, wenn du es tust.«

Strahlend, hol's der Kuckuck, ich hätte ihr die Wahrheit sagen sollen. Estelle Darling, du bist das Opfer einer schlechtgeratenen Einbalsamierungsaktion.

»Patsy, was hast du denn mit deinen Haaren angestellt?«

»Nichts.«

»Oh.«

»Gefällt dir mein Kleid?«

»Und wie. Ganz du selbst, du bist absolut ganz du selbst.«

Und, Dahling, es fehlt nur noch die Asche zu dem Sack, aber was soll's, egal, wie du aussiehst, ich liebe dich. Ihr Presseagent, Richard Maney, trank einen Scotch Mist und sah sorgenvoll drein. Tallulah fragte: »Was ziehst du für ein Gesicht?«

»Die Wahrheit? Ich hab ein dunkles Vorgefühl.«

»Nun komm mir nicht mystisch, Maney. Das ist jetzt nicht der rechte Augenblick. Es gibt keinen Weg mehr zurück.«

»Und was, wenn die ganze Geschichte danebengeht?«

»Dann zieh ich mich aufs Land zurück und schreib sie um.«

»Tallulah, wenn das hier nicht klappt, bist du vielleicht nicht mehr da zum Umschreiben.«

»Sei nicht so makaber, Dahling. Wie läuft die Show von Gloria Swanson in Detroit?« Sie sprach das »Detwah« aus. »Machen sie Fortschritte? Hat sie was Neues entwickelt?«

»Bloß neue Falten um die Augen.«

Nun wandte Tallulah sich an Adam Todd. »Dahling, der Wulst da unter Ihrer linken Schulter ist so auffällig. Können Sie nichts dagegen tun?«

»Ich kann mein Holster nirgendwo anders tragen, Miss Bankhead.«

»Versuchen wir's mal mit aufgeknöpftem Jackett. Da! Perfekt! Und was Sie für einen wundervoll flachen Bauch haben. Sie müssen mal vorbeikommen und mir Ihr Geheimnis verraten. Oscar! Sind Sie sicher, daß wir genug Eis haben?«

»Reichlich, Miss Bankhead. Wenn es alle ist, können wir jederzeit unten anrufen und Nachschub bestellen.«

»Natürlich, Dahling. Wie schlau von Ihnen, daß Sie daran gedacht haben.«

Jacob Singer kam mit Dorothy Parker.

»Dottie, o Dottie, dieses Kleid, dieses absolut vollkommen entzückende kleine Kleid, du siehst aus wie ein Gemälde von Velasquez.«

»Meine Liebe, als du es das letzte Mal gesehen hast, hast du das auch gesagt.« Zu Adam Todd sagte sie: »Einen Jack Rose on the rocks. Kennen wir uns nicht? Ach ja! Sie sind der, der Tallulah decken soll. Kleiner Nebenjob?«

Tallulah nahm Jacob bei der Hand und führte ihn an die Bar. »Du siehst unglaublich gut aus, Jacob. Du siehst erholt aus. Hast du dich schön ausgeschlafen?«

»Du kannst ruhig die Stimme etwas dämpfen.«

»Aber du nicht meinen Elan.«

»Und wenn du dich nun blamierst bis auf die Knochen?«

»Statt daß mir jemand die Knochen bricht?«

»Du siehst wirklich schnieke aus, Oscar«, sagte Singer zu

dem Detective, als er den blauen Fleck an seiner Stirn bemerkte. »Wie ich sehe, hat die Dame des Hauses nicht vergessen, zum Abschied noch einmal zu winken.«

»Hör bloß auf«, grollte Delaney und schenkte Singer einen Drink ein.

Singer lehnte sich an die Bar und musterte die anderen Detectives. »Ihr Jungs seht aus, als wärt ihr aus einer Bar Mizwa entflohen.«

»Laß das, Jacob«, sagte Tallulah. »Sie sehen genau richtig aus, und du solltest stolz auf sie sein.«

»Hallo, Annabel«, rief Singer, als Annabel Forsythe aus dem Schlafzimmer hereinkam. »Das ist ja ein Wahnsinnshut.«

»Wenn schon, denn schon!« gab Annabel schlagfertig zurück. »Das ist ein echter John Frederick!«

Mrs. Parker erstickte fast an ihrem Drink. »Ich hab den falschen Beruf gewählt«, bemerkte sie, ohne jemanden direkt anzusprechen. »Wie geht's denn so, Patsy? Irgendwelche besonderen Pläne zur Zeit?«

»Also, yeah, eigentlich schon, Dottie. Ich fang mit meinen Memoiren an.«

»Wie nett. Dauert bestimmt nicht lange, die fünf Seiten vollzuschreiben.«

Patsy rückte von ihr ab, als hätte sie Angst, sich zu verseuchen. Mrs. Parker rief quer durch den Raum zu Tallulah: »Meine Liebe, wenn nun niemand kommt?«

»Ich bin ganz zuversichtlich, daß ich noch eine Zugnummer bin, Dottie. Die kommen schon.«

Nun war Estelle an Tallulahs Seite. »Ich weiß, was du vorhast, Tallulah, und ich habe Angst um dich.«

»Dahling, gerade du müßtest doch wissen, daß ich die meiste Zeit meines Lebens auf einem Drahtseil balanciert bin, und das ohne Netz.«

»Ich werde dir den ganzen Abend nicht von der Seite weichen.«

»Wieso?«

»Um dich zu beschützen, natürlich.«

Tallulah war gerührt. »Dahling, Tallulah geht nicht unter.« Sie rief zu Oscar Delaney hinüber: »Höchste Zeit, daß ich was zu trinken kriege! Oscar! Mix mir einen perfekten trockenen Wodka Martini und laß den Schnickschnack weg!« Das Telefon klingelte, und Gäste wurden angekündigt. Tallulah lachte und sagte dann in ihrem lautesten Bariton: »Bitte die Sicherheitsgurte anlegen, Dahlings! Das wird eine turbulente Party!«

SIEBZEHN

Gabriel Darnoff beschloß, noch einen Spaziergang um den Block zu machen. Es war erst ein paar Minuten nach sechs, und er wollte nicht als einer der ersten auf Tallulahs Party erscheinen. Er hatte Jacob Singer und Dorothy Parker in das Hotel gehen sehen und war für beide nicht in der rechten Stimmung. Am Vorabend hatten die Produzenten sein Stück kurzerhand abgesetzt, nachdem sie in weiser Voraussicht schon vor der offiziellen Premiere unter Einhaltung der gewerkschaftlich vorgeschriebenen Frist vorsorglich eine Absetzungsmeldung eingereicht hatten. Er schlenderte die Park Avenue entlang, kaute auf einem Zigarillo herum und überlegte, was Tallulah im Schilde führen mochte. Sie hatte ihm nie zuvor gesellschaftliche Avancen gemacht, selbst als er zwei große Erfolge vorzuweisen hatte. Diese plötzliche Einladung und ihr Versprechen »Da wird etwas Interessantes passieren, Dahling, hoffe ich« erregten seine Neugier. Er bog in die Dreiundfünfzigste Straße ein. Keine Menschenseele war zu sehen. Es war Sonntag in New York und ein warmer Frühlingsabend. Er sah auf die Armbanduhr. Ach, was soll's. Er beschleunigte seinen Schritt.

Die Party kam allmählich in Schwung, und Tallulah war zufrieden. Nach und nach stellten sich die eingeladenen Berühmtheiten ein und erhöhten den Glanz der Soiree. Als der Produzent von *New Faces*, Leonard Sillman, mit Gypsy Rose Lee eintrat, bemerkte Mrs. Parker zu Jacob Singer: »Hier kommt Arsen und Knitterbeutel.«

Gypsy sagte zu Tallulah, nachdem sie sich umarmt hatten: »Du willst uns doch hoffentlich nicht deine Striptease-Nummer oder dieses peinliche Radschlagen vorführen.«

»Heute nicht, Dahling. Mein anstößiges Benehmen spar ich

mir lieber für offizielle Anlässe auf. Leonard, du siehst heute abend außergewöhnlich hübsch aus, hast du wieder frische Blödhammel für deine nächste Show gefunden?«

Patsy fragte Estelle Winwood: »Wer ist diese Frau da am Fenster, die Selbstgespräche führt?«

»Das ist Cornelia Otis Skinner. Sie tritt häufig als Alleinunterhalterin auf.«

Die große griechische Schauspielerin Katina Paxinou kam mit ihrem ebenso berühmten Gatten Alexis Minotis. Sie schimpfte Tallulah gutmütig aus: »Du hast unser Stück noch gar nicht gesehen!«

»Dahling, ich kann es ja nicht mal aussprechen!«

Die herrlichen Augen der Paxinou weiteten sich spöttisch. »Und was ist so schwierig an *Oedipus Tyrannus*?«

»Wieso mußtet ihr denn ausgerechnet in so einem Zungenbrecher auftreten, Dahlings?«

Monitis sagte liebenswürdig: »Du weißt ja, was passiert, wenn zwei Griechen zusammenkommen.«

»Ja, Dahling, meistens machen sie ein Café auf. Da sind Mel und Helen! Dahlings, wie reizend, daß ihr gekommen seid. Helen, du bist ja leichenblaß. Was ist denn?«

»Das macht die Fahrt mit dem Taxi«, sagte Helen Gahagan Douglas. »Ich hab panische Angst vor dem Taxifahren. Ich hab die Fahrgastritis.«

Douglas sah und erkannte Ted Valudni, und sein Gesicht versteinerte sich. »Was hat denn dieser Scheißer hier verloren?«

Tallulah nahm seine Hand und drückte sie. »Melvyn Dahling, mach kein Theater. Ich kann das jetzt nicht erklären, aber bald wirst du alles begreifen.«

Melvyn Douglas war immer noch wütend. »Er ist mit dafür verantwortlich, daß ich in Hollywood rausgeflogen bin.«

»Ich weiß, Dahling, ich weiß. Wie läuft dein Stück?«

»Hervorragend, für so eine Schmonzette. Es beweist, daß Geschmacklosigkeit sich lohnen kann.«

»Mach es nicht herunter, mein Süßer«, sagte seine Frau, »wir leben davon.«

Eine herrlich klangvolle, sinnlich-rauhe Stimme unterbrach sie. »Hallo, ihr drei.«

»Maggie! Maggie, Dahling!« Tallulah umarmte Margaret Sullavan, die in schlichtem Rock und Bluse, Jacke mit ihrem Markenzeichen, dem Bubikragen, und einer kokett auf dem Kopf sitzenden Baskenmütze bezaubernd aussah.

»Was ist der Anlaß? Doch nicht schon wieder ein Geburtstag?«

»Nein, Dahling, es ist etwas Besonderes. Und wag's bloß nicht, vor meinem großen Auftritt wegzulaufen.«

Die Sullavan zog ein Gesicht. »Du willst doch nicht etwa singen?«

»Nein, Dahling«, sagte Tallulah lachend, »aber vielleicht bitte ich *dich* zu singen.« Zu den beiden Douglas sagte sie: »Habt ihr Maggie in *Engel aus zweiter Hand* gesehen? Sie hat so köstlich ›Pack Up Your Troubles‹ gesungen!«

»Tallulah, das war nicht ich. Ich wurde synchronisiert.«

»Lächerlich, tu nicht so bescheiden.«

»Von wegen bescheiden. Wenn du hörst, wer in Wirklichkeit für mich gesungen hat, fällst du um. Bist du bereit? Mary Martin.«

Niemand fiel um, aber sie waren angenehm überrascht. Tallulah griff sich Adam Todd, als er mit einem Tablett voller Drinks vorbeikam. »Dahling, kümmere dich um diese Berühmtheiten hier. Gebt ihm eure Bestellungen, Dahlings, er heißt Adam Todd, und ist er nicht allerliebst, schaut euch doch dieses reizende Grübchen am Kinn an, Kirk Douglas und Cary Grant sind die reinsten Waisenknaben dagegen, mein Gott, da ist ja Bea Lillie, Bea, Bea, was hast du für einen allerliebsten Schlapphut auf dem Kopf« – im Flüsterton –, »und wer ist der Schlappschwanz da?«

»Rucku, Tallu und ruckedidu-du-du!« begrüßte Beatrice Lillie ihre vier Freunde. »Küßchen, Küßchen, Küßchen«, sagte sie und ruckte mit dem Kopf zu ihnen hin wie eine Henne auf Körnersuche.

»Wer ist dein Freund, Dahling?«

»Welcher Freund?« Sie drehte sich nach dem grazilen jungen Mann zu ihrer Rechten um. »Der Mensch da? Das ist ein falscher Fuffziger!« Der junge Mann wurde rot im Gesicht. Sie redete weiter ohne Sinn und Verstand: »Außerdem ist er Waise. Er ist eine falsche Waise. Er hatte mal eine Mutter, aber die ward nicht mehr gesehen, seit sie zu Sotheby's ging und auf eine Vitrine bieten wollte. Bei der Polizei steht sie auf der Liste der Vitrinenvermißten. Ha! Was für ein Wahnsinn.« Miss Lillie sagte zu dem jungen Mann, der nach einem Mauseloch Ausschau hielt, um sich darin zu verkriechen: »Wahnsinn, mein Lieber, stell dich selber vor, ich hab deinen Namen vergessen. Du hast doch einen Namen, nicht wahr, mein Lieber? Du brauchst ihn noch, wenn nachher die Polizei kommt, um die Leichen zu identifizieren.«

Tallulah sagte nicht, wie nahe die Komikerin damit womöglich der Wahrheit kam.

Der junge Mann stotterte. Mrs. Douglas versuchte, ihn zu beruhigen, indem sie seine Hand nahm und sie schüttelte.

Schließlich sagte er mit breitem südlichen Akzent: »Mein Name ist Fortinbras D'Artagnan Winterbottom der Vierte.«

»Erzähl uns bloß nicht, was mit den drei anderen passiert ist«, verlangte Miss Lillie, die Hände in die Hüften gestemmt. »Ich nenne ihn kurz Knöchelchen.«

»Wieso Knöchelchen, um alles in der Welt, Dahling?«

»Weil er zehn davon hat! Ha-ha-ha-ha-ha und rucku. Knöchelchen schreibt Kochbücher. Erzähl's ihnen, Knöchelchen, und dann halt deinen Mund bis in alle Ewigkeit. Wenn der dir zu schwer ist, hältst du eben meinen.« Sie zwinkerte Tallulah zu. Margaret Sullavan überlegte, ob sie dem jungen Mann den Sazerac anbieten sollte, den sie in der Hand hatte, aber der gute Samariter war eine Rolle, in der sie sich nur sehr selten versuchte.

Der junge Mann sagte: »Naa, ich hab meinen Bestseller über die Küche des Südens, *Puttin' on the Grits*, und jetzt geht's westwärts für ein Buch mit Regionalrezepten, *Home on the Range*.«

Patsy kam und unterbrach sie. »Sag mal, Tallu, da ist gerade so ein Spinner angekommen und erzählt allen, er wollte dich umbringen.«

»Ach, das muß dieser Dahling David Carney sein, der mich im Zoo überfallen wollte! Jacob Dahling! Guck mal, wer da ist, Dahling David Carney. Sag ihm guten Tag und filz ihn, Dahling!«

Singer eilte zu Carney und sagte guten Tag und filzte ihn. Estelle Winwood war entsetzt und ging mit süßem Lächeln auf Carney zu und fragte: »Junger Mann, möchten Sie etwas trinken?«

»Ich trinke nicht«, sagte Carney. »Ich töte.«

Estelle sagte rasch: »Oh, da sind Basil Rathbone und Ouida, entschuldigen Sie mich bitte.« Sie flüchtete sich ans andere Ende des Zimmers, während Carney in die Küche ging, um zu gukken, wo die Messer aufbewahrt wurden.

Bea Lillie erspähte die Rathbones und sagte zu ihrer Gruppe: »Mein Gott, da ist ja der liebe alte Nasal Bathroom. Und der da drüben kommt mir auch bekannt vor!«

»Wo, Dahling?«

»Bei der Bar, der kleine Mann mit dem Schnurrbart, der dem Kellner nachschleicht.«

»O Dahling, das ist Tennessee Williams, ich hab ihn gar nicht reinkommen sehen.«

Bea Lillie trällerte: *»I was waltzing, with my darling, to the Tenn-nesseeeee Williams . . .!«*

Gabriel Darnoff und Joseph Coller hielten sich abseits und sprachen über die Leiden und Plagen mit schwarzer Liste und Dramenschreiben. Lewis Drefuss war in eine Unterhaltung mit einer atemberaubend schönen jungen blonden Schauspielerin vertieft, die alleine gekommen war. Er hatte sie mit einer anderen blonden Neuerwerbung, Eve Marie Saint, zusammen in einer Philco-Playhouse-Show gesehen und war von beider Auftreten beeindruckt gewesen. Sie trug kleine weiße Handschuhe an den Händen und nippte ab und zu an einem Glas Chablis. Er konnte sich nicht auf ihren Namen besinnen und betete, daß ihm jemand zu Hilfe käme.

Die Schauspielerin erzählte: »Ich fahre bald nach Afrika zu Dreharbeiten für einen Film mit Clark Gable und Ava Gardner. Ich habe gerade entdeckt, daß es eine Neufassung von einem Streifen ist, den er vor zehn Jahren mit Jean Harlow gemacht hat, *Dschungel im Sturm.* Jetzt soll er *Mogambo* heißen. Regie führt John Ford, und man hat mich vorgewarnt, daß das einen starken Whiskykonsum bedeutet.«

»Haben Sie eine Hauptrolle?« Im Geiste ging er das Alphabet durch, um einen Anhaltspunkt für ihren Namen zu finden.

»Ich komme an dritter Stelle, aber ich weiß nicht, ob es über dem Titel steht. In *Zwölf Uhr mittags* mit Gary war ich unter dem Titel.«

Jetzt klickerte es. Grace Kelly. Er sagte: »Gary Cooper, und jetzt Clark Gable. Haben Sie ein Glück!«

»Cooper war ein Langweiler«, sagte sie, »und Gable hat falsche Zähne. Sehr amüsant.«

Margaret Sullavan stand bei Dorothy Parker. »Wie schlägst du dich so durch, Dottie? Leland und ich haben dich in letzter Zeit gar nicht mehr zu sehen bekommen. Was machst du denn?«

»Ich bin auf der Flucht.«

Die Sullavan lachte. »Wovor?«

»Dem Leben.«

»Ach Gott, Dottie, du denkst doch nicht wieder an Selbstmord!«

»Mach dich nicht über mich lustig, meine Liebe, eines Tages wirst du schon sehen!«

»Ich mach mich nicht lustig. Manchmal frage ich mich, ob ich je den Mut dazu haben würde.«

»Und wer ist jetzt makaber?«

Die Sullavan nippte an ihrem Drink. »Ich werd dir ein kleines Geheimnis verraten. Es hat mich erwischt.«

»Schwanger?«

»Meine Güte, nein, Gott sei Dank. Dottie, ich werde taub.«

»Ach Gott, ach Gott.«

»Und was soll ich machen, wenn ich mein Stichwort nicht mehr höre? Dann kann ich nicht am Theater bleiben.«

»Läßt sich da nichts machen? Es gibt doch so viele Fortschritte . . .«

Die Sullavan schüttelte den Kopf. »Ich hab mich von allen namhaften Spezialisten im In- und Ausland untersuchen und mir in den Ohren rumstochern lassen. Es ist hoffnungslos.«

Mrs. Parker nahm ihre Hand und hielt sie fest. Die schwarze Liste erschien plötzlich unwichtig.

Cornelia Otis Skinner fragte Tallulah: »Herzchen, hat Estelle Winwood es mal mit Shakespeare versucht?«

»Als beide noch klein waren, Dahling.«

»Ich überlege, ob ich nicht die *Lustigen Weiber von Windsor* wiederaufnehmen soll. Würdest du und Estelle vielleicht eine Hauptrolle übernehmen wollen?«

»Ich und Estelle mit dir auf einer Bühne? Bist du verrückt? Bis nach dem ersten Akt der Vorhang fällt, hat das Publikum deinen Namen vergessen, und zwar alle drei.«

Basil Rathbone sagte zu Gypsy Rose Lee: »Sie haben wohl meinen Werwolf-Film nicht gesehen? Es war ein tierischer Erfolg.«

»Nein, hab ich nicht, mein Lieber. Sagen Sie, ist der weißhaarige Alte da drüben Albert Einstein? Wenn er's ist, will ich ihm mal wegen seiner Relativitätstheorie auf den Zahn fühlen.«

Armbruster und Eleanor Pershing schwelgten in Prominenz. »Mein Gott«, sagte sie zu ihm, »das sieht ja aus wie ein Wohltätigkeitsball. Oh, da ist Maurice Evans!«

»Welcher?«

»Da drüben mit Helen Hayes, der, der so viel spuckt.«

»Meine Güte, ist sie nicht winzig? Und hier kommt Ted Valudni. Sei nett zu ihm.«

Sie knurrte zwischen den Zähnen: »Ted Valudni. Lieber laß ich mir ne Niere rausreißen. Hallo, Ted, mein Lieber! Wie geht's denn so?«

Er schüttelte leicht ihre ausgestreckte Hand und sagte zu ihrem Mann: »Ich hab keine Ahnung, warum zum Kuckuck wir hier sind, und Sie?«

»Wir sind eingeladen«, war die vernünftige Antwort.

»Aber wieso? Was führt die Bankhead im Schilde? Gucken Sie mal, wer alles da ist. Da ist Joe Coller und Gabe Darnoff und dieser verfluchte Scheißer Singer, und wissen Sie was, ich glaub, die Kellner sind alles Bullen. Ich sag's Ihnen, Armbruster, ich hab bei genügend Thrillern Regie geführt und sollte ein Auge dafür haben. Das ist ein abgekartetes Spiel. Die Bankhead und der Detective führen etwas im Schilde, und das gefällt mir ganz und gar nicht.«

Eleanor fragte ihn: »Wieso gefällt es Ihnen nicht, wenn Sie gar nicht wissen, was es ist?«

»Sagen Sie, Eleanor«, sagte Valudni wie zu einem debilen Kind, »denken Sie immer so praktisch?«

Jacob Singer fragte Tallulah: »Wann fängst du mit deiner Vorstellung an?«

»Wenn Herbert Sholom hier ist.«

»Und wenn er dich hängenläßt?«

»Dann, Dahling, bin ich wirklich restlos aufgeschmissen.«

»Du könntest es mit Improvisieren versuchen.«

»Nimm mal den Spott aus deiner Stimme, Singer.«

»Das ist kein Spott. Man kann Detektivarbeit nicht auf die leichte Schulter nehmen. Ich bin sehr stolz auf meine Arbeit.«

»Jacob Dahling« – an ihrer Stimme hingen Eiszapfen –, »es wäre vielleicht hilfreich, wenn du den Unterschied zwischen Stolz und Arroganz lernen könntest.«

Beatrice Lillie fragte David Carney: »Und sagen Sie, mein Lieber, wie viele Todesfälle können Sie schon für sich verbuchen?«

»Ich prahle nicht gerne.«

»Wie sittsam. Sagen sie, mein Lieber, nehmen Sie auch Aufträge an?«

»Wieso, ist da jemand, den Sie gern ermordet hätten?«

»In der Tat, ja. Haben sie mal von Noël Coward gehört?«

»Entschuldigung, sind Sie nicht Beatrice Lillie?«

»Wer? Ich? Augenblick. Ist hier irgendwo eine Lupe? Ah! Direkt vor meiner Nase!« Sie packte Mitchell Zang bei der Hand, fragte sich, wo er wohl diese köstliche Narbe auf der linken

Wange her hatte, und führte ihn zum Spiegel. »Ah! Mal sehen! Aha! Nicht die Garbo, nicht die Dietrich«, sang sie in ihrem betörenden Falsett, »und doch so niedlich ...!« Sie ließ seine Hand fallen. »Wir dürfen uns nicht mehr so treffen, sonst sagen die Leute, wir sind ein Liebespaar.«

»Ich mußte Ihnen einfach sagen, wie sehr ich Sie schon seit Jahren bewundere.« Jedes einzelne Wort war überaus gut geschmiert und schlüpfte mühelos heraus.

»Seit welchen Jahren?« Sie hob die Hand. »Sagen Sie nichts! Ich sag's *Ihnen.* Sie fanden mich anbetungswürdig in *At Home Abroad.* Sie fanden mich göttlich in *Set to Music.* Sie waren hiiiiiin und weeeeeg, als Sie mich in *The Show Is On!* sahen. Und was hielten Sie von meiner Ophelia in Tom Mix' *Hamlet*? Halt! Die Ophelia hab ich nie gespielt. Was halten Sie von Lillian Gish? Haben Sie Interesse, sich meinem Feldzug zur Ausrottung von Mickey Rooney anzuschließen? Spielen Sie nicht mit mir, sonst verbrennen Sie sich die Finger. Na los, na los, kommen Sie, kommen sie, raus mit der Sprache, wie heißen Sie?«

»Mitchell Zang. Ich bin Schauspieler.«

Sie jaulte auf. »Ein Schauspieler! Mein Interesse ist dahin! Sie brauchen gar nicht auf mich zu warten bei der Astoruhr! Ich hab schon eine Verabredung mit meinem Bewährungshelfer.«

»Bitte, gehen Sie nicht. Ich kenne überhaupt niemanden hier.« Außer diesem Schnüffler von Detective und der Bankhead und ein paar Kommunistenschweinen. »Bitte, haben Sie ein Herz.«

»Mein Herz ist da, wo es hingehört. Sie nicht. *My heaaaaart's in the highlands ...«,* sang sie. »Na schön, Sie verführerisches Wesen, besorgen Sie mir einen Gin on the rocks und einen Lorbeerkranz.«

Mrs. Parker sagte zu Tallulah Bankhead, die ständig auf ihre Armbanduhr sah und »Verdammt« sagte: »Du bist ja das reinste Nervenbündel, Tallulah, was ist denn los?«

»Ich fürchte, ich bin versetzt worden.«

»Hast du nicht mehr alle? Die Party ist gerammelt voll. Sie ist ein Bombenerfolg. Und Menschenskind, wo hast du denn Mae Murray ausgegraben?«

»Mae Murray? Ist die hier?«

»Na, was glaubst du denn, warum Irvin den Walzer aus der *Lustigen Witwe* spielt?«

Irvin Graham, der berühmte Komponist von *The Whale Who Wanted to Sing at the Met* spielte auf dem Klavier, das Tallulah zu diesem Anlaß hatte aufstellen lassen. Die winzige Mae Murray, ein ehemaliger Stummfilmstar, stand neben dem Klavier, schwang im Takt hin und her und wartete, daß man sie erkannte. Tallulah kam ihr zu Hilfe und verkündete: »Mae Murray, wie phantastisch, daß du kommen konntest!«

Sie sagte mit schwacher Stimme: »Nils Asther hat mich mitgebracht. Du hast doch nichts dagegen, oder?«

»Natürlich hab ich nichts dagegen. Ich hätte dich auch eingeladen, wenn ich gewußt hätte, daß du in New York bist.«

»Ich wohne im Gorham und ...«

Die Bankhead unterbrach sie. »Wo ist denn Nils? Ich hab ihn nicht mehr gesehen, seit wir beide vor weiß Gott wie vielen Jahren bei diesem Carabiniere in Rom nicht zum Zug gekommen sind, Nils, Nils, komm, knie mir zu Füßen, Dahling, du siehst geradezu umwerfend aus, du hast dich kein bißchen verändert, wie geht's Vivian? Geschieden? Wann ist denn das passiert, ach, warum zum Kuckuck hast du überhaupt geheiratet, alle mal herhören, alle mal herhören, hier ist Nils Asther, und hier ist Mae Murray, und selbstverständlich haben sie auch eine Stimme, Dahlings, sie haben auch Tonfilme gemacht, nicht wahr, Dahlings, Mae, hör auf mit dem Kußhändchenwerfen, du sabberst ja, Nils, was machst du denn hier, ich meine in New York, nicht auf der Party ...«

»So ein Spinner namens George Baxt hat mich aufgespürt und mir in einer Kraft-Fernsehshow in *Dodsworth* mit Anthony Ross und Irene Manning eine Rolle verschafft. Ich kann das Fernsehen nicht ausstehen.«

»Ja, Dahling, ist es nicht unter unser aller Würde, ach, wenn ich da doch eine regelmäßige Sendung machen könnte. Entschuldige mich, Dahling, tanz du mit Mae, während ich mal kurz mit Patsy rede.«

Gypsy Rose Lee sagte zu Dorothy Parker: »Was hast du da zu Connie Bennett gesagt? Ich meine, hast du ihr Gesicht gesehen?«

»Nein, meine Liebe, sie ist früher gegangen und hat ihr Gesicht mitgenommen.«

»Ich war auf einer Waaaaahnsinnsparty«, sang Bea Lillie an Tallulah gewandt. »Sag mal, meine Liebe, wer ist dieser geile Bock, der ständig um mich rumscharwenzelt?«

»Ein geiler Bock. Laß die Finger davon. Der bringt nur Ärger.«

»Aha! Du sprichst aus Erfahrung. Du hast dir schon die Finger verbrannt.«

»Nein, um Gottes willen, nein. Er war Nance Listons Bursche.«

»Die liebe süße Nance. Der hat's ihr also besorgt, eh? Dieser Rohling, dieses Vieh, dieser Schauspieler.« Ihr Tonfall wurde vertraulich. »Sag mal, meine Liebe, was geht hier eigentlich vor? Ich hab eine feste Verabredung mit einem losen Baseballspieler ...«

»Und der junge Winterbottom?«

»Ach, den schlepp ich nur aus Angabe mit mir rum. Seine Mutter war mit Gertie und mir in *Charlot's Revue*, damals in grauer Vorzeit, als die Menschheit noch auf allen vieren kroch. Wer ist denn dieser göttliche kleine Mann am Klavier?« Tallulah sagte es ihr. »Und wer ist die dünne kleine Frau, die neben ihm steht und Witze reißt?«

»Seine Frau Lillian.«

»Erinner mich dran, daß ich der nicht den Rücken zuwende. Ahaaaa!« Vier junge Männer kamen herein. »Die Harvard-Damen haben Ausgang!«

Tallulah ging ins Schlafzimmer. In ihrer Handtasche fand sie den Zettel, auf dem sie Herbert Sholoms Nummer notiert hatte, und wählte. Nachdem es zehnmal geläutet hatte, hängte sie auf.

»Ich bring Sie um.«

Tallulah drehte sich blitzschnell um und sah sich David Carney gegenüber. »Schleichen Sie sich nicht so an mich ran, Sie haben mir ja einen Mordsschreck eingejagt. Würden Sie nicht gern ein nettes junges Mädchen kennenlernen?«

»Nein.«

»Einen Jungen?«

»Nein.«

Lewis Drefuss kam ins Schlafzimmer.

»Ah! Da ist ja Lewis! Der Retter in der Not! Lewis, kennst du David Carney? Er ist ein sehr tüchtiger junger Dramatiker und in ambulanter Behandlung wegen mörderischer Anwandlungen, aber ich glaube, er will nur beachtet werden, ja, Achtung, laß es dir gesagt sein, Achtung schulden wir einem solchen Menschen, warum hab ich bloß Artie Miller nicht eingeladen, wenn jemand hier sein sollte, dann Artie, ob ich *den* wohl dazu bringen kann, mir ein Stück zu schreiben, meinst du, er könnte sich für *Tod einer Handlungsreisenden* erwärmen oder für *Alle meine Töchter*, Mister Carney, hören Sie doch auf, an meinem Kleid zu ziehen!«

»Wo ist bitte das Bad?«

»Gleich durch die Tür da, Dahling, und schließen Sie sich um Gottes willen nicht ein, obwohl andererseits . . .« Sie zerrte Lewis Drefuss auf die Party zurück. »Tja, erstens kommt es anders, und zweitens als man denkt.«

Lewis unterbrach sie. »Tallulah, du mußt mir verzeihen, das wird mir hier zuviel. Mir ist nicht gut.«

»Unfug! Natürlich ist dir gut. Patsy bringt dir ein Aspirin!«

»Ich hab nicht geschlafen und hab weiß Gott keinen Appetit mehr, seit ich Nanettes Leiche gefunden habe. Ich muß nach Hause.«

»Ausgeschlossen. Ich will nichts davon hören.« Sie machte ein ernstes Gesicht. »Ich brauche dich, Lewis. Es ist was im Busch, aber ich kann dir nicht sagen, was es ist. Du mußt bleiben. Ich brauche dich. Ich brauche dich tatsächlich.«

Er gab sich geschlagen. »Na schön. Ich hol mir was zu trinken.«

»Selbstverständlich, Dahling. Trink einen Gin pur. Die reinste Muttermilch. Das wirkt Wunder, wenn du deine Tage hast. Ethel, endlich! Wo hast du denn gesteckt, Dahling?«

»Hier geht's ja hoch her, Tallu«, rief die Merman, und die Fensterscheiben zitterten. »Wo hast du die ganzen prachtvollen Männer aufgetrieben? Wer ist denn der Barkeeper? Was kostet der? He, Sie da! Barkeeper? Einen Rotwein für mich!«

Bea Lillie sagte zu Jung-Winterbottom: »Der Fliegeralarm ist da.«

»Ist das nicht Ethel Merman?«

»Ja, mein Lieber, und du mußt ihr verzeihen. Heute abend ist sie ziemlich zurückhaltend. Ah, da fordert sie den Barkeeper zum Fingerhakeln heraus. Die gute alte Merm, sie hat ein hervorragendes Händchen bei der Wahl ihrer Musicals und ein schlechtes bei der Wahl ihrer Männer, und geht uns das nicht allen so, tra-laaaaa?«

Tallulah sagte zu Jacob Singer. »Mir ist, als ob mir die Kopfhaut platzt. Fünf Minuten geb ich Mr. Sholom noch, dann nehm ich es alleine in Angriff. Die Leute gehen schon, verdammt noch mal. Dahlings! Ihr könnt doch noch nicht gehen! Ich hab eine große Überraschung vorbereitet! Die wollt ihr nicht verpassen! Ach, seht mal! Da kommt die Presse! Earl Dahling! Walter, du mein Engel!« Sie begrüßte Earl Wilson und Walter Winchell, die vom Flur hereinkamen. »Erzählt mir bloß nicht, ihr wärt zusammen im Fahrstuhl hochgekommen!«

»Und mein Mittagessen auch«, sagte Wilson. Er fand Block und Kugelschreiber in der Innentasche seines Jacketts und fing an, die Namen der anwesenden Berühmtheiten aufzuschreiben.

»Ed Sullivan will versuchen, nach seiner Vorstellung noch zu kommen. Earl, wo ist denn deine hübsche Frau?«

»Daheim bei dem Kleinen. Er ist erkältet.«

»Der arme Dahling. Da, jetzt hab ich's gesagt. Beweist das nicht, daß ich Kinder nicht verabscheue? Walter, ich hol dir was zu trinken. Du kennst ja sicher so gut wie alle hier. Ted Valudni, wo willst du denn hin?«

»Ich bin müde. Ich mag keine Parties. Ich geh nach Hause.«

»Das würde mich aber sehr verstimmen. Laß mir noch fünf Minuten Zeit.«

»Wofür?«

Winchell fragte ihn: »Valudni, hast du immer noch nicht gelernt, daß man sich Göttinnen gewogen halten muß?«

Valudni entgegnete: »Tja, wenn ein gemeiner Sterblicher etwas sagen darf . . .«

»Später, Dahling, später«, sagte sie und winkte ihn fort.

Jacob Singer meinte: »Genau, wie ich gesagt habe, Tallulah, überlaß die Detektivarbeit den Detektiven.«

»Jacob Dahling, warum siehst du das nicht so, als ob man vierhändig Klavier spielt? Ich fände es furchtbar, wenn ich entdecken müßte, daß du ein Spielverderber bist.«

Er sah an ihr vorbei zu dem kleinen Mann hin, der sich schüchtern der Party angeschlossen hatte. »Tallulah, ich glaube, das ist der, auf den du gewartet hast.«

Tallulah drehte sich um und eilte mit einem Seufzer der Erleichterung Herbert Sholom entgegen.

Cornelia Otis Skinner sagte zu Mrs. Parker: »Wer ist der komische kleine Mann, mit dem Tallulah da spricht? Sieht er nicht aus wie von Dickens?«

»Ja, wirklich«, stimmte Mrs. Parker ihr zu, »Oliver Wicht.«

Lillian Graham sagte zu ihrem Mann, der auf dem Klavier ein Potpourri seiner eigenen Lieder spielte: »Irvin, du wirst dafür nicht bezahlt. Machen wir, daß wir hier wegkommen!«

»Nicht, bis ich Leonard Sillman ein paar neue Stücke von mir vorgespielt habe. Er plant eine neue Revue für Imogene Coca und Tommy Dix.«

Lillian verschränkte die Arme und stieß einen Seufzer aus, der kurz darauf an der Decke zerschellte. »Und wer macht die Choreographie? Connee Boswell?«

Tallulah führte Herbert Sholom an die Bar, um ihm ein Glas Wein zu holen. Unterwegs redete sie wie ein Wasserfall, und er nickte weise mit dem Kopf, jedes Wort in sich aufnehmend. Endlich war er hier und nahm an einem wichtigen Drama teil, jedenfalls wollte Miss Bankhead ihn das glauben machen. Ihre Anweisungen waren simpel, und er wußte genau, was er zu tun hatte. Das bißchen Dialog, das er sprechen sollte, lernte er mühelos auswendig. Zu Oscar Delaney sagte sie: »Kümmere dich um Mr. Sholom und paß gut auf ihn auf. Ohne ihn bin ich ein einziges Katastrophengebiet.«

Dann eilte sie zu Irvin Graham am Klavier. »Irvin Dahling, gib mir einen sehr lauten Tusch.«

Er tat das, während Beth Valudni eintraf und sich unglücklicherweise neben ihrem Mann wiederfand.

»Höchste Zeit«, sagte er gehässig. »Wo zum Teufel hast du gesteckt? Ich hab schon geglaubt, du würdest überhaupt nicht mehr erscheinen.«

»Langsam denke ich, das wär auch besser gewesen. Halt jetzt mal die Klappe. Tallulah redet gleich.«

»Wann täte sie das nicht?«

Durch den Tusch war im Zimmer Ruhe eingetreten. Tallulah bewegte sich mit erhobenen Armen und, wie sie hoffte, einem betörenden Lächeln ins Rampenlicht. »Dahlings . . .«, sagte sie, wobei ihr Blick von den Valudnis zu Joseph Coller und weiter zu David Carney wanderte, dann zu Jacob Singer und von ihm weiter zu Lewis Drefuss und dann zu Gabriel Darnoff, der zwischen Patsy und Estelle stand. »Ich freue mich so, daß ihr alle hier seid, und ich bin wirklich und wahrhaftig entzückt.«

»Sie wiederholt sich«, wisperte die Merman Bea Lillie zu.

»Nach so vielen Jahren, warum nicht?«

»Meinst du, sie will ankündigen, daß sie sich zur Ruhe setzt?« fragte Ouida Rathbone ihren Mann.

»Tallulah setzt sich nie zur Ruhe, meine Liebe, die löst sich in ihre Bestandteile auf.«

»Heute abend seht ihr mich in einer ganz und gar neuen Rolle, von der ich mir nie hätte träumen lassen, daß ich sie mal spielen würde. Heute abend, Dahlings, bin ich nicht die Schauspielerin Tallulah Bankhead, heute bin ich Tallulah Bankhead, die Detektivin.«

Sie hörte etwas Gekicher und sah, wie Blicke gewechselt wurden, und hörte jemanden sagen: »Mein Gott, die ist schon wieder besoffen«, und für einen Moment traf sich ihr Blick mit dem von Herbert Sholom, und er zwinkerte ihr zu. Diese Geste würde sie nie vergessen. Er wußte das damals nicht, doch dieses

Zwinkern gab ihrem schwankenden Selbstvertrauen wieder Halt. »Und ich möchte hinzufügen«, sagte sie mit einem entwaffnenden Lachen, »daß ich hoffe, ich mache mich nicht total zum Narren.«

Freundliches Gelächter.

Adam Todd fand sie sexy.

Jacob Singers Augen wanderten von einem Verdächtigen zum anderen. Nicht einer war nervös. Um Tallulahs willen, und vielleicht auch um seinetwillen, hoffte er aufrichtig, daß die Szene, die sie jetzt spielen wollte, zu den effektvollsten ihres gesamten Lebens gehören würde.

Tallulah verschränkte die Arme und kam zur Sache. »Ich kann mir denken«, sagte sie mit ihrem prachtvollen Bariton, »daß ihr euch alle fragt, warum ich euch hierhergebeten habe . . .«

ACHTZEHN

Jacob Singer ließ Tallulah Bankhead nicht gewähren, um einer Liebesaffäre Vorschub zu leisten. Sie waren auf verschiedenem Wege zu demselben Schluß gekommen, wer der Mörder war. Singer hatte sein übliches langwieriges, methodisches, umständlich-taktisches Verfahren des Addierens, Subtrahierens, Beobachtens, Durchdenkens, Verwerfens und wieder und wieder Überprüfens eingehalten, bis er ins Schwarze getroffen hatte, wo die Antwort auf ihn wartete. Die begeisterte Amateurin Tallulah machte es wie ein von allen Seiten bedrängter Ballträger im Football, sie arbeitete sich im Zickzackkurs durch das Beweismaterial, las unterwegs Gedanken auf, zögerte, strapazierte ihr Gedächtnis, bis es endlich freigab, was dort eingeschlossen war und ihr den Mörder dingfest machen konnte. Im Unterschied zu Singer bewegte Tallulah sich absolut unbekümmert im Freilauf durch die vorliegenden Anhaltspunkte, bis die einzelnen Teile sich alle zufriedenstellend zu einem Gobelin fügten, der die Lösung darstellte. Genauso reizte sie sich beim Bridge auch zu einem großen Schlemm hoch.

Auf der eigenen Party im Rampenlicht zu stehen, war keine neue Erfahrung für Tallulah. Die Entlarvung eines Mörders jedoch schon, und es dauerte nicht lange, da waren ihre skeptischen Gäste wie gebannt. Hier trat Tallulah nicht als Angeberin auf, hier meinte sie es ernst, eine Tallulah, die einen Kreuzzug führte, die sich mit Elan und Verve für ihren politischen Kandidaten einsetzte, die ihren verbalen Säbel gegen die Werbeagenturbosse schwang, die Angst hatten, der Ausschuß für unamerikanische Umtriebe könne sie zum subversiven Element abstempeln. Auf Mrs. Parker ging der Ausspruch zurück: »Laß Tallulah nach einem Schiffbruch auf einer Kannibaleninsel landen, und sie hat die in kurzer Zeit gewerkschaftlich organisiert.«

»Dahlings«, fuhr Tallulah fort, wobei sie die Hände gegeneinander rieb, ihr Gesicht gefaßt und ernst, ganz anders als die übliche komische Maske, die sie bei solchen Gelegenheiten trug, »dies ist nicht so ein Partyauftritt von mir wie sonst auch, obwohl ich mir das später vielleicht wünschen werde.« Sie sah, wie Adam Todd und ein weiterer Detective an der Eingangstür Stellung bezogen. Es gab keinen anderen Weg aus dem Apartment heraus. Das Fenster führte an die frische Luft oder in den Tod. Jacob Singer lehnte hinter Mitchell Zang und den Valudnis an einer Wand. Oscar Delaney ging von der Bar fort und blieb in der Tür zum Schlafzimmer stehen, neben David Carney und Joseph Coller. Carney fing einen Blick von Beatrice Lillie auf und fuhr sich mit drohender Gebärde mit dem Zeigefinger über die Kehle. Sie murmelte: »Heiliger Strohsack«, was Lewis Drefuss zu ihrer Linken galt, der mit gesenktem Kopf und gefalteten Händen auf ihrer Sessellehne saß und aussah wie ein Betender, der eigentlich in die St. Patricks Kathedrale gehört. Herbert Sholom war in den Anblick von Margaret Sullavan vertieft, der einzigen Schauspielerin, die ihn in ein Kino oder ein Schauspielhaus locken konnte.

»Viele von uns hier sind auf die eine oder andere Art von dem irregeleiteten Pinselstrich des Ausschusses für unamerikanische Umtriebe besudelt worden. Ja, Dahlings, auch mich hat man bedroht, dabei hab ich nie etwas mit einem Russen getrieben, das man irgendwie als subversiv auslegen könnte, außer einem Schäferstündchen auf dem Autorücksitz in den Hollywood Hills mit Sergej Rachmaninow, und das war dazu noch furchtbar unbequem, Dahlings.« Sie bekam ihren Lacher, und das ermunterte sie zum Weitermachen. »Jetzt schaut euch nicht so ängstlich um, Dahlings, wir sammeln heute abend nicht für einen guten Zweck.« Sie bekam noch einen Lacher und überlegte eine Sekunde lang, ob sie das Angebot für Las Vegas annehmen sollte. »Ihr werdet mir verzeihen, wenn ich mich etwas ausführlicher mit Mord beschäftige, aber im Grunde geht es bei dieser Party um Mord. In der letzten Woche sind vier Morde geschehen« – sie zählte sie auf –, »und die Opfer waren auf die eine oder andere Art in die Untersuchungen des Kongresses verwickelt. Die Männer hatten eines gemeinsam: Sie waren freundliche Zeugen, um den höflichen Audruck zu gebrauchen. Nanette Walsh hatte den Fehler gemacht, ein verlorengegangenes Foto zu finden. Basil Dahling, schau nicht so bestürzt drein.« Sie lachte. »Der arme Dahling hat so oft Sherlock Holmes gespielt, daß er sicher liebend gern meine Stelle im Scheinwerferlicht einnehmen würde.«

»Aber woher denn, Tallulah«, sagte Rathbone in seiner weltgewandt-gewinnenden Art, die jetzt spröde wirkte, »ich bin ja selbst Sherlock-Holmes-geschädigt. Ich hab alle Mühe, die Leute dahin zu kriegen, daß ich etwas anderes spielen darf.«

»So ist das im Showbusiness, Dahling, wir müssen bald mal zusammen essen gehen.« Sie zündete sich eine Zigarette an und dankte Lewis, der sie sein Feuerzeug benutzen ließ. Sie fing Singers Blick auf, und er nickte ihr aufmunternd zu. Für dieses Zeichen der Unterstützung hätte sie ihn auf der Stelle küssen mögen. Zu ihrem Publikum sagte sie: »Ich will euch nicht mit den Details von jedem einzelnen Mord langweilen, ihr habt es sicher alle in der Boulevardpresse gelesen. Allerdings habe ich eine Geschichte zu erzählen, und ihr müßt mir versprechen, ganz viel Geduld zu haben und nicht zu zappeln und zu husten, wie so ein gottverdammtes Publikum bei einer Benefizveranstaltung.« Noch ein Lacher, aber ich muß das ganz alleine durchstehen, da sitzt niemand im Souffleurkasten, Jacob Singer hat geschworen, daß er sich nicht einmischt, ich wünschte, dieser bekloppte Carney würde aufhören, pantomimisch auf mich einzustechen.

»Ich verspreche, daß ich versuche, nicht allzu schnell zu reden. Also, ich bin bereit. Vorhang auf. Erster Akt. Auf der Bühne sehen wir Abner Walsh und seine Frau Martha vor zwanzig Jahren. Sie sind jung, sie sind verheiratet und haben einen Sohn, Leo, und Abner brennt vor Ehrgeiz. Ich werde ihnen auf einer Mietengala vorgestellt und lerne den Sohn Leo kennen. Ich finde ihn verschlossen und in sich gekehrt, und im nachhinein wird mir klar, daß irgendwas nicht ganz stimmt mit ihm. Ein paar Jahre vergehen, und Abner ist in Hollywood, wo er langsam Karriere macht. Er läßt Martha und Leo nachkommen. Sie nehmen den Zug, und in Arizona passiert ein entsetzliches Unglück. Martha hat Glück, was sehr selten in ihrem Leben ist, wie ich gleich erläutern werde. Sie kommt mit geringfügigen Prellungen davon. Leo hat schreckliches Pech. Es ist schon schlimm genug, daß er seit einem Sturz bei einem Spielplatzstreich unter einer häßlichen Narbe auf der linken Wange zu leiden hat« – sie sah Mitchell Zang seine eigene Narbe betasten und dann rasch die Hand wegnehmen –, »jetzt kommt er knapp mit dem Leben davon. Es ist beinahe jeder Knochen in seinem Körper gebrochen, sein Gesicht bis zur Unkenntlichkeit entstellt, und falls er durchkommt, ist er zu einem Leben voller unbeschreiblicher Qualen verdammt.«

Mrs. Parker schürzte die Lippen, betrachtete einen Fingernagel und überlegte, ob es sehr ungehörig wäre, wenn sie hintenherum an die Bar schliche und sich einen Jack Rose einschenkte.

»In Arizona gibt es ein Sanatorium, das ihn aufnimmt. Er soll Jahre dort verbringen. Dort wird er zum jungen Mann heranwachsen. Doch erst muß er sich den Qualen der körperlichen Wiederherstellung unterziehen – eingegipst von Kopf bis Fuß, kosmetische Operationen zu einer Zeit, als die Verfahren noch nicht so entwickelt waren wie heute.«

Gypsy Rose Lee überlegte, ob das Gerücht stimmte, daß Tallulah sich kürzlich den Busen und Hintern hatte machen lassen, und wer, besten Dank auch, der Doktor war und was er ihr abgeknöpft hatte.

»Martha war eine wunderbare Mutter und blieb bei dem Jungen in Arizona. Eine vornehme, aber kostspielige Geste. Sie verlor Abner an Nanette.« Tallulah wanderte unter einer Rauchwolke hin und her. »Die Jahre vergehen, der Junge wird schließlich mit verheilten Narben in die Welt hinausgeschickt und zeigt ein neues Gesicht, die Knochen sind zusammengewachsen, alles ist wieder in Ordnung bis auf eins, das man anscheinend übersehen hat. Sein Gehirn. Die Verschlossenheit und das Insichgekehrtsein seiner Kindheit hatten, verstärkt durch den tragischen Unfall und die Jahre des Eingeschlossenseins, einen manisch-depressiven Zustand zur Folge. Jacob Singer, den ihr heute abend sicher alle kennengelernt habt, und wenn nicht, das ist der, der da drüben an der Wand lehnt und rot wird, hat mit der Polizei von Flagstaff zusammenarbeiten können, und die hat bestätigt, daß Leo Walsh zur Behandlung seiner geistigen Verwirrung im Sanatorium bleiben mußte, als sein Körper schon lange geheilt war. Bei seiner Entlassung traf Leo mit Mutter und Vater ein Abkommen. Er wollte die Vergangenheit ausradiert haben. Er wollte eine neue Chance mit einem neuen Leben. Ich kann mir denken, daß Martha ihre Einwilligung einigermaßen widerstrebend gab; Leo war ihr ein und alles. Es gab keinen neuen Mann in ihrem Leben, und sie wollte auch keinen. Aber sie willigte ein, das war sie Leo schuldig. Abner stimmte bereitwillig zu, da er eine neue Frau hatte, die mit der anderen Familie nichts zu tun haben wollte, und eine unglaubliche Karriere gemacht hatte. Seit dem Ausbruch des Vesuvs über Pompeji ist kein Mensch so vollständig ausgelöscht und begraben worden. Kann ich ein Glas Gin haben, Lewis?«

Sie fuhr fort: »Wir wissen, daß Leo nach Los Angeles ging. Er nahm einen neuen Namen an, eine gelungene neue Identität, hatte aber keine Bedenken, sich dort an Freunde von Abner zu wenden, wobei er selbstverständlich nie zu erkennen gab, daß er Abners Sohn war. Danke, Lewis.« Sie trank. Ihre Wangen nahmen wieder Farbe an, und ihre Stimme gewann neue Kraft. »Er versuchte, Schauspieler zu werden, hatte aber keinen Erfolg. Er beschloß, sich statt dessen eine Arbeit hinter den Kulissen zu suchen, und das gelang ihm auch. Er ging nach New York zurück, und jawohl, er hatte zu Martha und Abner Kontakt. Und jetzt brauchte Abner ihn. Er brauchte einen starken rechten Arm. Abner stand unter Beschuß, man wollte ihm seine Karriere und sein Leben kaputtmachen. Nanette hatte ihn verlassen. Er war so ein Wrack, daß er seinen Stolz überwand und wieder bei Martha Trost suchte, den sie großzügig gab, da sie ihn immer lieben würde.«

»Rucku«, wisperte Bea Lillie vor sich hin, während sie sich

mit einem Papiertaschentuch die feuchten Augen tupfte, »so hab ich nicht mehr geweint, seit ich *Heimweh* gesehen habe.«

»Abner, wieder mit Leo vereint, erkennt, was ihm die ganzen Jahre über gefehlt hat. Sein Sohn hat ihm gefehlt. Tut mir leid, wenn das rührselig klingt, Dahlings, aber ich arbeite ohne Text. Wie diese Geschöpfe vom Actor's Studio diese *endlosen* Improvisationen hinkriegen, werd ich *nie* erfahren, und ich will es auch gar nicht. Abner und Leo sind also wieder zusammen, Vater und Sohn, und Leo will dem Mann helfen, zu dem er seine Liebe wiederentdeckt hat. Aber es ist hoffnungslos, und Abner begeht Selbstmord. Und keine vierundzwanzig Stunden später folgt Martha Abner gleichfalls durch Selbstmord in den Tod, und Leo hat die beiden einzigen Menschen, die er im Leben je geliebt hat, zum zweiten Mal und diesmal unglücklicherweise für immer verloren. Er dreht durch!« Sie schnippte mit den Fingern und guckte, wer da aufgeschrien hatte. Es war Patsy. Sie warf ihr einen raschen Blick zu und nahm einen großen Schluck Gin. Estelle saß mit einem albernen Grinsen im Gesicht da, und Tallulah wurde endlich klar, warum Estelle sich auf der Bühne nie an Tragödien versucht hatte. »Er wird seine Eltern rächen. Er wird Lester Miroff umbringen und Oliver Sholom und Barry Wren und vielleicht auch mich, ja, einige von euch wissen, daß ich von Leo eine telefonische Morddrohung bekommen habe. Und er ermordet diese Leute. Und er ist brillant! Er ist absolut brillant! Dahlings, er hinterläßt überhaupt keine Spuren! Die Polizei findet nicht den geringsten Anhaltspunkt dafür, wer der Mörder war. Und obendrein könnten sie es, selbst wenn sie einen fänden, nicht beweisen. Die Polizei hat es mit einem genialen Gegner zu tun. Nun weiß Dottie Parker aus Erfahrung, was ich jetzt selbst gemerkt habe, daß Jacob Singer ein verteufelt erstklassiger Detective ist, aber ihm sind die Hände gebunden!«

Singer musterte die Gesichter seiner Verdächtigen. Nur David Carney verriet irgendwelche Gefühle; mit Daumen und Zeigefinger gab er wahllos imaginäre Schüsse auf verschiedene Gäste ab.

Tallulah reichte Lewis ihr leeres Glas und fuhr lebhaft fort.

»Und nun, Auftritt Tallulah. Bitte keine Witze, es gab keinen Tusch, keine Huldigungen, keinen roten ... ähäm ... Teppich, und Dottie hat mich mit Detective Singer bekannt gemacht, und jetzt sind wir ganz dicke Freunde, Dahlings.« Sie strich sich das Haar zurück, brauchte einen Moment, um sich wieder zu sammeln, und sprach dann weiter. »Bevor die Morde anfingen, an dem Tag, als Martha Walsh Selbstmord beging, war mir unbewußt etwas Wichtiges aufgefallen, aber wie mir das so oft passiert, geriet diese Information in meinem Hinterkopf fast in Vergessenheit, und da blieb sie auch bis vor ganz kurzem. Martha hatte mir nämlich ein Briefchen geschrieben und durch einen Jungen aus der Nachbarschaft überbringen lassen. Es war ein rührender Brief, in dem sie mir für meine anhaltende Freundschaft dankte und für meine Bemühungen, Abner zu helfen. Ich erzählte meinem guten Lewis hier, was in dem Briefchen stand, daß Martha sich umbringen wollte, und Lewis rannte aus dem Studio, um ihr zu Hilfe zu eilen, aber Lewis, Dahling, woher wußtest du denn, wo sie wohnt?«

Lewis starrte Tallulah an. Bea Lillie starrte Lewis an. Er stand da wie gelähmt.

»Ich wußte, daß du einmal was mit Abner Walsh getrunken hast, um ihm zu erklären, warum wir ihn nicht in der Sendung unterbringen können, aber gab es irgendeinen Grund, warum du Martha hättest kennen sollen?« Sie wartete, doch Lewis rührte sich nicht, er stand stumm und steif da wie ein strammstehender Soldat.

»Dann meinte das Schicksal es wieder gut mit uns. Es schickte uns Oliver Sholoms Onkel Herbert.« Für ihre Gäste erläuterte sie: »Er hat ein Schneideratelier einen Stock unter der Wohnung, in der Oliver ermordet wurde. Und Dahling Herbert Sholom ist eben jetzt hier in unserer Mitte« – sie hörte sich an wie Jack Parr, wenn er seinen nächsten Gast ankündigt –, »und da ist er.«

»Mein Gott«, sagte Dorothy Parker, »das ist ja Oliver Wicht.«

Herbert Sholom kam zu Tallulah, die den Arm um den kleinen Mann legte. »Herbert Sholom sah den Mörder die Treppe von Olivers Wohnung herunterkommen. Er läßt seine Tür bei dieser Wärme immer etwas offenstehen, damit er ein bißchen frische Luft bekommt. Mr. Sholom, wen haben Sie aus der Wohnung Ihres Neffen kommen sehen? Ist diese Person hier anwesend?«

»Aber ja«, sagte Herbert Sholom und zeigte mit dem Finger auf Lewis Drefuss, »da ist er. Das ist der Mann.«

Lewis wurde puterrot und schrie: »Das ist eine Lüge! Das ist eine verdammte Lüge! Ihre Tür war zu! Ich hab ja Ihre Nähmaschine gehört . . .!

»Volltreffer!« rief Jacob Singer, während die Polizei auf Lewis zu rückte.

»Scheiße«, sagte Lewis Drefuss und rieb sich verwirrt mit der Hand über die Augen.

»Lewis Dahling«, sagte Tellulah voller Anteilnahme, »der Mord an Nanette war so ein blöder Fehler. Es war so offensichtlich, daß du sie umgebracht haben mußtest. Ich meine, es lagen ja nur etwa zwanzig Minuten zwischen dem Moment, als sie mich angerufen hat, und ich dich zu ihr schickte, um das Foto von Leo Walsh zuholen. Hat Nanette dich nicht erkannt?«

»Nein«, sagte Lewis, »sie hat mich nicht erkannt. Jedenfalls nicht gleich. Das Bild war zehn Jahre alt. Da war ich drauf mit den Krankenschwestern; ich war nicht allzugut getroffen. Ich hatte draufgeschrieben: ›Dies Bildchen spricht, vergiß mich nicht‹, du weißt schon, wie auf der Karte, die ich dir mit der Rose geschickt habe.«

»Das war auch ein Fehler. Nanette hatte mir die Widmung am Telefon vorgelesen.«

»Ich wollte, daß er mich nicht vergißt. Er hatte mich und Mama verlassen. Nanette habe ich gehaßt. Ich kannte sie nicht, aber ich habe sie gehaßt. Und dann stand ich da in ihrem Atelier und sah sie und das Bild in ihrer Hand und die Büste von Abner, an der sie arbeitete, und der gesammelte Haß auf sie kam mir wie Kotze in der Kehle hoch, und ich hab den Holzhammer genommen und wieder und wieder auf sie eingeschlagen bis . . .

bis . . . und ich hab das Foto zerrissen und in der Toilette runtergespült . . . und ich bin in die Küche gegangen und hab mir ein Glas Wasser geholt, bis ich mich beruhigen und mir eine Geschichte für die Polizei zurechtlegen konnte. Ich meine . . . es gab ja noch andere, die Abner verraten hatten und die umgebracht werden mußten . . . wie den da« – er zeigte auf Ted Valudni, der zurückschreckte und gegen Melvyn Douglas stieß, der mit einem Blick voller Abscheu von ihm abrückte –, »und dann wollte ich nach Hollywood gehen und dort jemand um die Ecke bringen . . . na . . . du weißt schon wen, Tallulah . . .«

Lewis wurden die Hände mit Handschellen auf den Rücken gefesselt. Oscar Delaney hielt ihn am rechten Arm fest und Adam Todd am linken. Jacob Singer hatte nach einem Streifenwagen telefoniert, während Mrs. Parker endlich an die Bar und zu ihrem Jack Rose kam.

Tallulah hatte Lewis eine Hand auf die Wange gelegt. »Ich bete dich immer noch an, Dahling, und das wird immer so bleiben. Ich kann nicht gutheißen, was du getan hast, denn so sehr ich in der Vergangenheit auch liebend gern jemand umgebracht hätte, ich hab einfach nicht den Nerv dazu, aber ich verstehe, warum du es getan hast. Dahling, ich komme für deine Verteidigung auf. Ich habe geschworen, daß ich das tue, und die Bankhead hält immer Wort. Sag mir, Dahling, nun sag mir doch, was ich für dich tun kann, bevor sie dich in den Knast stecken.«

Er küßte sie leicht auf die Wange und sagte dann mit erstaunlicher Munterkeit: »Du kannst mir den seligen Clarence Darrow besorgen.«

EPILOG

Als im nächsten September dann Tallulah Bankheads Autobiographie aus der Feder ihres Ghostwriters Richard Maney erschien, stieg das Buch beinahe sofort an die Spitze der Bestsellerliste auf. Tallulah gab dem verführerisch lockenden Finger des Fernsehens nach und spielte in einer opulenten Operettenserie mit dem Titel *The All-Star Revue* mit. In der Sendung vom 20. Dezember war Patsy Kelly zu sehen, die einen sensationellen Triumph feierte, und ihre Karriere nahm allem Anschein nach einen neuen Aufschwung. Estelle Winwood ließ sich unbeschwert von einem Theaterflop zum nächsten treiben, bis sie beschloß, westwärts zu ziehen und Hollywood zu erobern, was sie dann auch tat. Dorothy Parkers Gemeinschaftswerk mit Arnaud D'Ussaud, *Ladies im Hotel*, kam tatsächlich an den Broadway und wurde von der Kritik in der Luft zerrissen. Sein Ende wurde von sehr wenigen beklagt, doch sollte es einige Jahrzehnte später in einer exzellenten Fernsehinszenierung wieder auftauchen, bedauerlicherweise lange nach Mrs. Parkers Tod.

Wie Armbruster Pershing geweissagt hatte, ging Ted Valudnis Stern wieder auf, er wurde kurz vor seinem Tod, als sehr alter Mann, vor vollem Hause mit einem Diner gefeiert, und kein einziger Festredner besaß die Geschmacklosigkeit, die Anwesenden an Valudnis beklagenswerte Zusammenarbeit mit dem HUAC zu erinnern.

Joseph Coller kam schließlich wieder von der schwarzen Liste herunter, wollte aber nicht mehr zum Schreiben als Beruf zurück. Tallulah mochte das Stück nicht, das er für sie geschrieben hatte, weil keiner es finanzieren wollte, und letzten Endes schrieb Joseph ein Buch über das, was er erlebt hatte, das sich nicht gut verkaufte.

David Carney kam wieder ins Irrenhaus, nachdem er seine lästige Schwester und deren Mann umgebracht hatte; sie hätten ihm mehr Beachtung schenken sollen, als er am Telefon fragte: »Kann ich heute abend zum Essen kommen, und machst du mir den Schmorbraten mit Kartoffelpfannkuchen, den ich so gerne habe, und nach dem Nachtisch und Kaffee bring ich euch dann beide um.«

Mitchell Zang erpreßte einen unwissenden Opernstar (gibt es auch andere?) um einen großen Geldbetrag, unterzog sich einer Schönheitsoperation zur Korrektur der Narbe auf seiner linken Wange und ging nach Hollywood, wo er zum Star einer Dauerbrenner-Fernsehserie wurde, da er schlau genug war, von Schauspielerinnen-Umschmeicheln auf Produzenten-Umschmeicheln umzusteigen. Er ist letztes Jahr an AIDS gestorben.

Gabriel Darnoff hatte nie wieder einen Erfolg am Broadway, staunte aber über die Hunderttausende von Dollars, die er beim Tode seiner Mutter erbte. Ha, so eine gerissene Großmama! Sie hatte praktisch jeden Heller, den sie ihm und seinem Vater hatte abschwatzen können, investiert und auf die hohe Kante gelegt. Darnoff wanderte nach Frankreich aus, wo er eine hübsche Exilrussin heiratete, die in ihrem Heimatland ein einigermaßen erfolgreiches Gogol-Girl gewesen war. Darnoffs ältestem Sohn Dimitri wurde vor kurzem für sein brillantes Buch über seinen Großvater Michael Darnoff der Friedensnobelpreis verliehen.

George Baxt ging 1957 für fünf Jahre nach England. Im Jahre 1966 veröffentlichte er *A Queer Kind of Death*, was ihn zum geistigen Wrack machte.

Armbruster Pershing starb an einem Schlaganfall beim Tennisspielen mit seiner achten Frau Natalie, die ihm den Kosenamen »Blaubart« gegeben hatte. Zu Natalies Kummer und Verdruß hinterließ Armbruster sehr wenig Geld, da Scheidungsregelungen und das, was er Unterhaltungspflichten nannte, sein Vermögen zum größten Teil aufgezehrt hatten.

Oscar Delaney erschoß seine Frau, wurde freigesprochen und im Polizeibericht lobend erwähnt.

Adam Todd quittierte den Polizeidienst und wurde Privatdetektiv. Eine Fernsehanstalt hat eine Option auf seine Abenteuer als denkbare Serie für David Bowie.

Annabel Forsythe hat in einer besseren Gegend der Bronx eine elegante Boutique aufgemacht, fast vierzig Kilo abgenommen und sich einen jungen Liebhaber zugelegt; die beiden gehören jetzt zu den erfolgreichsten Crack-Dealern an der Ostküste.

Ein paar Jahre vor ihrem Tode, an dem Tag, als Jacob Singer ehrenvoll aus dem Polizeidienst in den Ruhestand versetzt wurde, lud Tallulah Bankhead ihn in ein sehr teures Restaurant auf der East Side ein. Sie hatten sich Ewigkeiten nicht gesehen. Das Alter meinte es nicht gut mit Tallulah, und sie hätte Singer dafür erschlagen können, daß er genauso aussah wie an dem Tag, als sie Lewis Drefuss geschnappt hatten.

Singer sagte galant zu Tallulah: »Tallulah, du siehst umwerfend aus.«

»Dahling, ich bin nicht blind. Ich habe mich heute mehrfach im Spiegel gesehen, und ich seh aus wie eine liegengebliebene Makrele. Was soll's, Jacob, ich hab's ja gewußt, daß meine Sünden mich am Ende einholen. Mein Gott, erst letzten Freitag, als ich noch ein bißchen jünger war, hat der Enkel eines britischen Verehrers mich gefragt, ob er mich besuchen könne, und er war noch nicht lange da, da hat das kleine Monster – dabei war er göttliche ein Meter neunzig groß und vielleicht neunzehn oder zwanzig Jahre, wenn's hoch kommt – doch zu mir gesagt: »Mann, Miss Bankhead, nach Großpapas Bildern von Ihnen bei Ihren großen Auftritten im West End hätte ich Sie nie erkannt.« Allmächtige Götter! Das West End! Die Dinosaurierzeit! Ober! Noch einen trockenen Wodka Martini für mich und noch einen von dem, was der Herr da trinkt, und wenn Sie sich nicht beeilen, gerinnt Ihnen bestimmt das Blut in den Adern, und wo war ich stehengelieben, Jacob, du hast natürlich gelesen, daß mein armer Dahling Lewis sich aufgehängt hat an diesem furchtbaren Ort, zu dem er für den Rest seines Lebens verurteilt war, seine Verteidigung hat mich ein Vermögen gekostet, aber das war es auf jeden Fall wert, ich bete ihn an, und ich hab ihn einäschern und die Asche bei Sardi's auf dem Boden verstreuen lassen, damit alle im Showbusiness weiter auf ihm rumtrampeln können, mein Gott, ich rattere hier rum, als hätte man hinten an einem Auto mit einem Brautpaar drin einen Haufen Blechdosen festgemacht, und, Jacob, ich war doch gut, nicht wahr. Ich war eine gute Detektivin, und Menschenskind, weißt du, was wir machen sollten, wir sollten ein paar Strophen von ›I Remember It Well‹ zweistimmig singen, ach komm, das machen wir, was scheren uns die anderen Gäste, Dahling, hier ist der Ober, Dahling, Herr Ober, ob Sie uns wohl eine Stimmgabel beschaffen könnten, ach, tun Sie Ihr möglichstes, Dahling, oh, Jacob, es ist so schön, dich wiederzusehen, Dahling!«

NACHWORT

Der Mörder und seine Opfer sind frei erfunden, ebenso wie Tallulah Bankheads Probleme mit der schwarzen Liste. Doch die Unannehmlichkeiten, die ihr widerfuhren, als sie die Unglücklichen in ihrer Sendung unterbringen wollte, sind wahr. Ich war dabei; ich war von 1951 bis 1957, in den schlimmsten Jahren der schwarzen Liste, Theateragent, und viele Ereignisse, die hier beschrieben sind, gehen auf eigene Erfahrungen zurück. Die Theorie, daß Blanche Yurka Smith Reynolds ermordet hat, kenne ich seit etwa sechs Jahren, als ich sie von einem älteren Herrn erfuhr, der in Hollywood einst ein berühmter Kostümbildner war. Ich habe die Fakten wieder und wieder überprüft und bin zutiefst davon überzeugt, daß die Yurka (mit der ich, wie ich vielleicht hinzufügen sollte, befreundet war), es getan hat. Und komischerweise sollte Blanche eigentlich in meinem Stück *Laughter of Ladies* auftreten, hat aber die Produzenten und den Regisseur bei den Proben so deprimiert, daß sie durch die Winwood ersetzt wurde.

Alle Tatsachen über die schwarze Liste und alle von mir verwendeten wirklichen Namen stimmen und sind in Washington, D.C., öffentlich zugänglich. Neben meinen eigenen Erinnerungen habe ich Stefan Kanfers exzellentes Buch *A Journal of the Plague Years* zu Rate gezogen, Gordon Kahns *Hollywood on Trial*, Alvah Bessies *Inquisition in Eden*, Merle Millers *The Judges and the Judged*, *Only Victims* von Robert Vaughan (ja, dem Schauspieler!), William Wrights Lillian-Hellman-Biographie (die einen verwunderlichen Fehler enthält: Er berichtet, die Hellman sei mit einer Frau namens Hannah Dorner befreundet gewesen und erzählt uns weiter hinten im Buch, die Hellman habe sich mit einer Frau namens Hannah Weinstein angefreundet. Die Dorner und die Weinstein sind ein und dieselbe Person, denn Dorner ist ihr Mädchenname. Mrs. Weinstein hat mich 1957 nach England gebracht und dort meine Karriere als Filmautor in die Wege geleitet). Außerdem hatte ich den Vorzug, das Manuskript von Jean Muirs unveröffentlichter Autobiographie (aus der Feder ihres Ghostwriters Hollis Alpert) lesen und dem Gedächtnis einiger anderer, denen ich ewig dankbar bin, auf die Sprünge helfen zu dürfen. Alle Angaben über die Film- und Theaterwelt entstammen meinen eigenen Erinnerungen.

George Baxt

Haffmans Kriminalromane im Heyne-Taschenbuch

Dan Kavanagh

Ob Heroinschmuggel, Pornogeschäft oder Fußballsport – der Sicherheitsberater und Privatdetektiv Nick Duffy steht mitten im englischen Geschäftsleben. Eine der originellsten Krimifiguren der letzten Jahre.

Schieber City
05/5

Duffy
05/47

Wilhelm Heyne Verlag
München